Paul Schütze

Beiträge zur Poetik Otfrids

Inaugural-Dissertation zur Erlangung der philosophischen Doktorwürde

Paul Schütze

Beiträge zur Poetik Otfrids
Inaugural-Dissertation zur Erlangung der philosophischen Doktorwürde

ISBN/EAN: 9783744648707

Hergestellt in Europa, USA, Kanada, Australien, Japan

Cover: Foto ©Andreas Hilbeck / pixelio.de

Weitere Bücher finden Sie auf **www.hansebooks.com**

Das volkstümliche Element
im Stil Ulrich von Zatzikhovens.

Inaugural-Dissertation

zur

Erlangung der philosophischen Doctorwürde

welche

nebst beigefügten Thesen

it Zustimmung der hohen philosophischen Fakultät

der Universität Greifswald

am

Donnerstag, den 9. August 1883

Vormittags 11 Uhr

öffentlich verteidigen wird

Paul Schütze

aus Greifswald.

Opponenten:

Karl Albrecht, cand. phil. et theol.
Paul Rosenstedt, cand. phil.
Karl Schütze, stud. phil.

Dem Andenken

meines Grossvaters

Dr. Friedrich Hünefeld,

ehedem Professor der Chemie und Mineralogie
an der Universität Greifswald

in Dankbarkeit gewidmet.

„Es sind zwei entgegengesetzte grundzüge, welche
„deutsche sinnesart von jeher auszeichnen, treues anhängen
„an dem hergebrachten und empfängliches gefühl für das
„neue. wenig geneigt der angestammten kraft ihrer natur
„zu entsagen, waren die Deutschen immer bereit alles geistige
„in sich aufzunehmen." Diese Worte J. Grimms (Gr. IV,
p. V) finden ihre volle Anwendung auch auf die Poesie
unseres Volkes. Der neue Kunststil, der den Deutschen in
den französischen Ritterromanen entgegentrat, fand zwar bald,
zusammen mit den Sitten und Lebensanschauungen eines
modernen Rittertums, Eingang und Nachahmung, aber das
höfische Element erscheint in den ersten Nachdichtungen wie
ein künstlich aufgepfropftes Reis. Schwer und ungelenk
bewegen sich die Dichter noch in dem neuen, ihnen unge-
wohnten Stil und halb unbewusst, halb gezwungen durch die
mangelnde Technik greifen sie zurück zu den Formeln und
der Ausdrucksweise des nationalen Epos. Von einheitlichem
Stil ist noch keine Rede: nur ein buntes Mosaikbild, in dem
die zierlich abgezirkelten Steinchen französischer Dichtweise
oft unvermittelt neben den ungefügen Quadern heimischen Stils
stehen. Auch die höfische Gesellschaft dieser Zeit schenkt
bei aller Sympathie für die seltsamen Mären aus dem west-
lichen Nachbarlande gern noch dem Volkssänger Gehör.

Eine Darstellung der Entwickelung des Stils im höfisch
ritterlichen Epos, welche sich auf die Basis gründlicher
Detailuntersuchungen und umfassender stilistischer Sammlungen
stützen müsste, ist eine höchst dankbare, aber zur Zeit noch
kaum lösbare Aufgabe[1]). Eine recht anregende Specialunter-

---

[1]) Eine „Geschichte der Entwickelung der gesammten Epik des deut-
schen Mittelalters" beabsichtigte H. Rückert, vgl. Reifferscheid in d.
Verhdlgn. d. 35. Versammlung deutscher Philologen und Schulmänner,
1881, 213.

suchung auf diesem Gebiete verdanken wir Lichtenstein.
Wie dieser den an die Spitze der höfischen Epik zu stellen-
den Tristrant des Eilhart von Oberge einer stilistischen
Analyse unterzogen, so habe ich den ebenfalls der Vorberei-
tungsperiode angehörenden Lanzelet des Ulrich von Zat-
zikhoven zu einer Untersuchung gewählt, mich auf das
volkstümliche Element seines Stils beschränkend. Auf die
Bedeutung des letzteren wies schon Haupt 1845 in der Re-
cension der Hahnschen Ausgabe des Lanzelet (Jahrb. für
wiss. Krit., II, 105 ff.) hin und notierte die bei Ulrich vor-
kommenden unhöfischen Worte. Schilling stellte 1866 in
seiner zu Halle erschienenen Dissertation „De usu dicendi U.
de Z." die im Lanzelet vorkommenden epischen Ausdrücke
für „Kampf, Waffen, Ross", ferner eine Reihe epischer Epitheta
zusammen und verglich den Sprachgebrauch Ulrichs mit dem
Hartmanns, Gottfrieds und Wolframs[1]).

Das hier Gesammelte benutzend, versucht meine Arbeit
eine möglichst vollständige Darstellung des volkstümlichen
Elements im Lanzelet zu geben, und zwar in folgenden Kapiteln:

I. Quellenberufungen. Wahrheitsbeteuerungen. Anreden
an die Zuhörer. Vor- und Rückdeutungen.

II. Epische Uebertreibungen.

III. Vergleiche.

IV. Typische Verbindungen und Reime.

V. Syntaktisches.

VI. Wortschatz.

VII. Schilderungen im Stil des Volksepos.

VIII. Vereinzelte volksmässige Züge.

---

[1]) Die Arbeit wiederholt Vieles aus Jänickes Schrift „De dicendi
usu W. de Eschenbach" (Halle, 60).

I.

Quellenberufungen, Wahrheitsbeteuerungen, Anreden an die Zuhörer, Vor- und Rückdeutungen[1]) sind die hauptsächlichsten Stilmittel der Volkspoesie. Besonders üppig wuchern sie in der niederen Epik der Spielleute: sie behagten ihrer improvisierenden Manier, boten bequeme Reime dar, füllten den Vers, halfen über Stockungen in der Erzählung hinweg und gaben dem Vortragenden Gelegenheit mit seinem Publikum in lebendigen Verkehr zu treten, die Aufmerksamkeit zu spannen und auf wichtige Ereignisse hinzuweisen; tiefere Bedeutung beanspruchen sie selten. Das Kunstepos entäussert sich dieser Wendungen mehr und mehr[2]). Ulrich gebraucht sie noch überreichlich.

1) **Quellenberufungen.** Die Vorlage[3]) wird bezeichnet als *âventiure, sage, liet, maere, daz buoch, diu buoch*[4]), *daz welsche b., daz w. b. von Lanzelete*; zur Berufung auf *die meister* 4079 s. Lachm. z. Iw. 5426. Auf ein lateinisches Werk weist Ulrich bei Beschreibung der Insel *Thîle*: *nâch Rômaere buoche sage* 8000; bei Schilderung des Steines *Galaziâ* nennt er 8531 als Gewährsmann König *Evax von Arabîâ*[5]).

---

[1]) Zusammenstellungen aus der Spielmannsdichtung giebt Vogt. Salm. und Mor., CXXXVII ff.

[2]) Wolframs Stil sind dieselben natürlich gemäss, s. Förster, Zur Sprache W. v. Eschenbachs (Leipzig, 74), 24 f.

[3]) Genauere Angaben über diese und die Entstehung seiner Uebersetzung macht Ulrich 9322 ff.

[4]) *Daz b.* und *diu b.* wechseln auch sonst zur Bezeichnung derselben Quelle, s. Pirig, Untersuchungen über die sogenannte jüngere Judith (Bonn, 81), 46[1].

[5]) Vielleicht hat Ulrich das Steinbuch des Evax (Spicilegium Solesmense III, 324 ff.) benutzt; in der Beschreibung des lapis Galacites (p. 333) vergleicht sich „Amplius etiam adversus invidiam et fascinum resistit. Qui eum portat, nunquam fascinabitur" mit Lanz. 8537 *swâ er bî den liuten ist, dâ enschadet dehein zouberlist den mannen noch den wîben.*

1*

— 4 —

Die Formeln selbst sind mannigfach gewendet: *uns seit
(zalt) diu âventiure (daz)* 389. 5307, vgl. 4951. 9182. *fürbaz
(von im) kündet uns daz liet* 3808. 7540; relativisch: *als uns
diu âventiure seit* 670. 6906, vgl. 7180. *als uns diu buoch
kunt tuont* 4094, vgl. 9117; *nâch der âventiure sage* 1894.
5581. *nâch der sage* 6215. *nâch sage* 9048. 9094. Den der
altdeutschen Sprache eigentümlichen negativen Ausdruck zeigt
3991 *des uns diu sage niht verhilt.* 8773 *uns hât daz maere
unverswigen.* Wie der Volksdichter, so stellt auch Ulrich die
Glaubwürdigkeit seiner Quelle hypothetisch hin: *ob uns daz
liet niht liuget* 3264, vgl. 4079. 7770. *und hât diu âventiure
reht* 7533, vgl. Roth. 16. 413. 4592 *iz ne haben die bôche
gelogen.* 4173 *die bôch newillen uns missesagin.* Rab. 752
uns welle daz buoch liegen. En. 4581. 8103. Er. 185. 4283.
8201. 8698[1]).

Neben ausdrücklichen Quellenberufungen finden sich all-
gemein gehaltene Wendungen: *daz ist uns gezalt* 5535, vgl.
3530. 9424[2]). *man seit uns* 4116. 7525. 8744. *sô man uns
seit* 3188. 4412. 8087. 9376, vgl. 8033. 2598. 236. 4818.

Nicht oft tritt der Dichter in diesen Formeln mit
seinem Ich hervor: *als ich an dem maere vinde* 8043. *als ich
von in geschriben vant* 8859. *als ich ez las* 8868. *als ich es
bin bewîset* 874. 6564. Zuweilen giebt er sich den Schein,
als schöpfe er auch aus mündlicher Ueberlieferung: *hôrt ich
sagen* 1541. 3198. 4135, vgl. 4180. *ich sage iu als ichz hân
vernomen*[3]) 642. 7144. *daz maere ist ûz erschollen* 9195;
ausdrücklich auf mündliche Erzählung beruft er sich 7046
*wir hân mit wârheit daz vernomen von manegem man, der
noch lebet.*

2) Die Wahrheitsbeteuerungen[3]), ebenfalls ein

---

[1]) Belege aus der Volkspoesie sind meist ausgeschrieben, aus der
Kunstpoesie nur notiert.

[2]) Die falsche Verszählung auf p. 215 habe ich beibehalten zu müssen
geglaubt

[3]) S. Weinhold, spicilegium formularum (Halle, 47), 3 u. 4.

Merkmal der Spielmannsdichtung[1]), werden von Ulrich nicht
weniger gern verwandt; ist er doch vielfach in Sorge, ob
seine Zuhörer der Erzählung Glauben schenken: *und rie
grâve Ritschart guoter knehte als vil, daz ich ez iuch versuîgen
wil: man geloubt mirs lîhte niht* 3368, vgl. Dfl. 9272 *ich hân
ez lâzen ûz der zal, daz ich ez nimmer tar gesagen, sô vil als
ir dâ wart erslagen.* En. 11966; *der zeltstange ich niht ge-
ruoc: daz meinet ungefüegiu diet, di geloubent mir des maeres
niet* 4862, vgl. Roth. 4859; ferner 643. 4064. 6219. 7539[2]).

Sehr häufig sind kurze Versicherungen, wie *zwâre* 4837.
5706. *für wâr* 5950. 5976. 7050. *mit wârheit* 4097. 5086.
7046. 7536. 9375. *sunder wân* 4950. *âne lougen* 432 u. Ä.
Ausgeführter sind folgende Wendungen: *ich wil iu waerlîche
sagen* 6901, vgl. 6010. 9228. 771. 4478. 6034; in der Form
der Anthiphasis: *ich enwil daz niht vermîden ich ensage iu
daz für wâr* 202; *für wâr sî iu daz geseit* 5472. 5816. 4239.
für wâr lât iu zellen 4924. *nu vernemet nâch der wârheit*
6214. *des sît gewis* 4914. *wizzent wol* 3231. 4593. *ir sult daz
wizzen sunder wân* 2850. *geloubent mirs* 1454. 6400, vgl. 4599.
8886. *des nieman misselouben darf* 1969. *ob des hie alles niht
geschach, so geloubent mir niht des ich sage* 9238. *ich wil iu
sagen ûf mînen eit* 8656, vgl. Eilh. 2720 (S. DHB V, XIX).
ich sages iu niht nâch wâne 4827. *da enwil ich iu niht
liegen an* 8694. *entriuwen des verpflig ich mich* 5278, vgl. Eilh.
5234. Am nachdrücklichsten ist die Beteuerung in den an-
tithetischen Wendungen *ez ist ein wârheit, niht ein spel* 8521.
diz ist niht ein getiusche, ez ist wâr und ungelogen 4904. *ez
ist ein wârheit, niht ein lüge* 6894, vgl. Mor. v. Cr. 1128[3]);
der Gegensatz fehlt 4212 *des enist dehein lougen.* 8065.
9019 *dêst zwîfel dehein.*

Derselben und ähnlicher Wendungen bedienen sich die

---

[1]) Der hier typische Reim *wâr : jâr* (S. Vogt, aaO.; Martin z. Kudr.
617, 2; Pirig, aaO., 46[3]) begegnet im Lanzelet nur 203 u. 5975, vgl. 1015.

[2]) Zur Phrase *des geloube swerder welle* 1897. *swer welle der geloube
daz* 7394 (vgl. 7042 *swer nu welle, der lose*) s. Haupt z. Er. 9209; Lich-
tenstein z. Eilh. 2684.

[3]) Otfr. II, 3, 1 *thes nist lougna nihein. thaz duent buah festi.*

redend eingeführten Personen, vgl. z. B. 5040. 1673. 1036.
2418. 319. 6954. 6133. 725. 1016.

3) Anreden an die Zuhörer. Neben den beiden behandelten Formelngattungen bietet sich dem Volksdichter noch eine Fülle von Wendungen um mit seinen Hörern in Beziehung zu treten. Ulrich hat viele bewahrt, manche ihrer stereotypen Einförmigkeit entkleidet. Recht farblos ist das einfache *ich sage in* 4882. 6868. 8731. 8776. 8985. 4059. 4865, vgl. 3364. *ich wil in sagen* 6401. *daz lât in sagen* 7705, vgl. 3451. 2830. 8788. *nu lânt mich iuch berihten* 5126. 7071. *durch daz sî in daz gesaget* 9406, vgl. 6608; in relativischer Anknüpfung: *als ich in sagen mac* 6576, vgl. 4147. 6596. 8316. 5988. 6423. *als ich iuch berihten sol* 2749. 5800. 8560, vgl. 9393. 4766. *als ich iuch nu beuîse* 8889 (S. DHB V, XXI). Nicht selten finden sich negative Wendungen: *des enwil ich niht lâzen ungesayet* 8595. *mîne friunt ich niht verhil*[1]) 3475. *ich enwil es niht verswîgen* 5684, vgl. 1539. *hie sol niht werden verdaget* 7682. *wie solt daz werden verswîgen?* 4658. *des enwil ich niht vergezzen* 3950, vgl. 4881. 4748. 682. *wie ungern ich vergaeze* 7130, vgl. Dfl. 617 *noch wil ich des niht verdagen.* 1191 *ich sage in vil unverswigen.* Bit. 3093 *diu maere enwil ich niht verdagen.* Eilh. 4564. Rab. 710 *ich wil des niht vergezzen.* Dfl. 190 *des ich niht mac vergezzen.*

Die Erzählung wird abgebrochen mit Wendungen, wie *ez waer ze sagenne ze lanc*[2]), *wie ..: des müese iuch belangen* 5378, vgl. 8016. 3523. *sô lât iu kurzlîche sagen* 2239, vgl. ferner 4257. 5614. 6502. 7777; Frageform steht 8846 *waz sol ich zellen mê dar abe*[3]), *wan daz .. 3424 waz touc daz maere gelenget?* 9420 *nu waz touc iu mêr·geseit,* vgl. Bit. 5633 *waz mac ich mêre dâ von sagen?* Ath. E 108. Dfl. 10148 *waz touc der rede mêre?* Rab. 564. Eilh. 173. Ath. D 88. 14. Iw. 2416; *nu lâzen wirn hie bûren und hoerent wie .. 5676. nu sul wir in lâzen rîten .., und sehent danne*

---

[1]) Vgl. Otfr. III, 8, 2. 23, 4 *thaz ni hiluh thih.*
[2]) S. Weinhold, aaO., 4; vgl. Otfr. II, 9, 73 *lang ist iz zi saganne.*
[3]) Vgl. Otfr. III, 2, 4. 23, 13 *waz mag ih zellen thir es mer?*

— 7 —

waz er tuo 3072, vgl. (mit dem Reim *hie : gie*) Wfd. B
155, 1 *nu lâzen wir daz kindel bî den wolven hie und hoeren
wiez der muoter ze Salnecke ergie.* C II 10, 1 *nu lâzen wir
beliben daz guote buoch alhie und hoeren ein stolze maere, wie
ez Berhtunge ergie.* Virg. 72, 4 *nu lâzen wir sî riten hie
und sagen wiez dem Bernaere ergie.* 130. 1. Eckenl. 161, 1,
ferner Laur. 1758. Osw. 2413 (S. auch Grimm, Gr. IV, 143,
Anm.*); *ich zal in wunder noch dar abe, wan daz ich iht
anders sagen sol* 4170. *dâ mite wil ich gedagen der geste*
6226, vgl. Virg. 532, 1 *nu sullen wir der risen gedagen: wir
süln ein ander maere sagen.*[1]) Lüsterne Ausmalung einer
Liebesscene umgeht der Dichter mit den Worten *doch wirs
niht enkunnen gesagen noch gezellen* 4670, vgl. 2348 *ob er
ie bî ir gelaege?*[2]) *des enweiz ich niht, wan ichz niht sach* und
Gr. Rud. Ib 14. Ath. D 52. Mor. v. Cr. 1615.

Die durch Reflexion unterbrochene Erzählung knüpft
Ulrich wieder an mit *nu grîfen wider an daz liet* 6509. *ze
dem liede ich wider kêre* 8918. *nu hoert die rede fürbaz* 7791,
vgl. 8788. *her wider an daz maere grîfe ab ich durch iwer
bete* 4608.

In Bezug auf allgemein Bekanntes oder Sprichwörtliches
stehen die Wendungen *ir wizt wol* 6505. 6644. *in ist ofte
geseit, wie . .* 3411. *daz maere hânt ir dicke vernomen* 6912.

Sehr häufig finden sich bei Ulrich Aufforderungen zur
Aufmerksamkeit: *nu hoerent wie sinz ane vie* 632. *nu h. wiech
ez meine*[3]) 11 (S. MF, 228 f.). *nu h. waz diu rede sî* 8184,
vgl. 4610. 6448. 7356. 7791. *nu h., lânt in zellen* 3319. *nu
losent* 2888. *nu vernement* 5149, vgl. 5306. 6214. 7538.
nu nement des zem êrsten war 3601. *nu merkent wie ez ergie*
6914. *merkent wie der rede sî* 9373, vgl. 3076. 5641. 7193.

[1]) Von genauerer Erzählung nimmt Ulrich noch an folgenden Stellen
in stets veränderten Phrasen Abstand: 0174. 3448. 4548. 3353. 7464.
3491. 2814. 7978. 5166. 6754. 6616. 826. 9428.

[2]) Diese Interpunktion dürfte auch 3190 *wie schiere er von im striche?
des endarf nieman vorhe hân* (vgl. Gr. Rud. Ib 14. Eilh. 5830. Serv. I,
590) vorzuziehen sein (S. Haupt z. Er. 5386; Martin z. Dfl. 2483).

[3]) Im Munde eines Knappen 2623.

8789. 9232; in der Form der Antiphasis: *ir sult des niht vermiden, irn merkent mine rede hie* 4876; vereinzelt ist das sinnlich veranschaulichende *hie muget ir wol schouwen, daz Wâlwein harte hübsch was* 2380. Manchmal wird in diesen Aufforderungen recht nach der Art der Spielleute die Seltsamkeit des zu Erzählenden noch besonders hervorgehoben: *nu vernement vremdiu maere* 4214 u. r. *seltsaeniu dinc* 403, vgl. En. 823. *nu lânt iu wunder zellen* 1028. *hie süll ir wunder schouwen* 6058, vgl. 80. *merkent alle besunder ein seltsaene wunder* 2105, vgl. Dfl. 1 *welt ir nû hoeren wunder, sô künde ich iu besunder*[1]). Die in der Spielmannsdichtung zur Einführung der Rede viel verwandte Formel *dô er in (verrest ane) sach, nu (gerne) muget ir hoeren wie er sprach*[2]) ist Ulrich noch geläufig: *als er ir schoene gesach, nu muget ir hoeren, wie er sprach* 4275. *dô Falerin die fröide ersach, ich wil iu sagen, wie er sprach* 5245.[3]) Recht lebendig ist die Mahnung zu schweigen: *nu swîgent, lânt mich fürbaz vân* 2356. *welt ir hoeren wie ez kam, sô sult ir dar zuo gedagen* 7584, s. Weinhold, aaO., 3 f.; DHB I, XVIII und vgl. Bit. 16 *nu ruochet hoeren mine bete daz ir swîget dar zuo, daz ich iu daz kunt getuo*. Osw. 1 *welt ir hoeren, stil gedagen, sô wil ich iu künden unde sagen*. Sigen. 1, 1 *wollent ir, herren, nu gedagen, ich wolte iu vrömdiu maere sagen*.

---

[1]) Schon Otfrid hat in ähnlichen Wendungen den Reim *suntar : wuntar*: III, 1, 2 *Mit selben kristes wegenon will ih hiar nu redinon in einan liod suntar thiu selbsanun wuntar*. 23, 3 *thoh willuh hiar nu suntar zellen einaz wuntar* V, 12, 15 *wir scolun hiar nu suntar gizellen ander wuntar*. 20, 1 *gizellen will ih suntar thaz egislicha wuntar* (S. Ingenblecks Reimlexicon z. Otfr., QF XXXVII, 85). Aus der höfischen Epik vgl. Alex. 69. Eilh. 4341. 4555. En. 5135. 9389. Er. 4848. 4938. 6076. 7588. 7612.

[2]) S. Jänicke, DHB IV, 206 f. (zu Wfl. B. 384; s. auch z. Wfl. C u. D III 65. 1 u. 2); Vogt, aaO. Auch Eilhart bedient sich ihrer, worauf Lichtenstein nicht besonders aufmerksam macht: *dô sie der hêre komen sach, nû mogit ir hôrin wie he sprach* 727, vgl. 3020. 6205. Im Reim *sach : sprach* klingt oft, auch in höfischen Epen der Blütezeit, die alte Formel an, vgl. Gr. Rud. *v*, 12. *f*. 3. *d*. 17. Er. 3026. 5336. 6090. Iw. 700. 2221. 2589. 3109. 3585. 4593. 4825. 4901.

[3]) Die Worte des *Falerin* werden, was in den Volksepen nie geschieht, ndirekt angeführt.

Zum Lobe fordert der Dichter auf 3952 *swer ez hoere, der lobez*; hier notiere ich noch die Wendungen *nu velsch in der getürre, wan ez nieman frumer tuot* 6144. *dâ zoum in derder from sî* 3352.[1])

Häufig sind Fragen an die Zuhörer, ob sie die Erzählung weiter hören wollen oder ob dieselbe sie langweilt: *welt ir vernemen fürbaz, sô wil ich iu sagen daz* 4091. *verdrieze iuch niht des man iu saget, sô merkent* 4015, vgl. 189. 4058. 5797. 6642. 8106. 9151; 6639 fragt Ulrich *ich enweiz wie iu daz behaget, daz ich sô kurze hân gesayet von dem hübschen swîguere;* die Erzählung sich nicht verdriessen zu lassen bittet der Dichter 2318 *nu lânt iuch niht belangen eines maeres des i'u sagen sol*, vgl. 41. 8919. 9167. 9350 und Rab. 588 *nu lât iuch niht verdriezen.* Dfl. 4 *lât iu niht wesen swaere.* Bisweilen thut Ulrich Fragen, die sich auf die Handlungsweise der auftretenden Personen beziehen: *nu waz welt irs mêre wan der imz houbet abe sluoc?* 4556. *nu, waz sol der künic tuon...?* 7757, vgl. 7717. 5574. Rhetorische Fragen und Ausrufe begegnen ferner 3116. 3394. 4234. 6852. 8948. 9280. An sich selbst richtet der Dichter die Mahnung *die sint bereit an die vart. nu waz sol daz mê gespart?* 7575. *waz sol daz langer gespart? ich beriht es iuch sâ* 7988.

Retardierend spannen Wendungen, wie *ich enweiz ob ich iu zalde* 3940. *ich enweiz waz ich iu sagen mac* 6860, vgl. 7168. *ob ich ez iu gesagen tar* 3300. Mit humoristischem Anflug steht *ine weiz selbe wa er gelac* 5157. *ich enweiz, ob erz ungerne tet* 5530. *doch enweiz ich ob . .* 6514. Mit einem *ich weiz, ich waene* tritt der Dichter oft in bedeutungsloser Weise hervor, vgl. 4921[2]). 4138. 489. 5944. 6332.

---

[1]) In Beziehung zu den Personen seiner Dichtung setzt sich Ulrich 8650 *nu lâts die vrouwen walten und gebe iu meem siu welle sô vil als ir gevelle.* 5754 *Wälwein begie sin zuht, des hab er danc*, vgl. Wfd. A 552, 3. D VIII 48, 3 *er gie ze sinem rosse, des habe er immer danc* (S. DHB III, XLIII).

[2]) *Ich weiz (ir rehte alsam geschach)* trägt hier noch den formelhaften, adverbialen Charakter, der ihm in der älteren Zeit gern anhaftet, s. Haupt in seiner Zeitschrift III, 187 f.; Müllenhoff Scherer. Denkm., 322.

7464. 9089. 9111. 9207. 5732; eingeschobenes *neizwie* findet sich 99. 2774. 3532. 9295, *neizwaz* 7057 (S. Haupt z. Er. 7990).

Das Bestreben Ulrichs durch stete Bezugnahme auf die Hörer ihr Interesse wach zu halten und zugleich seine wahre, der glatten höfischen Kompositionsweise noch ungern sich fügende Natur zeigt sich bisweilen in einer Ungebundenheit, wie sie sonst nur der improvisierenden Spielmannsdichtung eigen ist: 9226 schliesst er mit den Worten *dâ mite lâz ich die rede hie* scheinbar seine Erzählung; doch an sich selbst die Frage richtend *warumbe taet ich aber daz?* hebt er sofort von neuem an. Ein ähnliches Spiel treibt er bei der Schilderung der Iblis 4040 ff., vgl. noch 4847 ff. 5502 ff.[1])

Personen, die auf den Gang der Ereignisse weiter keinen Einfluss üben, lässt er, wie das Volksepos, einfach fallen, 3674 mit der Erklärung *in enwirt mêr niht geseit von ir dewederem ein wort*. Besonders nahe sucht Ulrich den Helden der Dichtung seinem Hörerkreise zu rücken durch Ausdrücke, wie *unser degen*[2]) 2848. u. *helt* 3308. 3365. 3415. 3476. 3524. 3604 3734. 4235. u. *recke* 3677. u. *guote kneht* 472. 1992. 3620. 4217. u. *ritter* 3566. 4190. 4635. 4657. u. *friunt* 2366. 3142. 3374. 4256. u. *geselle* 3320. 3452; *die unser* 3409 wird die Schar genannt, auf deren Seite Lanzelet turniert.

4) Vor- und Rückdeutungen. Ausgiebigen Gebrauch macht Ulrich von dem beliebten Kunstmittel volksmässiger Dichtung durch Hinweis auf künftige Ereignisse zu spannen: *do entweich der kindische man, daz im sît ze staten kam* 590, vgl. 774. 1310. 1394. 1878. 3474. 3598. 4050. 5352..6556. 6763. 7562 etc.

An früher Erzähltes erinnert der Dichter gern in Wendungen, wie *als ir hânt vernomen* 8473. vgl. 1573. 4014. 7397. 6095. 6444. 8980. 9269. *von den ich hân geseit* 6686,

---

[1]) Den hier begegnenden Zug, dass der Dichter etwas nicht erzählen kann, weil ihm darüber nichts berichtet, finden wir noch 7952. 8542. 9276 (S. DHB I, XVIII).

[2]) Vgl. Parz. 138, 9 *unser toerscher knabe*, der einzige Beleg, der mir aufgestossen ist.

vgl. 1536. 1889. 2824. 3236. 5455. 7574. 8026. 8663. 8922.
9139. *dâ von ich ê hân gennoc gesaget, ob irz hânt vernomen*
4188 Vergessenes holt er nach 4952 *mir ist leit, daz ich vergaz.*

II.
Epische Uebertreibungen.

Das gerade in Rede Stehende wird gern als das Voll-
kommenste seiner Art hingestellt. Diese Eigentümlichkeit
ist in dem ganzen emphatischen Tone der deutschen Volksepik
begründet. Dass dieselbe schon im 13. Jahrhundert als
stilistische Besonderheit der germanischen Dichtung erkannt
worden, zeigt eine ästhetische Bemerkung im Prologus der
Thidrekssaga (S. Raszmann, Die deutsche Heldensage, II):
„Ihre (sc. die deutsche, speciell die altsächsische) Dichtung
ist verfasst, soweit wir es beurteilen können, wie die Dich-
tungsweise in unserer Zunge ist: in einigen Stellen wird
wegen der Weise der Skaldenkunst zu viel gesagt und der-
jenige der grösste genannt, von dem oder von dessen Nach-
kommen erzählt wird. Und ebenso in Beziehung auf die
Gefallenen, wenn gesagt wird, dass alles Volk gefallen sei,
wenn die trefflichsten Männer gefallen waren, die zuvor ge-
lobt wurden.“

Der Lanzelet ist ganz durchzogen von derartigen Wen-
dungen. Ueberhaupt macht die gesammte Kunstepik von
ihnen recht ausgiebigen Gebrauch. Ihr ist ja nicht minder,
wie dem Volksepos der Held der Erzählung ein Bild ohne
Fleck und Makel, über alle anderen Sterblichen weit sich er-
hebend. So setzen sich für ihn bestimmte Formeln fest, die
seine exklusive Stellung zum Ausdruck bringen; bald erscheint
auch seine Umgebung in dieser superlativischen Auffassung.
Formelle Gründe, die Rücksicht auf Vers und Reim, wirken
natürlich mit. Tieferer Bedeutung entbehren auch diese Wen-
dungen fast immer. Es genügt ihre Grundtypen hier dar-
zustellen.

Der Reim *man : gewan* charakterisiert folgende Formeln:

ein der küeneste (der schoeneste) man, der ritters namen ie ge-
wan 2221. 4651, vgl. Alph. 140, 1 *den aller küensten man,*
d. bî unsern zîten r. n. ie g. Bit. 11631. Er. 4200. Iw. 1455.
3037; *ein der vorderste man, des ich ie künde gewan* 1337,
vgl. Bit. 10215 *zwêne die küenesten m. der ich noch k. ie g.*
5171. Eilh. 4019. 7441. Mor. v. Cr. 1595. Er. 4334, 4608.
Iw. 7417; *von dem aller miltesten man, den diu welt ie gewan*
4947, vgl. Roth. 55 *der aller getrûiste m., den ie sichein*
rômisc kuninc g. 5088. Er. 4634; *einen jungen man, den*
tiursten, den ie wîp gewan 1206. vgl. Wfd. A 568, 3 *den*
aller liebsten m. den in diser welte dehein frouwe ie g. Mor.
405, 1 *der aller schônste m. den ie kein frouwe ie g.* (S. die
Anm.). Eilh. 1025 (S. Lichtenst. z. 2430). Er. 3138. 3976.
5352. 6044. 6384. Iw. 1315.[1])

Häufig sind Wendungen, wie *an dem besten ritter der*
ie wart 329, vgl. 3694 und Wfd. B 15, 4 *ein tohter, daz nie*
kein schoener wart. Mor. 5, 2. Ortn. 15, 4; *den tiursten degen,*
den ie getruoc dehein wîp 1332, vgl. 1588; *ezn wart nie ritter*
geborn an den êren alsô staete, der sô gerne wol getaete 2692.
vgl. 1223. 8206 und Dfl. 8606 *die tiursten, die ie muoter*
getruoc. 1951. 2465. Eckenl. 216, 12 *an sterke und ouch an*
küene sîn glîch wart nie geborn. 60, 5. Virg. 170, 7 *ich ge-*
loube niht daz dekein wîp ie tiurren helt enpfienge, oder ge-
boren wurde ein lîp der solich kraft begienge. Roth. 294.
der aller schôniste man der ie von uîbe gequam. 2706 *der*
zurnigiste man, der von Adâme zô der werlde ie bequâme.
761 *der aller künisten eine, der ie môtirbarn gehiez*[2]).

Weniger oft findet sich Hinweis auf das Ende der Welt,
den Tag des Gerichts: *ez enwirt biz an den suonestac nimer*

---

[1]) Vgl. auch MF 4, 35 *rîtest du nu hinnen, der aller liebeste man?*
du bist in minen sinnen für alle die ich ie gewan; ferner noch Roth. 3574.
3728. 3750. 4079. Eilh. 49. 2523. Er. 360. 1424. 1626. 2000. 2158. 2344.
2480. 7278. Iw. 6975. 7425. 7583.

[2]) Vgl. Otfr. I, 5, 61 *nust siu giburdinot thes kindes so diures, so*
furira bi worolti nist quena berenti. II, 3, 9 *ni ward si io in giburti, thin*
io sulih wurti; V, 19, 7 *nist ther fon wibe quami, nub er thar sculi sin.*
20, 23 *nist man, ther noh io wurti odo ouh si nu in giburti od ouh noh*
werde in alawar, nub er sculi wesan thar.

hof gesprochen mê, dâ waetlich groezer vreude ergê 8848. *daz
man dâ von ze redenne hât die wîle und disiu welt stât* 8959,
vgl. 9398 und Roth. 799 *iz newirt biz an den tûmis tach.
nimmer mê nichein man der sûliche wunder muge begân.* 3609
*ein unminne, daz man sie biz tômes tach mit necheinen êren
verreden inmach*[1]). Eilh. 3964 *daz man dar von sprêche die
wîle die welt wêre.* En. 9328. 12896. 13245. Mor. v. Cr.
1600. Iw. 604.

Auf den Kreis der Mitlebenden wird Bezug genommen
2603 *von den besten frowen, die nu lebent.* 3762 *der tiurste
der nu lebend ist.* 194 *ein küniginne baz dan alle die nu
sint*, vgl. 5769. 7921 und Virg. 854, 7 *der beste vürste der
nu lebet, wîten in dem lande.* Dfl. 48 *sîn lop lac allen küne-
gen obe, die dâ lebten bî den tagen;* hierher gehören Wen-
dungen, wie *ûf der erden lebet niht sîn gelîch* 3021 (S. Haupt
z. Er. 2323). *ich enweiz niender sînen gnôz* 342, vgl. 4708.
6458 und Eckenl. 83, 13 *ez lebt niht sîn genôz.* Osw. 234.
Roth. 2216.

Das bei Ulrich vereinzelte *der schoensten tohter ein, die
diu sunne ie beschein* 729 begegnet in der Volkspoesie mehr-
mals: Walb. 665 *der getriusten manne ein, den ie sunne
überschein.* Ortn. 511, 1 *einen stein, daz in der werld diu
sunne sô guotez nie beschein*, vgl. Eilh. 2136 und Roth. 1102
den Dieterîchis gatin nie nebelûhte der tach. 3579 *iz ne belûhte
nie rhein liet alsô manigen helm gôt.*[2])

An den Gebrauch von *keiser* in der Virginal (S. DHB
V, XIX) erinnert die ähnliche Verwendung von *künic* im
Lanzelet: *genuht von allerhande vischen, die man ze küneges
tischen mit êren möhte bringen* 4008, vgl. Ortn. 42, 3 *mit
dem besten wîne, den man künegen ie getruoc* (S. die Anm.).
Er. 7126.

Gern treten bei der Schilderung des Empfanges und der
Bewirtung Übertreibungen auf: *ez enwurden nie enpfangen*

---

[1]) Vgl. Otfr. III, 14, 73 *thie ih al irzellen ni mag, thoh ih tharzua
due then dag, ouh thaz jar allaz, joh minaz lib ubar thaz.*

[2]) Vgl. Otfr. I, 11, 49 *dag inan ni rinit ouh sunna ni biscinit, ther
iz io bibringe.*

rîter baz danne die 8920, vgl. 804. 6590. 7321. 9183. *nie deheiner vrouwen baz noch sô schône wart gepflegen* 5120, vgl. 1238. 7131. *diu schœnest hôhgezît, diu weder vor oder sît in sô kurzer vrist moht ergân* 7771, vgl. Dfl. 1838 *ez enwart weder ê noch sît nie dehein hôchzît alsô grôz.* Wfd. B 854. 1 *ein schoene hôchzît, daz kein groezer nie wart weder vor noch sît.* Iw. 37.

Beliebt sind Wenduugen mit dem Verbum *bresten*: *vrouwen, gegestet daz in nihts gebrast* 601. *die bure er vollebrâhte, daz ir nihtes enbrast* 4176, vgl. 1356. 2008. 5169. 5432. 8139. 8561. 9190 (die Reimwörter sind *vast* und *gast*). Bemerkenswert ist auch der Gebrauch von *dürfen* in Übertreibungen: *siu endorfte spaêher niht sîn* 871. *ez endorfte nie kein fremde gast gegen grôzeme dinge baz gehân* 5170. *ez endorfte nie wîp getragen hêrer cleit* 4258, vgl. 2838. 4020. 6495. 7181. 8486. 8873. 9388. En. 1272. 1701. 7608. 8123. 12994.

Mehrmals findet sich der elliptische Ausdruck *sô nie . . baz, sô daz nieman baz* (S. Haupt z. Er. 2436; Behaghel z. En. 7329): 2321. 3245. 5409. 6421, vgl. 3501. 9177. 9224.

Zur Verstärkung der Übertreibung dienen folgende Zusätze: *von (al)ler welte* 6865. 8021. 8515, vgl. Alph. 101, 4. Ortn. 93, 4. Wfd. B 166, 2. *ûf der erden* 3021, vgl. Roth. 2055. Rab. 106. *ûf allem ertrîche* 7537, vgl. Bit. 1039. 1481. *in den rîchen* 6993. *in allen künicrîchen* 5739, vgl. Virg. 858, 8. Dfl. 59. Rab. 106. Gudr. 517, 3. *in allem diseme lande* 5508. *von den landen* 7733, vgl. Laur. 994. Walb. 1226. Virg. 854, 8. Gegenstände werden gern unter Hinweis auf das durch ihre Produktion berühmte Land als die vortrefflichsten bezeichnet: *von dem besten saben, den man rant in des küneges lant von Marroc* 4426, vgl. 862. 4814. 8877.

Übertreibend tritt der Dichter hervor oder redet seine Zuhörer an in Formeln, wie *ich enwriesch sô grôze fröude nie* 5397. *der groeste gedranc, dâ von ich ie gehôrte sagen* 3392. *ir enwrieschent vremder maere nie dan uns dannen sint geseit* 8006. *wa gehôrt ir ie gezellen von stolzern gesellen?* 6673, vgl. 3426. 3512. 5376. 9171 und Virg. 298, 1 *sô grôze nôt erwriesch ich nie.* Roth. 1847 *ir nehörtit ê noch sint gesagin von bezzerne gewêle.* 4062.

Redend eingeführte Personen bedienen sich gern übertreibender Wendungen mit *ich gesach nie: ichn gesach, sît ich wart geborn, nie man in disem lande, den ich sô gerne erkande* 508, vgl. 564. 789. 986. 2260. 3484 etc. und Mor. 182, 4 *ich gesach bî mînen zîten schôner kuniginne nieht.* 197, 4. Virg. 23, 10. 191, 5. 836, 5. Roth. 1719. Wfd. D VI 119, 1. Alph. 196, 4; hier notiere ich das vereinzelte *gezimieret, daz cristen man noch sarrazîn nie sôlhes niht gesâhen* 5271, vgl. Virg. 842, 11 *sî sint aller êren überdach, daz man in aller kristenheit kein bezzern ritter nie gesach.* En. 12807.

III.

Vergleiche.

Das deutsche Volksepos ist arm an Bildern. Es begnügt sich meist mit kurzen Vergleichen, die sich jedem aufdrängen und daher auch in der höfischen Dichtung oft begegnen. Aus dem Lanzelet führe ich einige bemerkenswertere auf, namentlich solche, die in der Spielmannsepik beliebt sind: *harnasch wîz als ein swan* 358. *hermîn wîzer danne ein swan* 8864 (S. Sarrazin, Wigamur, QF XXXV, 10; Martin z. Kudr. 1372, 1; Zingerle, Farbenvergleiche im Mittelalter, Germ. IX, 387 f.); *harnasch brûn lûter*[1]) *als ein zin* 8884 (S. Haupts Recension, aaO., 110); *sîn hâr gleiz als ein spiegelglas*[2]) 1472 (S. Lichtenst., aaO., CLIX; DHB V, XX); *als ein kugele gedrân* 8125. *als ein kerze gedrân* 7122, vgl. Wfd. B 2, 2 *gedrol als ein kerze* (S. die Anm.); *groezer danne ein berc* 2454, vgl. Bit. 4055 (S. Anm. z. 10661). Von einer Burg heisst es 224 *siu was ûzen und innen von golde als ein gestirne.* 5059 *siu liuhtet als diu sunne,* vgl. Mor. 9, 1 *ein*

---

[1]) Zu *brûn lûter* giebt W. Grimm, Ath. u. Proph., 417 Belege.

[2]) Auch einfaches *glas* und *spiegel* dienen zum Vergleich: Ortn. 114, 3 *lûter sam ein glas* (S. Anm. z. 46, 2). Mor. 673, 1 *die ougen lûter als ein spiegel* (S. Haupt z. Engelh. 5321).

krône, die lûchte als der sonnenschin. Eckenl. 70, 2 *ir härnesch gap sô liehten schîn alsam ein brehendiu sunne.*[1] Blitz und Donner werden zu Vergleichen verwandt: *siu kom von der burc gevarn rehte als ein wolkenschôz*[2] 1482. *sô hôrte man der schilte stôz, als ez waere ein duner grôz* 4505, vgl. Virg. 143, 7 *reht als ein wilder dunderslac sîne slege erduzzen.* Bit. 10102 *ir tjoste wurden alsô starc daz ez als ein doner hal.* 11980 *sper brechen wart vernomen daz ez als ein doner dôz* (S. d. Anm.). Roth. 2742. Eckenl. 105, 6. Die wilde, schonungslose Kampfesweise früherer Zeiten kommt in folgenden Bildern zu lebendigem Ausdruck: *in bestuont daz here breit, als ein wildez swîn die hunde* 1434, vgl. 3546 *kiiene als ein swîn* und Nibl. 1883, 2 *dô gie er vor den rîulen alsam ein eberswîn ze walde tuot vor hunden.* 1938, 2 *dâ vihtet einer inne, der heizet Volkêr, alsam ein eber wilde.* Wfd. D IX 100, 3 *alsô die wilden eber sach man sie houwen gân.* 102, 2 *er gienc vor in houwen alsô ein eberswîn.* Bit. 12138 *Witege der lief jenenher sam ein wildez eberswîn* (S. Lichtenst., aaO., CLII); *der begunde vellen die vinde strôdicke* 3170, vgl. Roth. 1706 *swâ her die anderen gevienc, wie strôdicke iz ûf gienc!*; *er sluoc mit sölher degenschaft ûf die herten ringe, als fiurin ursprinc dâ waeren ensprungen* 2588; *daz bluot dâ nider schôz, als ez ein brunne waere*[3] 1966. Beliebt im Lanzelet

---

[1] Neben der Sonne dienen im Volksepos Morgenstern und Mond zu Vergleichen: Mor. 9, 4 *recht als der morgensterne ir antlitz ûz den frouwen schein.* Ortn. 195, 3 *als der morgensterne durch vinster wolken brach, dem sterne schein gelîche sîn schilt und ouch sîn dach* (S. die Anm.). Eckenl. 230, 11; Ortn. 387, 2 *gelîch dem vollen mânen lûht ir beider ougen schîn,* mit spielmannsmässiger Übertreibung: Eckenl. 70, 11 *ir liuhten daz was sô getân, als man zwên volle maene saeh an dem himel stân.* Oft bildet allgemein der Tag den Ausgangspunkt des Vergleiches (S. Anm. z. Wfd. B 538, 1. 2): Mor. 227, 2 *daz lûchte schône alsam der tag.* Laur. 214 *diu naht wart nie sô tunkel, ez lûhte als der liehte tac vom gesteine.* Roth. 1611. 4952, vgl. Gr. Rud. *ab*,3. A*b*,7.

[2] Vgl. Walthar. 976 Alpharides retro se, fulminis instar, excutiens.

[3] Vgl. Otfr. III, 14, 28 *brunno thes bluates.* Walthar. 1406 sanguinis undantem tergentes floribus amnem. Später wird das strömende Blut gern mit einem Bach oder mit dem Regen verglichen (S. Jänicke z. Bit. 11046; Martin z. Kudr. 1424, 2. 532, 3).

ist der Vergleich des Kampfes mit einem *spil*: *sie spilten nitlich*[1]) *âne bret* 1167. *nitlîchen si spilten* 2042. *der wirt huob daz spil an* 1170. *nu griffens an daz nîtspil* 5280. *mit nîtspil bestân* 3886 (S. Weinhold, aaO., 21; Haupt z. Er. 867 f.; Lichtenst. z. Eilh. 564; Martin z. Kudr. 633, 3); hierher gehört der Ausdruck *leider spilgeselle* 1161.

IV.
Typische Verbindungen und Reime.

Unter die Merkmale volksepischen Stils gehört die Vorliebe für typische Verbindungen. Ulrich teilt dieselbe. Formelhaft sind besonders Zusammenstellungen antithetischer Begriffe (S. Lichtenst., aaO., CLVIII; Pirig, aaO., 45): *man u. wîp* 2741. 4034. 6132. 8031. *man noch wîp* 1368. 8539. 8832 (S. Martin z. Kudr. 127, 2; Harczyk, Zu Lamprechts Alexander, Z. f. d. Ph. IV, 29). *ritter u. vrouwen* 79. 1836. 2165. 2421. 2622. 2744 etc. (S. Mart. z. Kudr. 297, 4). *wirt u. gast* 2007. 9191. *herren u. dienestman* 8628. *ze rosse noch ze fuoze* 5309 (S. Mart. z. Kudr. 899, 1). *weder âzes noch trankes* 3686. *wazzer u. brôt* 1695. *wazzer oder lant* 4174. 7901 (S. Mart. z. Kudr. 208, 1). *naht u. tac* 5030. 5075[2]). 8099. 8368 (S. Mart. z. Kudr. 598, 1; Behaghel z. En. 2698). *winter u. sumer* 3943. *berc u. tal* 5686. 9135. *schaden oder vromen* 1291 (S. Mart. z. Kudr. 1427, 2). *ze ernst u. ze schimpfe* 817. *ze ernst u. ze spil* 1230. 2674. 2800. *von liebe u. ouch von leide* 7755, vgl. 8411 (S. Lichtenst., aaO., CLXXIII f.; Vogt z. Mor. 359, 4). *weder übel noch guot* 1650; *arme u. rîche* 55. 8225. 8660. *die rîchen zuo den armen* 6934. *junge u. alte* 2740. 3212. 3322. 8102. 8815. *die alten zuo den jungen* 1401. 5592. 7698 (S. Mart. z. K. 548, 2). *die alten zuo den kinden* 125

---

[1]) So wird für *noetlich* zu lesen sein, vgl. 2042. 2544. 2559. 2580. 3184.
[2]) *Und reit er naht unde tac, daz er lützel ruowe pflac*, s. Jänicke z. Bit. 5401.

(S. Mart. z. K. 925, 3). *von swachen u. von fromen* 5196.
weder siechen noch gesunden 7374 (S. M. z. K. 154, 2). *weder
tump noch wîs* 1379. *grôz u. cleine* 286. 8530. *ze wênic
noch ze grôz* 456. *lanc u. breit* 5815. *hôch u. wît* 4911.
weder ze heiz noch ze kalt 9049. *weder lieben noch leiden*
5400. *ez waer im (swem ez sî) liep oder leit* 4618. 1950;
ûzen u. innen 224. 4102. 4773. 6297. *vor u. sider* 1427.
weder vor oder sît 7772. *sît oder ê* 9234. *spât u. vruo* 2779.
5554, vgl. 7308 (S. M. z. K. 267, 1). *verre noch bî* 7837.
weder nâch noch verre 3838 (S. M. z. K. 96, 4). *wider u.
vort* 2984. 3110. *vert u. hinre* 3910. 6321 (S. M. z. K.
1377, 4). *ez sî lützel oder vil* 3846.

Häufig sind zweigliedrige Formeln, in welchen *êre* das eine
Glied bildet (S. Lichtenst., aaO.), voranstehend verbunden
mit: *lîp* 969. 988. *lop* 6581 (S. Müllenh. Scher., Denkm..
616). *vrome* 1562 (S. M. z. K. 215, 4). *ruon* 7758.
saelikheit 8810. *prîs* 3028. *guot* 9257; nachstehend ver-
bunden mit: *lîp* 3159. 4555. 6557. 7346. 7441 (S. M. z.
K. 200, 4). *prîs* 2512. 2612. *lop* 17. *guot* 2144. *sige*
5315. *liep* 578. 5896. *witze* 1050; *laster* bildet das erste
Glied in Verbindung mit: *schaden* 1878. 2955. 8175. *schamen*
6926. *schulde* 5894. *mein* 7381. *leit* 7243. Bemerkenswert
sind ferner folgende Zusammenstellungen von Substantiven: *ze
schaden u. ze schanden* 115, vgl. 6832 (S. M. z. K. 132, 4).
schande u. nôt 1608. *nôt u. harnschar* 7629. *nît u. haz* 4024.
haz u. hort 8916 (im Gegensatz zu *holtschaft und guot wort*).
luden u. braht[1]) 1899. *wuof u. klagen* 166. 7638. *mit
herzen u. mit sinnen* 1792 (S. M. z. K. 810. 1). *herze u.
muot* 3733. 4224. *lîp u. guot* 2638. 5765. 7396. 7498. 8256.
8831. 8956 (S. M. z. K. 347, 2). *ir wîsheit u. ir witze* 4331.
helfe u. heil 1196. *mîn bete u. ouch mîn rât* 14 (S. Zingerle,
Biten und Gebieten, Germ. VIII, 383). *âne muot u. âne
maht* 3695. *ros u. man* 3397. 7612. *liuten u. rossen* 9121.
ûf helme u. ûf die schilte 5317, vgl. 1409. *ros u. schilt* 779,
vgl. 9173. *harnasch u. ors (ros)* 1984. 3637. *îsen u. stâl*

---

[1]) Vgl. *gebraht u. wuof.* Bit. 9816 (u. Anm.). *luden u. schal* Wfl. D VII
196, 2 (u. Anm.). *ludem u. dôz* Gudr. 187, 2 (u. Anm.).

368. *mit stichen u. mit slegen* 3284. 4494. *gewant, ros u.
schatz* 5730 (S. M. z. K. 12, 4. 262, 2). *silber u. golt* 8326.
9221 (S. M. z. K. 63, 3). *von golde u. von gesteine* 4137
(S. M. z. K. 251, 4). *michel golt u. schatz* 8344. *nuschen,
bouge, vingerlin*[1]) 5612 (S. M. z. K. 251, 3). *hemede u. roc*
200. 6498. *lûtertranc, met u. wîn* 8603 (S. M. z. K. 1305,
3). *bürge u. lant* 4640. 8319. 8442 (S. M. z. K. 205, 5;
Harczyk, aaO., 29; Jänicke aaO., 26). *liute u. lant* 1246.
7906. 8212 (S. M. z. K. 562, 1). *nâch vriunden u. nâch
mâgen* 1869. *deweder mâc alde man* 2287, vgl. 5577.

Formelhafte Verbindungen von Verben sind *stechen u.
slân* 2580. 2616. 3124. 3353. *weder durch slahen noch durch
vâhen* 1227 (S. M. z. K. 130, 4. 1705, 4). *werfen u. schiezen*
155. *hern u. brennen* 116. 7101. *swaz man redet oder tuot*
1349. 1883, vgl. 4230. *gewinnen oder verliesen* 4286. *si ge-
buten u. bâten (u. santen boten)* 8824, vgl. 3248 (S. M. z.
K. 330, 1. 1015, 3; Zingerle, aaO., 381). *deweder singen
oder sagen* 3449 (S. M. z. K. 166, 4).

Wie die eben aufgeführten Formeln gröstenteils nur zur
Füllung des Verses und zur Gewinnung bequemer Reimwörter
dienen, so auch nachstehende adverbiale Wendungen: *gelîche,
al gelîche* (S. Pirig, aaO., 45) 2741. 5283. 5391. 7710. 54.
8659. 2948. 3145. 3815. 6298. 6850. 7300. 7331; *über lût* im
Reim auf *trût*[2]) (S. Roediger, Anz. I, 76) 5917 *ich wil iu
sagen ü. l.* 2283 *dô sprach der künic Artûs ze sînen gesellen ü. l.*,
vgl. 2278[3]); *in allen gâhen* (S. Pirig, aaO., 47) 945. 5813.
5916. 7225; mit *stunt* gebildete Zeitbestimmungen (S. DHB III,
XLIII), wie *(isâ) zer selben stunt (ze den selben stunden)* 2018.
2844. 3805. 6874. 7559. *an der (den) selben stunt (stunden)*

---

[1]) Vgl. Roth. 398 *nuskele u. vingerin . . vunf dûsint bouge.* 3094
nuschen u. bouge u. hârbant.

[2]) Schon bei Otfrid beliebt, vgl. z. B. III, 23, 7 *thir zell ih hiar
ubarlut: drut* (S. Ingenbleek, aaO., 93).

[3]) Mit der bei Eilhart häufigen (S. Lichtenst., aaO., CLVIII) Ver-
bindung *über lût noch tougen* 3472 vgl. *offenlichen u. tougen* Gudr. 1565, 4
(u. Anm.). *stille u. offenbâre* Wfl. D VII 107, 2 (u. Anm.). *beide stille
end overluyt* Serv. I, 170. 390. Er. 6525.

4770. 612. *an der (dirre) stunt* 163. 189. *ze keinen stunden*
3469. *zuo den stunden* 891. 2197. *zestunt* 452. 1008. 5073.
5989. Hier notiere ich überleitendes *mit der rede* 848. 3730.
6264. 7265. 7314. *hie (dâ) mite* 2983. 7972. 6326.
9290 und die Wendung *doch dês al ein* 3414. 5510. 6119, vgl. 2226,
4393. 7012. 5851.

Mit der Prägung fester Formeln geht die Bildung typischer
Reime in der Volksdichtung Hand in Hand. Einige derselben
begegnen im Lanzelet: *(ge)rehten : guoten knehten* (S. Roediger,
Anz. I, 75; Lichtenst., aaO., CLIII; Pirig, aaO., 40) 679.
1533. 1745. *reht(e) : guot(e) kneht(e)* (S. Roediger, aaO.) 471.
1991. 2461. 3619. 4217. 5001. 5253. 5991. 6471. 6629. 7089.
8163. 8231. 8371. 8625. 8765. 9218. *helede : selede (helden :
selden)* (S. Mart. z. Kudr. 448, 4) 7221. 7743. 8587. 8817.
gelfe : helfe (S. Lichtenst., aaO.) 3769. 8349. *lant(de, den):
wîgant(de, den)* 29. 399. 999. 1313. 2253. 4931. 7733. 8075.
8131. 8165. 8319. 8425. 8441. 8475. 8745. 8825. 8935,
vgl. z. B. Wfd. B 13, 1. 72, 1. 216, 1. 228, 1. 229, 3.
274, 1. Roth. 718. 1806. 2213. 2645. 2847. 2857. 2963.
2967. *geste(n) : (nôt,muot)reste(n)* (S. Pirig, aaO.) 139. 161.
763. 6273. 6675. 7407. 7615. 1117. 3717. 6829. *rast(e):
gast(e)* 211. 1377. 2315. 2795. 2995. 4519. *(edel ge)steine :
grôz unde cleine* (S. Roediger, aaO., 73; Pirig, aaO., 44)
285. 8530, vgl. 8491.[1])

V.

Syntaktisches.

Ulrich hält sich auch von syntaktischen Eigenheiten des
Volksepos, welche der streng höfische Stil meidet, nicht fern.
Dahin gehört der unvermittelte Übergang von der indi-
rekten zur direkten Rede (s. Haupt z. Neidh. 62, 20;

---

[1]) S. auch p. 8. 11 f. 28. 29. 31. Auf minnigliche Verhältnisse be-
ziehen sich die Reime *geluste:kuste* (S. Lichtenst. z. Eilh. 2125) 7741.
7851. *minnen:brinnen* (S. Pirig, aaO.; 42) 4381.

Martin z. Kudr. 62, 4; Zupitza z. Virg. 259, 1; Jänicke,
aaO., 29): 1267. 3837. 4307. 4356. 4653. 4975. 6927. In
der Erzählung findet dieser Wechsel statt 5430 *im ist von
Plûris geseit, ez si ein schoeniu burc vast, . . dar under lac
ein market guot.* .

Auffallende Anakoluthe begegnen im Lanzelet nicht;
nur 7682 *hie sol niht werden verdaget, daz min her Lanzelet,
der ie daz beste tet . ., der nam Esealden* ist zu notieren.
Eine leichtere Unebenheit ist es, wenn ein hervorstechender
Begriff des Satzes ausserhalb der Konstruktion im Nominativ
an die Spitze gestellt und dann durch ein Pronomen in dem
betreffenden obliquen Kasus wieder aufgenommen wird[1]): *diu
burc, da'z im geschach, der ward er hart erbolgen* 440. *beidiu
stechen unde slân, des werdent ir vil wol bereit* 2616, vgl.
807. 6229.

Zuweilen stimmen Subjekt und Praedikat im
Numerus nicht überein. Zu einem Substantiv im Plur.
tritt das Verbum im Sing.[2]) (S. Gr. IV, 196 ff.; Mart. z.
Kudr. 12, 4) 3556 *dâ lac hundert ritter unde mêr*. 3651
dâ sehs tûsent ritter was. 3138 *in was gevangen zweinzic
ritter abe*. Mit einem Verbum im Plur. verbindet sich ein
Nomen im Sing. (S. Gr. IV, 191 ff.) 1266 *daz dâ waeren
der besten ritter diu kraft*, vgl. 7368.

In der Weise der Spielmannsdichtung gebraucht Ulrich
das Praesens historicum[3]) (S. über dasselbe Grimm, Gr.
IV, 140 ff.), indem er „reflektirend auf einer bestimmten
bedeutsamen Situation verweilt und so dieselbe den Hörern
noch einmal wie in einer Abbildung vorführt, ehe er zur
Lösung des Knotens schreitet" (S. Vogt z. Mor. 399, 3—5):
nu lît der êrbaere in eime karkaere, der ist unsüberkeite

---

[1]) Besonders häufig bei Wolfram, s. Bötticher, Über die Eigentüm-
lichkeiten der Sprache Wolframs, Germ. XXI, 289 f.

[2]) Im Iwein findet sich diese Erscheinung nicht (S. Lachm. z. 576), im
Erek 4 mal, im Gregorius 1 mal (S. Haupt z. Er. 354; Naumann, Über die
Reihenfolge der Werke Hartmanns, HZ XXIV, 34).

[3]) Hartmann meidet es (S. Grimm, aaO.), Wolfram nicht (S. Förster,
aaO., 5 ff.).

vol 1689. *nu llt ze Schâtel le mort gevangen unser recke* 3676.
nu rennt der künic Valerîn und Lanzelet ein ander an 5268,
vgl. 2852. 3350. 4190. 5122. 5429. 6264. 6816. 7575. 7662 etc.
Hier schliesse ich die Figur der Antiphasis an. Die-
selbe begegnet schon bei Otfrid (S. Erdmann, Untersuchungen
über die Syntax der Sprache Otfrids I, § 254 ff.), ist in der
Spielmannsepik formelhaft geworden (S. Vogt, aaO., CXLIV;
Anm. z. Wfd. B 96, 1) und wird in dieser Weise auch von
den höfischen Dichtern der Vorbereitungsperiode, sowie von
Wolfram[1]) oft verwandt. Im Lanzelet stehen besonders fol-
gende Verba antiphatisch: *vermîden* 202. 2309. 4876. 5788.
6510. 6518. 7466. 9115. 3084. 4595. 6282. 7692. 7726.
7530. 9207. 7021. *lâzen* 4077. 4580. 5482. 1956. 2136.
5302. 6286. 6848. 8241. 7480. 9280. *bîten* 2542. 2556.
3108. 6130. 7596. 7884. 8821. 8996. 7511. 8322. 4611.
6395; vereinzelt sind *tuon* 8241. 8944. *lengen* 1891. *ver-
tragen* 2072. *enbern* 2812. *so entouc mir niht zenberne*
7984 (S. Lichtenst. z. Eilh. 198). *verbern* 6054. *vergezzen*[2])
8658. 9259. *entwellen* 3606. *betrâgen* 967. *verdriezen* 7966.
betiuren 2400. *verlegen* 8774. *sich entwerfen* 7808. *zerbrechen*
5844. *ez enist des dehein rât* 6434. *dâ wider ist dehein vrist*
5856. *des enist dehein lougen* 4212. *da'n ist niht wider*
5510. 7365.

VI.

Wortschatz.

Ein charakteristisches Unterscheidungsmerkmal volkstüm-
licher und höfischer Sprache liegt im Wortschatz. Viele Aus-
drücke, welche das Volksepos geprägt, verschwinden aus der
höfischen Dichtung, je kunstgerechter der Stil wird und je
mehr der neue, aus veränderten Lebensanschauungen hervor-

---

[1]) Über die Antiphasis b. Eilh. s. Lichtenst., p. CLXXIII; b. Wolfram
s. Kinzel, Z. f. d. Ph. V, 5 ff.
[2]) Formelhaft erscheint *niht vergezzen* auch in Wendungen, wie *Lanzelet
dô niht vergaz der gewonlichen slege sîn* 5322. *ir êren siu niht vergaz*
1451, vgl. z. B. Dfl. 8262 *manheit si niht vergâzen.*

gegangene, französierende Wortschatz Boden gewinnt. Von
einem eigentlichen „Meiden" kann man kaum sprechen: jene
Wörter liegen dem Vorstellungskreise nicht mehr nahe und
erscheinen daher nur zuweilen, meist in ganz bestimmter
Färbung[1]). Ulrichs Sprache ist noch sehr durchsetzt mit Aus-
drücken der nationalen Dichtung[2]).

Von altepischen Bezeichnungen für „Krieger" begegnet
recke[3]) 18mal, darunter 2mal im Reim *(: tecke)* 3677. *(: be-
decken)* 7147 (selten b. Eilh., s. Lichtenst., aaO., CLV);
wigant 48mal, ausser 2636 u. 6864 stets im Reim (b. Eilh.
40mal); *helt* 104mal, 12mal im Reim (b. Eilh. 87mal); *degen*
58mal, 23mal im Reim (b. Eilh. 56mal), ausserdem noch in
den Kompositen *degenschaft* 2588. *degenlich* 6281. *dietdegen*[4])
2934. *rolcdegen* 743 (S. Weinhold, aaO., 21). Ulrich über-
bietet somit in der Verwendung dieser Ausdrücke die fast
gleich lange Dichtung des älteren Eilhart; dagegen zeigt
das unzählige *ritter* gegenüber dem nur 37maligen Vorkommen
im Tristrant die stärkere Beeinflussung des höfischen Elementes.
Besonders zu bemerken ist mit Emphase gebrauchtes *degen*,
wigant, *helt*: *er spranc ûf als ein degen* 2083. *geparelieret als
ein rehter wigant* 502. *in was daz gewissaget, daz ez wurde
ein wigant* 94. *des libes ein helt (degen)*[5]) 1749. 55, vgl. Walb.
1005 *sines libes ein helt* und das im Volksepos beliebte *ein
degen libes u. guotes* (S Anm. z. Ortn. 121, 2). Volksmässig
ist ferner *der guote kneht* (S. Mart. z. Kudr. 344. 4), 20mal.
stets im Reim (S. p. 20) vorkommend; *kneht* (= *garzûn*, s.
DHB III, XXXVIII) 2662; *holde* (S Jänicke z. Bit. 7695)
2286, im Reim 1996 *der staeten Saelden holde*[6]). 4645
allen ir holden, vgl. die Komposita *diu friuntholde* 2126.

---

[1]) S. Bötticher, aaO., 273.

[2]) Auf diesem Gebiete haben schon Jänicke und Schilling in ihren
p. 2 citierten Abhandlungen manches zusammmengestellt. was von mir
benutzt ist.

[3]) Bemerkenswert ist die Wendung *in recken wis rarn* 6237 (S.
Jänicke, aaO., 3).

[4]) Vgl. *dietzage* 3048 *(hellezage* 2535). *werltzage* Er. 4657.

[5]) Vgl. *des libes ein zage* 1693. Iw. 4913.

[6]) Vgl. *der Êren holde* Er. 9963 (S. W. Grimm, Ath. u. Proph., 406).

holtschaft 4227. 8915; *mâc, mâge* begegnet 20 mal, 10 mal im Reim; *gome* stets im Reim (die Reimwörter sind *vrome* und *komen*) 926.. 2248. 2827. 3000. 4482. 6613; *(vremde) geste* (Feinde) 140. 161. 7408; *vremder gast* (= *recke*, s. DHB III, XXXVIII u. XLIV) 212. 1574. 5170. 6675. 8562.

Für „Krieg" gebraucht Ulrich die der höfischen Sprache fremd gewordenen Ausdrücke *urliuge* 3309 *unser helt der was ein guot urliuges tür.* 739 *ein strenger urliuges man,* vgl. Dfl. 8494 *manegen wîsen u. m.* (das Verbum *urliugen* 6601); *wîc* in dem Kompositum *wîcspaehe* 2389; *hervart* 6920. 8055; *sturm* (S. DHB III, XXXVIII) 8080; *reise* (Kriegs-zug) 6851. 7281. 8058. 8095. 8137. 8457; *tegedinc* 5257. 6390. Hier notiere ich auch *sperwehsel* (S. Mart. z. Kudr. 500, 1. 862, 1) 156; *daz widerwünnen* 4548 (S. über *der widerwinne* Jänicke z. Bit. 10266; Mart. z. K. 236, 4); *ban* 3041 *er würket vreislichen ban*[1]). 1416 *ze ban werden* (S. Weinhold. aaO., 24; Vilmar, Deutsche Alterth. im Heliand, 63).

Von volksmässigen Bezeichnungen für „Waffen" finden sich *sahs* 8505; *schaft* (pars pro toto) 7 mal; *gêr* 1504; *ecke* 3308 *unser helt der was ein ecke; isenhuot* 3810; *îsenwât* 8930; *sarwât* 1986; *batwât* (s. Haupt, Jahrb., 114) 6433; *beinwât* 8872; *stahelraz* (Helm) 5321, vgl. *helmraz* Bit. 1601 (S. d. Anm.); *brünne* 4500. 4547; *rant* (pars pro toto) 2378; *ringes gespan* 1408. vgl. Nibl. 2009. 2 *(helmgespan* 2157, 3); *her-schilt* steht metonymisch für „Heeresmacht"[2]) 110 *daz er si sô sêre rilte mit sîme herschilte.* Im Kunst- und Volksepos gleichmässig gebräuchlich sind *ringe* (5 mal); *harnasch* (14 mal); *halsperge* 2080, vgl. *halspercwende* 1521.

Das altepische *marc* (S. Lachmann z. Klage 1774) be-

---

[1]) So lese ich mit Haupt, Jahrb. und Bächtold, Der Lanzelet des U. v. Z. (Frauenfeld, 70), 42 für *inban* des Textes.

[2]) Im Volksepos werden gern Waffen für die Kämpfer gesetzt. *schilt* z. B. Wfl. D IX 197, 3. Roth. 4052, vgl. En. 146. 6697, auch Lanz. 9102 *ir bekâmen ir vater man, mit zwein tûsent schilten, die alle ûf orsen spilten* (der Reim *schilten: spilten,* wie Wfl., aaO.); *halsperc* Wfl. A 144. 4. 187, 1 (S. d. Anm.). vgl. En. 8382; *stâlhût* und *helm* im Tristrant. s. Lichtenst. z. 5877.

gegnet ausser 2054 im Reim (:*starc*) 353. 1990. 4469; das beiden Litteraturgebieten angemessene *ros* etwa 70mal; *ors* nur 10mal, davon 3mal im Reim (:*Lîmors*); *pfert* 9mal.

In der Sprache des Volksepos beliebt sind ferner folgende Ausdrücke: *menegîn* (S. Haupt z. Er. 1699), im Reim 1326. 5489. 6106, vgl. *lantmenege* 8383; *gate*, im Reim 2672. 5213; *ellen* 1040. 2411. 3382[1]). 8362, vgl. *ellenthaft* 5311. 6347. 8552; *verch* (S. Anm. z. Bit. 1624) 2204; *künne*, 5mal im Reim (:*wünne*) 3331 *des grâven k.* 5095 *mînes herren k.* (S. Mart. z. Kudr. 205, 3. 1307, 3). 5250 *küneges k.* 4047 *von küneges k. hôch erborn* (S. Mart. z. Kudr. 212, 3). 2359 *mit freuden maneger k.* 9244 *da enwas dehein k. ze leides ungewinne*, vgl. *künneschaft* 37; *barn*, im Reim 1901 *maneger muoter b.*[2]) 2495. 4959 *des küneges Artûs swester b.* 899 *des rîchen forehtieres b.*, vgl. 7676; *adel*[3]) 33 *welhes adels er waere.* 260 *wan er von adele was geborn*, vgl. *adelîch* 1765; *kunde* (S. Anm. z. Bit. 4820), im Reim 2843; *warc* (S. Ben. u. Lachm. z. Iw. 4924), im Reim 1139. 6996; *magen*, im Reim 112. 1241; *selede*, im Reim (S. p. 20); *niumaere* 6767. 7711; *mete* (S. Mart. z. Kudr. 1305, 3) 8603 *lûtertranc, met u. wîn*; *kopf* (Becher) 3147; *bouge* 5612; *schatz* (S. DHB III, XXXVIII) 5730. 8344; *hort* (S. DHB, aaO.) 8916.

Betreffs der von Ulrich verwandten volksmässigen Epitheta verweise ich auf die Schrift Schillings. Ein von mir zusammengestelltes Verzeichnis aller attributiv gestellten Adjectiva im Lanzelet gedenke ich in einer Untersuchung über die Entwickelung des Epitheton ornans in der altdeutschen Epik zu verwerten.

[1]) In der formelhaften Verbindnng *baldez ellen*, s. Weinhold aaO., 31; HZ IV, 471; Müllenh. Scher., Denkm., 347; DHB V, XIX; Mart. z. Kudr. 1032, 2.

[2]) Häufiger ist in der Volkspoesie *maneger muoter kint*, s. Mart. z. Kudr. 370, 4; Zupitza z. Virg. 185, 11.

[3]) Das Wort steht in der Spielmannsepik gern in Wendungen mit dem Verbum *gezemen* : Roth. 38 *ein wol geboren wîf, die van allem adele gezême eime koninge.* 77. Mor. 5, 4 *dâ spielten ir die ougen als irem adel wol gezam.* 25, 1 *die mînem adel wol gezeme die wil ich nemen.* 214, 4 *als einem rîchen fursten nâch sînem adele wol gezam*, vgl. Er. 1837 *als sînem adel tohte.*

2*

VII.

Schilderungen im Stil des Volksepos.

Nicht nur im häufigen Gebrauch altherkömmlicher Formeln und Ausdrücke bethätigt sich Ulrichs volksmässige Natur, sondern auch in seiner ganzen Darstellungsweise. Für ihn ist noch der alte künstlerische Standpunkt massgebend, dem zufolge die Handlung im Vordergrunde des Interesses steht, während das strengere höfische Epos auf die Darlegung seelischer Zustände und auf die Beschreibung von Gegenständen das Hauptgewicht legt.

In der germanischen Dichtung werden namentlich **Kampf** und **Tod** der Helden, gemäss der eigenartigen Welt- und Lebensanschauungen des Volkes, in intensive Beleuchtung gerückt und mit einer Fülle sinnlich anschaulicher Züge ausgestattet, welche typisch geworden als dichterisches Gemeingut von Generation zu Generation sich vererben. Unter den Dichtern der Vorbereitungszeit hält besonders Ulrich an der Ausmalung der Kampfscenen im Ton der Volkspoesie fest. Natürlich gilt dies vorzugsweise von der Darstellung des altnationalen Schwertkampfes, während in der Schilderung der modernen *tjoste* das höfische Element vorwiegt.

Zu Beginn des Streites wird gern die Absicht der Kämpfer nicht weichen zu wollen hervorgehoben: *ir enredere wolt entwîchen* 692. *der helt, der niht rergebene niemanne wolt entwîchen* 2020. *do enwolte der gefüege dem eltern niht entwîchen* 4466. *geloubent mir daz ich iu sage, ê ich entwîche einen fuoz, daz ich ê zwâre sterben muoz* 2356, s. Mart. z. Kudr. 517, 4; Vogt, aaO., CXLVI und vgl. Alph. 130,4 *ich wil in niht entwîchen.* Bit. 11068 *ir deweder dem andern entwîchen wolde niht eins fuozes breit.* En. 11956. 12362. 12459. Ihren Ingrimm malen trefflich folgende Züge: *er sluoc den wirt mit sölher kraft, mit verbizzenme zan* 2108. *die zürne begunden grisgramen von der slege schalle* 2060, vgl. Walthar. 1230 latebrae, ex queis, de more liscae dentibus infrendens rabidis, latrare solebas. Eckenl. 237, 1 *vrô Birkhilt grisgramen began.* Gudr. 1510, 2 *mit grisgramenden zenden zehant huop er sich*

dar (S. Martins Anm.); *si begunden mit im striten, als er in
den vater het erslagen* 1420, ein Ausdruck, für den ich keine Be-
lege habe, vgl. jedoch Roth. 4276. Iw. 850; *er nam mit beiden
handen daz swert, da mit er vaht* 2088, vgl. Eckenl. 199, 11
mit beiden handen er sin swert zuht. 219, 4 *her Eckenôt sîn
swert ze beiden handen nam.* Alph. 285, 4. Ortn. 400, 4.
Wfd. B 680, 1. Bit. 11296; mit dem letzten Motiv verbun-
den erscheint das Zurückstossen des Schildes 2084 *des schiltes
moht er niht gepflegen: hinder rücke er in stiez,* vgl. Eckenl.
108, 7 *der rise den schilt ze rucken want, er namz swert ze
beiden henden.* Ortn. 316, 1 *daz swert nam er ze handen,
den schilt ze rücke er warf.* Dfl. 3410 *ir sult ze bêden handen
geben diu swert in dem strîte . . ir kêret an die rücke baltlich
die schilde.* Eilh. 6048. Er. 855.

Dem eigentlichen Schwertkampf pflegen drei Momente,
das Absteigen der beiden Gegner von den Rossen, ihr An-
stürmen und das Zücken der Schwerter vorauszugehen, für
welche das Volksepos feste Formeln geprägt hat: *si erbeizten
nider ûf daz lant* (S. Vogt, aaO.), von Ulrich abweichend ge-
staltet, vgl. 2048. 2570. 4511; *si liefen beide ein ander an*
(S. Khull, Zu Wigamur, HZ XXIV, 123), ähnlich im Lanzelet
1930. 2057. 2571 begegnend; *under die schilte si sich bugen,
zwei scharpfiu swert si dô zugen* mit dem typischen Reim
bugen : zugen (vgl. Laur. 665. Dfl. 9059. Virg. 52, 1. Alph.
128, 1), von Ulrich in ihrem zweiten Teil bewahrt 2030 *zwei
scharpfiu swert si zugen* (: *elugen*), sonst modifiziert, vgl. 3804
dô zôch der edel wigant sîn scharpfez swert. 5304 *und zugen
dô mit crefte diu swert von den scheiden.* 4478 *für wâr wir
daz sagen mugen, daz si diu swert zuhten* (: *ruhten*)[1]).

Der Gang des Streites ist in den Hauptzügen stets der
gleiche: der Held wird vom Gegner zu Boden geschlagen
(vgl. 1931. 2074. 4534), erholt sich aber sofort wieder, springt
auf und führt den Kampf zu Ende: *schier erholte sich der gast,
snellechîche er ûf spranc* 1934. *des erholte sich der helt enzît:*

---

[1]) Dieser Reim ist in der Rabenschlacht häufig, vgl. 391. 402. 452.
813. 995.

er spranc ûf als ein degen 2082. *der helt sich des erholte und spranc schiere her dan* 4536, vgl. Virg. 821, 4. 869, 7. 883, 11.

Einen besonders gefährlichen Moment oder den erneuten stärkeren Ansturm der Streitenden bezeichnen Wendungen mit *êrst* (in der Volksdichtung meist *allerêrst*): *dô gienc ez êrst an die nôt* 1978. *dô wart dâ êrst gevohten* 4510, vgl. 1184. 3388. 3410 und Eckenl. 105, 4 *dô huop sich êrst ir ungemach.* 106, 2 *dô wart alrêrst gestriten daz.* 107, 1. Rab. 213. 607. 814. 815. 816. 850. Dfl. 3418. 3643. 8977. 9004. 9056. 9454. 9530. Lanr. 524. 1382. Ortn. 465, 3. 470, 3. Mor. 552, 5. 763, 1. Wfd. A 341, 3. 395, 3. B 919, 4. D IV 31, 4. 34, 2. V 151, 4. IX 102, 1.[1])

Zur sinnlichen Veranschaulichung des Kampfes dient im Volksepos vor allem das Erklingen der Schwerter und das Aufsprühen der Funken unter den Hieben (S. Grimm und Schmeller, Lat. Ged. d. X u. XI Jahrh., 76; v. Muth, Einl. in d. Nibelungenl., 372; Lichtenst., aaO., CLVI; Naumann, aaO., 33; Harczyk, aaO., 29; Jän. z. Bit. 8808; Mart. z. Kudr. 361, 4. 886, 2). Im Lanzelet erscheinen beide Motive verbunden 4494 *von slegen und von stichen sâhen si beide dicke des wilden fiures blicke, die ûz den helmen sprungen. diu scharpfen swert erclungen in beiden an den handen*[2]). 2064 *diu scharpfen swert si sluogen ûf ein ander, daz si erclungen und von den helmen sprungen die fiures flammen blicke (: dicke);* das zweite steht allein 3172 *er sluoc, daz fiures blicke (: strôdicke) hôhe von den helmen clugen,* vgl. 2588. Als Belege führe ich an: Walthar. 713 sed capulum galeae impegit, dedit illa resultans tinnitus, ignemque simul transfudit ad auras. 827 non sic nigra sonat percussa securibus ilex, ut dant tinnitus galeae, clipeique resultant. Wfd. C III 33, 1 *diu swert sluogen sie dicke, diu sie mit nîde zugen, daz die fiurîn blicke ûz den helmen flugen.* D IX

---

[1]) Im Wolfdietrich A erscheint am Schluss des 4. und 7.—10. Liedes ein *alrêrst*, welches eine ahnungsvolle, auf neue Ereignisse vorbereitende Pause entstehen lässt.

[2]) Vgl. Mor. 625, 1 *Môrolf wider ûf gesprang sin swert im an der hende erclang* (S. Vogt, aaO., CXLVI).

128, 1 *diu swert sluogen sie dicke daz si vil lûte erklungen
und daz die fiures blicke*[1]) *ûz den helmen drungen;* vgl.
auch En. 7167 *die swert dâ starke klongen, dâ si tesamene
drongen. vele menich helm dâ klanc, dat dat für dar ût
spranc brennende te berge.* 11910 *die swert si ridderlike togen,
lûde si erklongen. dâ si tesamne drongen..*[2]) Das Funken-
sprühen mit einem anderen Motiv, dem Biegen der Helme ver-
bunden begegnet 5316 *si sluogen alsô sêre ûf helme und ûf
die schilte, daz daz viur wilde wadelende drâze vlouc und sich
von den slegen bouc ir ietwedirs stahelvaz,* vgl. En. 12420
*doe was der helm sô herde, dat he sich nie gebouch. dat
für doch dar ût flouch.*

Selten fehlt in den Kampfschilderungen des Volksepos das
Zerhauen der Panzer, Schilde und Helme. Im Lanzelet finden sich
dafür folgende Wendungen: *die brünjen sich entranden
(:handen), daz sich die ringe zerluben und die wâfenrocke stuben*[3])
harte wîten umbe sie 4500. *beide si zetranden (:handen) die
ringe mit den swerten,* vgl. Walthar. 911 hamatam resecans
loricam. Wfd. B 915, 2 *er entrante manegen liehten rinc und
manege sarwât.* D V 136, 2 *vil der liehten ringe wart von in en-
trant (:hant).* 159, 3 *vil der liehten brünjen, die ê wâren
ganz, die wurden dô entrennet; sin zobelîner rant der was gar
zerhouwen* 2378. *ouch buten si die schilte dar und zerhiuwen
die sô gar, daz si an in kûme gehiengen* 2563. *sinen schilt
man wol zerhouwen sach, dürkel*[4]) *in manic ende* 3062, vgl.
Bit. 8826 *man sach dâ maneges schildes rant dürkel unde zer-
houwen.* 2855 *dâ von im dürkel wart sin rant; dâ mite sluoc
er vaste dem unkunden gaste niderhalp der hant durch den*

---

[1]) Der Reim *dicke : blicke* ist auch in der Schilderung von Liebes-
scenen beliebt, vgl. Bit. 4085 *si wehselten doch dicke vil güetliche blicke.*
Er. 1490 *dô wehseltens vil dicke die friuntlichen blicke.* 1714 *nu rôt und
danne bleich wart si dô vil dicke von dem anblicke.*

[2]) Eine Zusammenstellung dieser Wendungen und überhaupt eine Dar-
stellung des volkstümlichen Elementes im Stil Veldekes vermisst man in
Behaghels Ausgabe der Eneide.

[3]) Der Reim *cluben : stuben* begegnet noch 5293, *cloup : stoup* 1527,
vgl. Eckenl. 184, 11. Wfd. C III 35, 3.

[4]) S. Jänicke, aaO., 21; Mart. z. Kudr. 788, 4.

underen rant den dritten teil des schiltes hin 4519, vgl.
Walthar. 910 mediam clipei dempsit vasto impetu partem.
Eckenl. 108, 4 *dem edeln Berner vor der hant er kloup den
schilt unz an den rant . . er hiu den schilt im vor der hant
vil tiefe gên den enden.* Bit. 8058 *sînes herren schiltrandes
wol ellen breit er hin gesluoc.* En. 12447 *sînes skildes rant
sloech hem der wîgant Ênêas halven hene dane; si hiwen beide
manegen spân ein ander von den schilten* 2040, vgl. Walb. 1036
*er sluoc Schiltunge von der hant den schilt ze kleinen stücken
gar.* En. 7539 *die twêne helde milde tehiewen die skilde te
spânen vele kleinen; unz daz den wîganden beleip vor den
handen niht wan daz armgestelle* 693, vgl. Walthar. 1034
proprium a summo clipeum fidit usque deorsum. sed retinet
fractum pellis superaddita lignum; *des liehte helme wurden
schart* 3259, s. Jän. z. Bit. 997; Lichtenst., aaO., CLII und
vgl. Bit. 6388 *die vil mangen helm schart mit ir handen hânt
geslagen.*

Der Erbitterung der Kämpfer und der Wucht ihrer Hiebe
entspricht die Tiefe der geschlagenen Wunden: *daz swert ze
tal wuot*[1]), *unz ez im an den zenen erwant* 2102, vgl. die Belege
bei Vogt, aaO., CXLVII; *er sluoc den wirt mit sölher kraft,
daz im daz bluot ûz ran zen ôren und zem munde* 2108. *des
wart der küene Iweret geslagen durch sîn barbel, daz der degen
bluoten begunde zer nasen und zem munde durch die vintâlen
nider* 4528, vgl. Wfd. B 372, 3 *er sluoc im ûf daz houbet
einen swinden slac, daz . . im daz bluot ze munde und ze
ôren ûz dranc.* Mor. 521, 1 *er gap im einen slag sô grôz daz
im daz bluot ze den ôren ûz schôz.* Alph. 243, 4 *von nasen
und von ôren sach man im vliezen daz bluot rôt.* Eckenl.
104, 9 *daz bluot in von den helmen ran zen nasen und zen
ôren, daz ez in durch die ringe vlôz.* Dfl. 6775 *daz bluot im
ûz den ôren spranc und ouch zen ougen ûz dranc.* Rab. 245
*im brast daz bluot ûz ze beiden ougen; dâ wunt in aber Linier
in durch die halsperge sîn eine wunden tief unde wît* 2079.

---

[1]) Vgl. Rab. 455 *daz swert durch daz ahselbein und durch den lîp
nider wuot.* 600 *diu swert in ir handen durch die halsperge wuoten.* Dfl.
8888. 9194.

daz er dem bluotenden man durch helm und durch die hûben sluoc[1]) *eine tiefe wunden wît genuoc* 4538, s. Khull, aaO., 123 und vgl. Virg. 726, 9 *si sluogn einander wunden wît, die grôzen und die tiefen.* Eckenl. 221, 3 *er sluoc im durch daz herze ein grôze wunden tief unt wît.* Eilh. 916.

Folgende in den Kampfbeschreibungen des Volksepos häufige Züge sind im Lanzelet vereinzelt: Zertreten des Grases 2574 *krûtes wart diu erde blôz, wan si vertrâtenz in den hert,* vgl. z. B. Eckenl. 107, 9 *vor ir füezen niht beleip sô vil sô in der hende: sô gar vertrâten sî daz gras daz nieman mohte kiesen waz dâ gestanden was*; Rotwerden von Blut 3396 *dô wart von bluote harte rôt manic ros unde man,* vgl. Wfl. A 337, 2 *dâ muosten liehte ringe von bluote werden rôt.* 341, 1. Ortn. 323, 2. 450, 3. Dfl. 3498. 6513. En. 7400. 8960. 11972; Schwitzen der Kämpfer 4525 *und wart in beiden alsô heiz, daz in beiden der sweiz ûz der mâze wê tet,* vgl. Walthar. 999 manarunt cunctis sudoris flumina membris. Alph. 209, 3 *dô dructen in die ringe, dem helde wart sô heiz, daz im ûf der heide grüene durch die ringe dranc der sweiz.* Eckenl. 55, 1 *hern Ecken wart von strîte heiz; dâ von im nider ran der sweiz.* Wfl. D V 20, 3 *sie tâten im sô heiz mit starken slegen grôz, daz im der rôte sweiz*[2]) *durch die ringe flôz* (S. d. Anm.). Er. 4498 (S. d. Anm.); Überdruss am Streit 705 *si wâren rehtennes sat,* s. Lichtenst. z. Eilh. 575 und vgl. Ortn. 418, 4 *du wirdest nimmer rehtens sat.* Alph. 122, 3 *ich mache in strîtes sat;* 2087 *der kampf dûht in enblanden,* vgl. Rab. 442 *si liezen in strît enblanden.* 599. 662. 851. Die Wendung *daz swert er küme wider gezô* 4541 vergleicht sich mit Bit. 11168 *wan ez der muotes wilde ein teil ze tiefe gesluoc: starker zucke genuoc muose tuon dô Hagene, ê erz nam dem degene; daz swert er lützel sparte*[3]) 1438 mit Bit. 10658 *die truogen bêde ungespart diu guoten swert an der hant.*

---

[1]) Zu der Wendung *durch helm und durch die hûben slân* s. Jän. z. Bit. 639; Mart. z. Kudr. 518. 1.

[2]) Der Reim *heiz : sweiz* erscheint auch bei Eilhart im Liebesmonolog 2499.

[3]) Vgl. 2578 *wan si den swerten niht enliben.*

Wfd. D V 134, 4 *von den tiuschen bruodern wurden die ringe niht gespart.* Die Verse 1119 ff. *zwei scharpfiu mezzer, spizzic unde lanc genuoc* .. *diu mezzer beidenthalben sniten* erinnern an Ähnliches in der Volksdichtung, s. Khull, aaO., 123 und vgl. Wfd. D VI 128, 2 *sehs mezzer* .. *diu waren schône gesliffen, ieglîchez sêre sneit* (: *breit*). Alph. 370, 3 *ein scharphez swert swaere lanc unde* **breit**, *daz ze beiden sîten gar crefticlîchen sneit.* VII 44, 3 *dô zôch er von den sîten ein swert unmâzen* **breit** *daz ze sînen ecken gar freislîchen sneit.* Gudr. 510, 2 *sîn swert daz sneit sêre* (S. Martins Anm.). Eine im Volksepos verbreitete Formel hat sich erhalten 3627 *den helm er im abe bruch, daz er enkein wort gesprach.* 1180 *mit dem mezzer erm bevalch einen vreislîchen stich, daz er viel ûf den esterich unde nie kein wort ersprach,* s. Jän. z. Bit. 10172; Behaghel z. En. 4708. In der ironischen Weise der Volksdichtung werden Lanzelet und sein Gegner als *gast* und *wirt* einander gegenübergestellt 2074. 4534. 4452 (S. Mart. z. Kudr. 364, 4) und *Galagandreiz* 1165 *sweher* des Lanzelet genannt (s. Mart. z. Kudr. 490, 2).

Auch die Schilderung des Speerkampfes ist nicht frei von volksmässigen Wendungen: *er stach in gein dem herzen in durch beide halsperc wende* 1520. *sîn sper er gar durch in stach, daz der edel wîgant für sich reit,*[1] *unz an die hant* 6402, vgl. Virg. 77, 12 *daz sper durch bêde wende brach und durch den man unz an die hant.* Wfd. D V 156, 3 *daz swert biz an die hende er durch den jungen stach.*

Ein wesentliches Merkmal volksmässiger Auffassungsweise ist der „naive und intensive Ausdruck der Gemütsbewegungen" (S. Sarrazin, aaO.). Weinen und Klagen von Männern, im strengen Epos verpönt, begegnet bei Ulrich mehrmals: 6834 ff. 7445 ff. 6717, vgl. auch 6754. 6773. Männer ringen die Hände 1187 *die recken ellende wunden ir hende, daz si âne swert dâ muosten sîn,* vgl. Wfd. A 476, 1 *dô der Krieche erwachte und des swertes niht ensach, dô want er sîne hende.* B 182, 2. Roth. 438. 2432. 3831. In ge-

---

[1] So ist zu interpungieren.

waltsamster Weise äussert sich der Affekt 6894 *ez ist ein
wârheit, niht ein lüge, daz er sich roufte unde brach.* *dô er
Lanzeleten sach . .,* *er begunde im fuozrellen.* *der degen wüetec-
lichen schrê,* vgl. Mor. 128, 4 *von herzelichem leide er sîn hâr
ûz sînem houbte brach* (S. d. Anm.). Laur. 1750 *er schrei sô
bitterlîche.* Dtl. 6475 *Wolfhart schrê als ein wüetender man.*
Ortn. 280, 1 *der heiden schrei sô lûte, daz berc unde tal erhal.*
Lanzelet wird nach dem Kampfe mit *Linier* ohnmächtig 2112.
Linier wird rot vor Zorn 1607. vgl. Eilh. 4036; seine Augen
blutunterlaufen 1665. *Kaîn* errötet vor Scham 5957.

Bei dem weiblichen Geschlecht äussert sich auch im Epos
der Blütezeit die Gemütsbewegung ungescheuter, vgl. z. B.
Iw. 1310. 1329. 1339. 1476. Weinen und Klagen von Frauen
begegnet im Lanzelet 4318. 4596. 5625 ff. 7638. 9303;
Weinen vor Freude 7752; Ohnmächtigwerden 4364. 6536.
Iblis ringt die Hände 4325; setzt sich im Schmerz nieder
4320, vgl. Mor. 300, 1 (S. d. Anm.). Roth. 448 (S. Rückerts
Anm.). Klagerufe kommen im Liebesmonolog der Iblis (4372 ff.)
vor: *wê*; *ôwê*; *ach*; *ach leider, wê mir ôwê!*; *ach, ach* 3668
(S. Müllenh. Scher., Denkm., 389; Mart. z. Kudr. 1138, 1).

Eine Eigenheit des alten Epos die Seelenbewegungen
als von aussen wirkende Kräfte darzustellen (s. Weinhold,
aaO., 28 f.) blickt noch in folgenden Wendungen des Lanzelet
durch: *als im sîn übermuot gebôt* 4445. *wan ez ir diu liebe
gebôt* 4594. *als in sîn grimmer muot hiez* 2086. *als in diu
minne geriet* 4673. *als in ir herze geriet* 6249.

Ein in der Epik der Fahrenden beliebtes Motiv ist die Frei-
gebigkeit der Vornehmen, zumal Armen und Niedrigen
gegenüber (S. Vogt, aaO., CXXIV ff.). Dasselbe tritt im spä-
teren höfischen Epos, wo *êre* und *minne* die ausschliesslichen
Ziele des Ritters sind, zurück, während es von den älteren
Dichtern noch gern verwandt wird. Im Lanzelet ist die *milte*
ein hervorstechender Charakterzug des Helden[1]), vgl. 1249.

---

[1]) Bemerkenswert ist, dass sie in der Schilderung seiner Erziehung
keinen Platz erhält.

1316. 8388. 9203. 9221; bei der Gabenverteilung werden die
Spielleute nicht vergessen (9197). Glänzende Freigebigkeit
üben Artus und Ginovere: *der künic Artûs wolte brechen sîne
treskameren umbe daz, daz man in lobete desterbaz, und wolte
teilen sîn golt*[1]) 5596. *der künic Artûs zebrach sîne treskame-
ren alle und gebete mit schalle swaz man wolt empfâhen* 5722;
nuschen, bouge, ringerlîn werden verteilt 5612, *gewant, ros
unde schatz* 5730. An die alte Bezeichnung des Königs als
des „Metspenders" klingt an *der künic Artûs hiez in geben
lûtertranc, met unde wîn, wan er kund wol ein wirt sîn* 8603.
Uralte germanische Sitte wird berührt 7704 *waz botenbrôtes
ouch naeme der michel man, daz lât in sagen. im hiez diu
künigîn dar tragen einen schilt vollen goldes*, s. J. Grimm,
Über Schenken und Geben (Kl. Schr. II, 202 f.) und vgl.
noch Alph. 201, 3. Bit. 6698. Ortn. 175, 4. Dfl. 8079. Wfd.
A 559, 1. Nibl. 316, 1.

Im Stil der Spielleute sind auch die Schilderungen
wunderbarer Kunstwerke (S. DHB I, XXXII. IV, XLVI;
Vogt, aaO., CXXI u. Anm. z. 248 ff.), des Mantels (5812 ff.)
und des Zeltes (4760 ff.). Der singende goldene Adler (4780 ff.)
erinnert an die in Speere und Kronen kunstvoll eingelegten
singenden Nachtigallen der Spielmannsdichtung und die golde-
nen Vögel auf goldener Linde im Wolfdietrich B (555 f.). Die
Wendung *ûn daz ein, daz er niht rlouc, sô stuont er als er lebete,
vogeliche er swebete* 4784. *daz stuont dran als ez lebte
(: swebte)* 5827 vergleicht sich mit Eckenl. 95, 4 *ein adelar
dar obe swebt von golde reht alsam er lebt*. Virg. 126, 4
*swaz gêt, swimmet oder swebet, daz stuont von golde alsam
ez lebet*. Laur. 163 *si stuonden als si lebeten dâ si an dem
banier swebeten*. 227 *dar an ron golde ein lêbart, sam er
auch wolte an die rart*[2]): *alsô stuont er sam er lebete und
nâch anderm wilde strebete*.

---

[1]) S. Mart. z. Kudr. 253, 3.
[2]) Vgl. Lanz. 4893 *als ez wolte an die cart*.

VIII.

Vereinzelte volksmässige Züge.

Die Verse 1726 ff. *man sol bîm êrsten bestân einen risischen man, des sterke ich gemerken kan ein teil bî sîner stange: mit michelm gedrange erhebent si küme zwêne man* erinnern an Roth. 909 *dô solden zwêne grâvin Aspriânis stangin intfâhin. dâ was sô vil stâlis zô geslagin, sie ne mochtin sie hebin noch getragin*, vgl. auch Virg. 491, 6.

Volkstümlich ist die Wendung *in einen turn er in warf, da er sunnen noch den mânen sach* 1680, vgl. Roth. 342 *der kunine heiz die botin kêren in einin kerkêre, dâ wârens inne manigen tach, daz ir nie nichein de sunnen gesah, noch den mânen sô liecht.* 3308 *her lach vil manigen tach, daz her die sunne nie gesach*[1]).

Die Übertreibung *diu künegin was ein schoene maget. si müeste wol sîn behaget eim man der halbtôt waere* 5531 begegnet ähnlich Virg. 230, 8 *ir smieren unde ir lachen, und solde ein sieche daz an schen, dem müeste sorge swachen.* 972, 12 *sol daz ein siecher ane sehen, von vröude wurde er schiere gesunt*, vgl. auch Gudr. 383, 2 *nieman lebet sô siecher, im möhte wol gezemen hoeren sîne stimme* (S. Martins Anm.).

Das in der Volksdichtung oft hervorgehobene Segnen der Frauen hinter den Ausziehenden her (S. Mart. z. Kudr. 282, 4) findet sich 380 *nu fuor er ûf des meres fluot mit maneger crowen segene. si warten dem degene unz si in verrist mohten sehen.*

Die Wendung *ich half in, waer ich ein man* 1496 vergleicht sich mit Wfd. D VIII 282, 1 *wolte got von himele, daz ich waere ein man, ich wolte iu degenliche noch hiute bî gestân; Kurâns und Orphilet, die waeren wundergerne dan* 1168 mit Laur. 1593 *die risen waeren gerne gewesen von dan.* Wfd. A 213, 3 *er waere michels gerner alswar gewesen; sie ahten cleine dâ wider, daz man si warf unde schôz* (: *grôz*)

---

[1]) Auch Spervogel, MF 28, 20 *In der helle ist michel unrât. swer dâ heimüete hât, diu sunne schînet nie sô licht, der mâne hilfet in nicht, noch der lichte sterne.* Wessobr. Gebet 4 *noh sunna ni scein, noh mâno ni liuhta, noh der mâreo sêo.*

154 mit Gudr. 790, 1 *swie vil man von der mûre warf und
geschôz, des nam si vil untûre: ir ellen daz was grôz. si ahte
harte cleine* . .; *ob man si schunde oder süte od swie man
sie hielte, daz des gelücke wielte* 7340 mit Gudr. 757, 3 *ich
welle mich lâzen ê ze stücken houwen* (S. d. Anm.). Er. 3817.

Altgermanisch ist die Zählung nach Nächten (S. Mart.
z. Kudr. 850, 4), im Lanzelet 1834. 3696 begegnend. Neben
der Zahl 14, die hier und auch Roth. 1293[1]). En. 7949.
9719. 9733. 12649. Er. 2215. 7236. 7260. Iw. 5621 erscheint,
ist 7 in Zeitbestimmungen dieser Art beliebt, vgl. Roth.
2649. 3293. 3872. Eilh. 523 (S. d. Anm.). Iw. 2763. Hier
merke ich den Gebrauch von 4 zur Bezeichnung einer unbe-
stimmten Anzahl[2]) an: *michel wunder dâ geschach, wan er dâ
vor nie gesach vier man mit ein ander strîten* 3069. Das
Formelhafte der Zahlen 63 und 72 (S. RA 220) hat Ulrich
dadurch verwischt, dass er sie 6358. 6380, vielleicht um zu
überbieten, auf 64 und 73 erhöht. Zusätze, wie sie das
Volksepos gern Zahlbestimmungen, besonders am Versschluss
anfügt (S. Mart. z. Kudr. 194, 4), begegnen auch im Lanzelet:
und mêre 3557. 5259. 5609. 6108. 7061. 9252. *(unde) lützel
mêr* 3708. 4181. *oder mêr* 2635. *niht mêr* 5440. Das in
der Spielmannsdichtung formelhafte *ein halbe mîle* (S. Anm.
z. Ortn. 117, 4) findet sich 584 *dar enist niht ein halbiu
mîle*. 3914 *dar ist volle e. h. m. niht*, vgl. 8003. 8113.

Volksmässigen Ursprungs sind gewisse Begrüssungs- und
Abschiedsformeln: *sît got willekomen* (S. Haupt z. Er. 5093;
Vogt z. Mor. 56, 3) 484. 3456. *du solt willekomen sîn dem
rîchen got unde mir* 1086, vgl. Dfl. 3043 *nu sît gote willekomen
unt mir; müez iuch der rîche got bewarn* (S. Mart. z. Kudr.
436, 2) 2478; *dô hiez Lanzelet zestunt den knappen wesen
wol gesunt* 5073, vgl. Eilh. 3356 (S. d. Anm.); *dâ mite lânt
mich got ergeben und mit iwern hulden rîten* 3222, vgl.
Roth. 4741 *si hiez sie gote bevolin varn*. Er. 3599.

---

[1]) S. Edzardi. Untersuchungen über König Rother, Germ. XVIII. 423.
[2]) S. Ben. z. Iw. 821; Zupitza z. Virg. 574, 10; Mart. z. Kudr. 362,
3. 805, 1; Lichtenst. z. Eilh. 12; Schmidt, Reinm. v. Hagenau u. Heinr.
v. Rugge, QF IV, 79 f.

Schliesslich notiere ich die Umschreibungen mit *name*
(S. Zupitza z. Virg. 672, 13; Mart. z. Kudr. 314, 1) 76 *ir
name hiez Clarine.* 2494 *Wâlwein sô heizet mîn name,* vgl.
die Wendung *ritters namen gewinnen* (S. p. 12); *lîp* 71. 429.
1755. 4033. 4175. 4739. 8893; *munt* (S. Jän. z. Bit. 280;
Mart. z. Kudr. 716, 2) 2259 *und jach ir aller gmeiner munt,*
vgl. 7798. 8227.

Anhang.

Ulrichs Abhängigkeit von Eilhart.

Der Analyse des volkstümlichen Elementes im Lanzelet
sollte sich die des höfisch minniglichen anschliessen. Doch
muss ich für jetzt das Bild des Stils und damit der dichterischen
Individualität Ulrichs unvollständig lassen. Dass die Hin-
neigung zur alten nationalen Dichtweise den Grundzug seiner
geistigen Physiognomie bildet, hat, denke ich, meine Unter-
suchung gezeigt.

Anhangsweise will ich die von Lichtenstein (aaO., CXCV)
vermutete Abhängigkeit Ulrichs vom Tristrant des Eilhart
von Oberge erörtern. Dieselbe ist weniger augenscheinlich,
als die Benutzung der Eneide (S. Behaghel, aaO., CCVIII ff.)
und des Erek (S. Schilling, aaO., 7 ff.; Bächtold, aaO., 35 f.).

Indem ich die schon von Lichtenstein angeführten Stellen,
in welchen Ulrich Bekanntschaft mit der Tristansage, und
zwar in der Eilhartischen Version verrät, übergehe, führe
ich zunächst minder Beweiskräftiges auf. Dahin gehört die
Ähnlichkeit der Einleitungsgedanken: beide wenden sich gegen
die böswilligen Krittler und Neider; nur den *hübschen* (Eilh.:
güten) liuten gelte ihr Gedicht. Auch die Vorgeschichte der
beiden Helden und die Schilderung ihrer Erziehung und des
Abschiedes vom Vater, resp. der Pflegemutter zeigen Anklänge.
Das Motiv des Liebesmonologes begegnet im Lanzelet 4372 ff.
In stilistischer Beziehung haben sich im Verlauf der Unter-
suchung zahlreiche Übereinstimmungen ergeben. Folgende
Stellen sind zwar im Wortlaut ähnlich, führen jedoch nicht

sicher auf eine Entlehnung, da sie verbreitete, zum Teil volks-
tümliche Züge und Wendungen enthalten:

Lanz. 262	=	Tristr. 132

harpfen und gîgen
und allerhande seiten spil,
des kund er mê danne vil.

harfin unde sêtin klingen
lêrte Kurnevâl daz kint.

Lanz. 282	=	Tristr. 140

ouch muost er loufen alebar
und ûz der mâze springen
und starclîche ringen,
verre werfen steine,
grôz unde cleine
und die schefte schiezen.

und lêrte in grôzin gevûch
mit hendin und mit beinen:
werfen mit den steinen,
loufin unde springen,
listlîchin ringen,
die schaft schîzen.[1])

Lanz. 366	=	Tristr. 767

diu crowe gab im ouch ein swert,
daz hete guldîniu mâl
und sneit wol îsen unde stâl[2]),
swenn ez mit nîde wart ge-
slagen.
der schilt, den er solte tragen,
der was als er wolde.

daz gab der koning rîche
sînem nefen minneglîche
und ein swert zu mâze breit:
den stâl ez nergin vormeit,
swâ ez mit zorne wart geslagin.
ouch hîz her im vore tragin
einen schônen schild nûwe,
der was geworcht mit ganzin
trûwin.

Lanz. 380	=	Tristr. 402

nu fuor er ûf des meres fluot.   *dô vûr he obir des meres vlût.[3])*

[1]) Vgl. Wfl. B 264, 2 *er lêrte in wîte springen und schiezen wol den*
schaft. D IX 224 *er lêrt sie wîte springen und schiezen wol den schaft*
und wie man solte ringen.

[2]) S. Lichtenst., aaO., CLIII f. und vgl. Roth. 4161 *unde zouch ein*
swert daz hiez Mâl. iz inwas negein stâl sô hart noch sô veste, iz ne môste
bresten. Ortu. 112, 2 *zuo dem halsperge wil ich dir geben ein swert, daz*
alle ringe schrôtet als si nie gewunnen stâl. jâ wart nie helm sô veste, ez
tacte im schaden mâl. En. 5726 *dâ mede sande er heme ein swert, dat*
skarper ende hadder was dan .., sô nie helm enwart noch nie skilt sô gedân,
de da vore mocht gestân, et enskriede et allet entwei. dâ vore enhalp niet
ein ei weder iser noch stâl. et hadde goldine mâl; eine Reminiscenz an
eine derartige Wendung liegt vor Iw. 1099 *daz slegetor waz swaere unde*
breit sô sêre daz ez niht enmeit ezn schriete îsen unde bein.

[3]) Vgl. z. B. Osw. 74. 254. 259. 1572.

Lanz. 395	=	Tristr. 166

und daz er waere staete
und ie daz beste taete
swa er sichs gevlizen kunde.

‚mit vlîze‘ sprach er ‚lerne
stôte an gûter zuchte wesin‘
ouch solde her an sîn herze
lesin
daz beste. .

Lanz. 975	—	Tristr. 2425

biderbe unde wol gezogen,
schoener sinne unbetrogen
(vgl. 555).

wârhaft unde wol gezogin,
sîner sinne unbetrogin.[1]

Lanz. 1639	=	Tristr. 7256

diu buoz ist bezzer dan der tôt.
wen gnâde ist bezzir denne
recht.[2]

Lanz. 3862	=	Tristr. 2225

(schoene:) daz in got gehoene.
daz in got hône! (: schône)
(vgl. 4932).[3]

Mit Sicherheit geht die Entlehnung aus folgenden Stellen hervor:

Lanz. 1277	—	Tristr. 175

diu künigîn ist sô gemuot,
daz siu gerner zwei guot
tuot dan eine karkheit.

wan he was selbe sô gemûd,
daz he lîber zwei gûd
tet wan eine bôsheit.[4]

Lanz. 2220	=	Tristr. 1024

und lît von dînen handen tôt
ein der küeneste man,
der ritters namen ie gewan:
daz was Linier der maere.

wan he or hâte irslagin
den allir libestin man
den sie ze der werlde î gewan:
Daz was der kône Môrold.

Lanz. 3923	=	Tristr. 705

Iweret der küene helt
der wirt des kampfes bezelt[5]
von mir oder ich sterbe.

sprach Tristrant der helt
‚he wert des kamps von mir gezelt,
dar en steit andirs nicht zû‘.

---

[1] Vgl. Mor. v. Cr. 283. Er. 2736.

[2] Vgl. Iw. 172.

[3] Vgl. En. 10692. 11787 (S. Mart. z. Kudr. 245, 3. 614, 4).

[4] S. Lichtenst., aaO.

[5] Bächtold, aaO., 42 ändert *bezalt: der helt balt*; im Hinblick auf die Übereinstimmung mit Eilhart wird man an der alten Lesart festhalten;

Lauz. 6601	=	Tristr. 56

er urlingete starke, *der orlögete starke (: Marke);*
wan er pflac einer marke.[1]

der Vers ist bei Ulrich nicht recht am Platz: der Dichter
erzählt von der Stummheit des *Gilimâr,* seiner Gastfreiheit
und Schnelligkeit und weiterhin von seinem Liebesroman; von
Kämpfen ist sonst gar nicht die Rede.

Lanz. 6848	—	Tristr. 112

die recken dô niht liezen *her want die hende sîne*
sin weinten bitterlîche: *und weinete bittirlîchen:*
sam tâten al gelîche *sô tâtin si alle gelîche*
die in der reise wâren. *die dâ mit ime wârin.*

Nachträge.

Seite 6, Zeile 15 ist hinzuzufügen: Ausgeführter ist *daz
sage ich iu als ich ez kan* 1866. *daz ist. reht, daz ichz
iu sage* 3963, vgl. 8961. 9118. *ich sage iu âne vrâgen*
42, vgl. 7474 und Eilh. 5450; die Form der Antiphasis ist
gewählt 6518 *ungerne ich doch vermîde, ich ensage iu
noch fürbaz.* 7983 *durch der liute niugerne so entonc
mir niht zenberne, ich sage iu daz ze maere.*

Ebenda. Zeile 24: Originell ist die Phrase *ob ich der
rede vergaeze (ob ichz ungesaget lâze), sô sult ir doch
wizzen daz* 6916. 5118.

übrigens ist Büchtolds Behauptung, es gebe kein Verb. *bezelen* und kein
Partic. *bezelt,* unrichtig, s. Lexer, 1084. Die Lanzeletstelle bringt ferner
eine interessante Bestätigung des Lichtensteinischen Eilharttextes gegenüber
Bartsch, der in seiner Recension, Germ. XXIII. 359 *gewert* für *gezelt* schreibt.

[1]) So ist zu interpungieren.

Lebenslauf.

Geboren wurde ich, Paul Schütze, am 12. December 1858 im Dorfe Wieck bei Greifswald. Meinen Vater, Karl Schütze, welcher daselbst; evangelischer Pfarrer war, verlor ich schon im Jahre 1874 durch den Tod meine Mutter, Pauline, geb. Hünefeld, ist zu meiner Freude noch gesund und wohl. Von meinem Vater vorbereitet kam ich Ostern 1868 auf das Gymnasium zu Greifswald, wo ich Ostern 1878 das Maturitätszeugniss erwarb. Von meinen Lehrern nenne ich in Dankbarkeit die Herren Direktor Dr. Steinhausen, Professor Thoms und Oberlehrer Lademann. Ich widmete mich alsdann dem Studium der klassischen und namentlich der deutschen Philologie auf der Universität Greifswald während des 1. Semesters, in Leipzig während der beiden folgenden, worauf ich nach Greifswald zurückkehrte. In der Mitte des 7. Semesters musste ich wegen Erkrankung meine Studien abbrechen und fast zwei Jahre lang ausschliesslich meiner Gesundheit leben, die mir erst jetzt erlaubt hat die vorliegende Arbeit zu beendigen.

Meine akademischen Lehrer waren in Leipzig die Herren Professoren Biedermann, Brandes, Braune, G. Curtius, Hildebrand, Hirzel, Ribbeck, Springer, Zarncke, Zöllner; in Greifswald die Herren Professoren Baier, Kiessling, Preuner, Reifferscheid, Schmitz, Schuppe, Susemihl, Vogt, von Wilamowitz.

Während mehrerer Semester durfte ich theilnehmen an den philosophischen Übungen der Herren Professoren Baier und Schuppe, den archäologischen des Herrn Professor Preuner, den germanistischen der Herren Professoren Reifferscheid und Vogt und den von Herrn Professor Kiessling geleiteten Übungen des philologischen Proseminars. Drei Semester lang war ich ordentliches Mitglied des unter Leitung des Herrn Professor Reifferscheid stehenden germanistischen Seminars.

Allen meinen Lehrern sage ich für ihre vielseitige Förderung meinen herzlichsten Dank, besonders dem Herrn Professor Reifferscheid, der meinen Studien stete Teilnahme entgegengebracht und mich bei der Abfassung der Dissertation durch seine Ratschläge unterstützt, sowie dem Herrn Professor Vogt, dessen Anregung meine Arbeit viel verdankt.

Thesen.

I.

Heinrich von Veldeke hat den Tristrant des Eilhart von Oberge benutzt.

II.

Ein Bild von der stufenweisen Entwickelung des höfischen Stils gewinnt man am besten aus einer stilistischen Analyse der Dichtungen Hartmanns.

III.

Bächtold stellt Ulrichs Lanzelet in ästhetischer Beziehung zu hoch.

IV.

Das Tagelied hat schon vor dem Beginn des französischen Einflusses im deutschen Volksgesang existiert.

V.

Unter Wolframs Liedern ist 9, 3 -- 10, 22 mit Paul in zwei Teile zu scheiden, von welchen der erste (9, 3 – 35) echt ist.

BEITRÄGE

ZUR

POETIK OTFRIDS.

VON

Dr. PAUL SCHÜTZE.

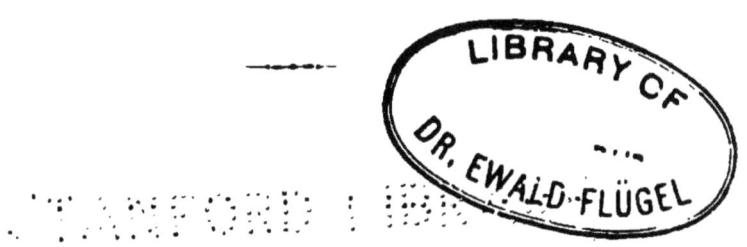

KIEL, 1887.
UNIVERSITÄTS-BUCHHANDLUNG
PAUL TOECHE.

218836

D as Evangelienbuch des Weifsenburger Mönches Otfrid ist die
erste grössere, auf das Prinzip des Reimes gegründete deutsche
Dichtung. Sie steht bedeutsam da als Anfangsglied einer dann
immer reicher sich entwickelnden Kette: ,mit seinem Werk hat
die ganze Technik unserer Poesie und durch die Technik die
Poesie selbst eine neue, für immer entscheidende, noch heute
nicht verlassene Wendung genommen' (Wackernagel, Kl. Schr. II,
193). Dennoch ist O.s Werk ein Werk des Überganges. Bis in
seine Zeit hinein reicht auf deutschem Gebiete die Alliterations-
dichtung, und das Prinzip der Alliteration selbst mischt sich bei
ihm noch vielfach mit dem des Reimes. Aber noch enger ist,
wie ich zu beweisen versuche, der Zusammenhang zwischen seiner
reimenden und der älteren alliterierenden Dichtung.

Heinzel in seiner Schrift ,Über die Nibelungensage' (Wiener
Sitzungsber., philos.-hist. Kl., Bd. 109, S. 714 ff.) behauptet, auf
O.s Zuschrift an Liutbert sich stützend, dafs es in O.s Heimat
im 9. Jahrhundert keine lebendige Epik gegeben habe oder doch
die literarische Thätigkeit und Erinnerung so gering gewesen sei,
dafs O. sie übersehen konnte. Wenn nun aber O.s Stil Elemente
der Alliterationspoesie so zahlreich aufweist, dafs man die lebendige
Tradition und die Kenntnis ihrer Technik als Voraussetzung für
sein Werk anzunehmen genötigt ist, so wird man die Unstich-
haltigkeit jener Behauptung zugeben müssen. Freilich ist der Zu-
sammenhang derart, dafs man ein Herausarbeiten aus der Technik
der alliterierenden Dichtung erkennt. Nach diesen Gesichts-
punkten sind im Folgenden die wichtigeren Stilmittel und der
Formelnschatz der Otfridischen Dichtung dargestellt.

Das letzte Kapitel sucht O.s selbständiges poetisches Ver-
mögen in verschiedenen Punkten aufzuzeigen: weitere Beiträge
zur Unterstützung der Ansicht, dafs er doch nicht blofs ,ein unter
der Last seines gelehrten Rüstzeugs mühselig einherkeuchender
Versmacher' ist.

I. Variation.

Die pathetisch eindringliche Ausdrucksweise der Alliterations-poesie hat gewisse Stileigenheiten ausgebildet, die man unter der Bezeichnung B e g r i f f s - u n d G e d a n k e n v a r i a t i o n zusammen-fassen kann. Heinzel in seiner Schrift ‚Über den Stil der alt-germanischen Poesie' (QF X, 3 ff.) hat ausführlich über sie gehandelt[1]), indem er sie zugleich als altarische Überkommen-schaft nachzuweisen sucht.

Wenn eben diese variierende Ausdrucksweise in O.s gereimter Dichtung zu sehr häufiger Verwendung gelangt, so wird das doch nur aus einem noch flüssigen Zusammenhange zwischen seinem Stil und dem der älteren Poesie erklärt werden können. Freilich findet dabei Weiterbildung und mehrfach veränderte Anwendungs-weise statt, wie sie eine mit Reim und Strophe rechnende Technik wohl mit sich bringt.

1. Begriffsvariation.

In ihrer einfachsten Form stellt sich u n m i t t e l b a r n e b e n den Begriff seine Variation: Beow. 1518 *ongeat þâ se gôda grund-wyrgenne, merewîf mihtig.* Andr. 290 *him ondswarode engla þeóden, neregend fira of nacan stefne.* Hel. 1124 *thô forlêt he waldes hlêo, ênôdies ard endi sôhta im eft erlo gimang, mâri meginthioda endi manno drôm.*

Dieselbe Erscheinung bei O. Oft bringt die Variation einen verdeutlichenden, ausmalenden, steigernden Zug hinzu. Gern mit näheren Bestimmungen beschwert, überragt sie an Ausdehnung meist den Begriff, welchem sie beigefügt ist.

In e i n e m Langverse vereinigt treten Begriff und Variation auf: (Nominalvariation) L. 23. 53 *riat got imo ofto in nôtin, in suârên arabeitin.* 34 *joh bimîde io zâla, thero fîanto fâra.* I, 11, 61

---

[1]) S. auch: Jansen, Beiträge zur Synonymik und Poetik Kynewulfs (Münster 1883) S. 81 ff.; Ramhorst, Das altengl. Gedicht vom Heiligen Andreas und der Dichter Kynewulf (Berlin 1885) S. 63 f.

wir wârun in gibentin, in widarwerten hentin. 12, 3 *zi in quam boto scôni, engil scînenti,* vgl. 5, 3 *thô quam boto fona gote, engil ir himile* (Hel. 769 *godes engil . ., bodo drohtines*). 13, 1 *sprâchun thô thie hirta, thie selbun fehewarta.* V. 9, 17 *bist thu eino ir elilente, ir andaremo lante.* (Verbalvariation) I, 17, 22 *joh quâmun, thaz wir betôtin, ginâdâ sîno thigitin.* II, 17, 16 *thaz er iz biwelze, mit muttu bisturze.* V, 11, 42 *thaz er thaz ferah habêta, in lîchamen lebêta.*

Der Technik der alliterierenden Dichtung kommt O. noch näher, wenn er die Variation die erste Hälfte des zweiten Langverses, oft mit stärkerer Interpunktion, einnehmen, den variierten Begriff den ersten Langvers beschliefsen läfst: L. 15 *in sînes selbes brusti ist herza filu festi, managfalto guatî; bî thiu ist sînên er gimuati.* 17, 9 *thô quâmun ôstana in thaz lant, thie irkantun sunnûn fart, sterrôno girusti; thaz wârun iro listi.* II, 2, 17 *er quam in girihtî in thesa woroltslihtî, in thiz lant breita, . . 11, 23 nû duent iz man ginuage zi scâhero luage, zi thiobo anawelti, . . 15, 5 thaz mâri ward ouh managfalt ubar Judêôno lant, ubar liuti manage;*[1] *thie fuarun al zisamane.* 17, 13 *nist burg, thaz sih giberge, thiu stentit ûfan berge, in hôhemo nolle, . .* (Hel. 1395 *an berge . ., hôh holmclibu*). III, 24, 97 *er sprah thô worton lûtên thara zi themo dôten, zi themo fûlen thegane.*

Die angeführten Stellen zeigen die Variation innerhalb der Strophe. Aber auch im Strophenübergang findet sie sich: *II, 6, 38 deta unsih urwîse fon themo paradŷse, fon scînenderu wunnî; waz er lêwes wunni!* H. 20 *joh sint sie nû mit redinu in himilrîches frewidu, in himiles gikamare mit mihilemo gamane, mit mihileru liubî; thes wortes mir giloubi.*

Öfters findet doppelte Variation des Begriffes statt: I, 5, 5 *floug er sunnûn pad, sterrôno strâza, wega wolkôno zi theru itis frôno, zi ediles frouûn, selbûn sancta Mariûn.* 15 *heil magad zieri, thiarna sô scôni, allero wîbo gote zeizôsto.* 21 *gimma thiu wîza, magad scînenta, muater thiu diura scalt thû wesan eina*; zwei Glieder sind durch *joh* verbunden: IV, 35, 21 *lôstun nan thô thanana thie zuêne rîchun thegana, thie druhtînes gidriuon joh selben kristes liubon.*

Weit häufiger als das Nebeneinander von Begriff und Variation ist in der alliterierenden Dichtung ihre T r e n n u n g durch

---

[1] Erdmann setzt Komma. Auch sonst führt die Erkenntnis der Variation zu anderer Interpunktion.

andere Satzteile oder Nebensätze; dabei tritt die Variation gern an den in die Mitte der Langzeile fallenden Schlufs des ganzen Satzes: Beow. 639 *đâm wîfe þâ word wel lîcodon, gilpcwide Geátes.* Jul. 236 *þâ wæs mid clûstre carcernes duru behliden, homra geweorc.* Hel. 379 *biwand ina mid wâdiu wîbo scôniost, fagaron fratahon.* 745 *kara was an Bethleem, hofno hlûdost.* Musp. 20 *daz er kotes willun gerno tuoe enti hellâ fuir harto wîse, pehhes pîna.*

Die gleiche Form der Variation, ebenfalls oft mit stärkerer Interpunktion in der Mitte des zweiten Langverses, ist bei O. häufig: S. 9 *mir wârun thio iwo wizzî ju ofto filu nuzzi, iueraz wîsduam.* I, 4, 29 *joh alt quena thînu ist thir kind berantu, sun filu zeizan.* III, 24, 65 *thâr lag oba felisa, sô noh nû in lante ist wîsa, burdîn filu suâru.* IV, 2, 17 *mit iru fahse sie gisuarb thie selben fuazi frôno, mit locon iro scôno.* 22, 21 *joh saztun sie imo in houbit then selbon thurnînan ring zi hônidôn gerno, corôna thero thorno.* 34, 3 *giangun ûz thie dôtun hera in woroltrîchi, thie sâligun lîchi.*

Doppelte Variation findet statt: II, 15, 17 *thô giangun thie gisuâson nâhor, sô sie muasun, liob hêreron mîne, thie jungeron sîne.* IV, 27, 9 *yrhuabun sie ûf in alæwâr then kuning himilisgan thâr, then keisor mit then mahtin, selbon unsan druhtîn.* V, 8, 35 *sô ist themo gotes drûte gisprochan zi guate, Moysene in wâre, themo wizôdspentâre.*

Zwei Begriffe mit ihren Variationen durchschlingen sich: IV, 37, 25 *ni duemês, sô thie rietun, thie thie knehta miattun mit scazzu joh mit worton, thie selbun ęwarton, mit spenstin ginuagin.* V, 12, 27 *thô er ward zi manne, bî sie zi irsterbanne, âlangera muater, ther gotes sun guatêr, gihaltenera thiarnûn, ther selbo druhtînes sun.*

Um Vorstellungen, die dem Hörer mit ganz besonderer Eindringlichkeit vor die Seele geführt werden sollen, pflegt es sich zu handeln, wenn ein Begriff durch mehrere Verse immer von Neuem variiert wird: V, 20, 25 *thie selbe irstantent alle fon thes lîchamen falle, fon themo fûlen legere, iro werk zi irgebanne, ûz fon theru asgu, fon theru falawisgu[1]), so wanne sôso iz werde, fon themo irdisgen herde.* 21, 19 *sie farent in wîzi managfaltun, in hellipîna nôti thuruh ubildâti, in beches einôti thuruh iro dâti, zi satanâses henti âna theheinig enti*; vgl. noch III, 21, 33 ff. V, 23, 99 ff., 277 ff.

---

[1]) Vgl. Heinr. v. Melk Er. 469 *min ebenmâzze ich mische ze dem aschen unt ze dem valwische.*

Bisweilen treibt der Dichter die variierende Eindringlichkeit
so weit, dafs er das selbe Wort mehrmals sich wiederholen läfst:
V, 7, 3 *minnâ mihilo — mihilo liubî — minnâ mihilo.* IV, 35, 27
*gisuâslîcho biruaren — gisuâslîcho biriazan — gisuâslîcho bichû-
men*; *mit lînînemo duechе — mit lînînemo sabane — mit duachon
filu kleinên.* 37, 4 *mit anderên girâtin — mit anderemo willen —
mit anderemo muate.*

Zur Variation läfst sich eine Art des Ausdrucks ziehen, die
Heinzel besonders der altsächsischen und angelsächsischen Dich-
tung vindiziert, die aber auch bei O. öfters auftritt und durch die
ganze spätere Reimpoesie zu verfolgen ist: ein Begriff wird durch
ein Pronomen eingeführt, dem dann erst weiterhin die genauere
Bezeichnung folgt: V, 17, 13 *yrhuab er sih — ther gotes sun
frôno.* H. 143 *redinôta er — selbo druhtîn unsêr.* V, 12, 81
gilobôt ist si harto — thiu karitâs. III, 14, 15 *thrang inan thiu
menigî, thiu thâr was thô ingegini, thâr thie selbun liuti, druhtîn
krist zi nôti.* V, 15, 1 *sô sie thâr thô gâzun, thie thâr mit imo
sâzun, mit selb druhtîne, thie liebun drûta sîne.* III, 14, 115 *thoh
sie ougtîn argan willon, emmizên thiu menigî avur thara ingegini.*
IV, 20, 21 *thaz man zins zalti, thie liuti furdir mêra.* — III, 22, 3
theiz wâri in wintiriga zît, thisu dât. 26, 13 *thaz iz lobo-
samaz sî, allo sîno dâti.* V, 12, 3 *iz ist wuntoron managên un-
gilîh, thisu selba redina.* IV, 29, 35 *bisah si iz — thaz sêltsâni
giwâti.* II, 12, 38 *thaz sih es worolt mende — thera zuisgûn gi-
burti.* III, 23, 1 *iro ist filu thrâto, thero druhtînes 'dâto, joh ma-
nagfalt zi zellenne.* Bisweilen findet die nachträgliche Verdeut-
lichung des Pronomens statt, indem zugleich der ganze Satz va-
riiert wird: I, 15, 43 *thie ungiloubige thie abohônt iz alle, fir-
sprechent io zi nôti thio wuntarlîchûn dâti.* 20, 31 *ther iro kuning
jungo ni mid iz io sô lango, thaz wîg er ni firbâri.* IV, 16, 9
*thaz druhtîn thes giwon was, thaz er ofto tharain giwon was
gangan mit in.*[1]

---

[1] In der Komposition vergleicht Heinzel diesem Gebrauch des nach-
träglich verdeutlichten Pronomens die vorläufige Verschweigung des Eigen-
namens. O. verfährt ebenso, während der biblische Text die Namen sofort
angibt: z. B. wird Herodes erst I, 20, 1 genannt, nachdem er schon I, 4, 1
aufgetreten ist; Joseph I, 8 auftretend, 11, 25 zuerst genannt; Andreas II, 7
auftretend, III, 6, 25 genannt; Pilatus IV, 20, 2 (16, 11) als der *herisoho*
eingeführt, 21, 1 zuerst genannt; Nicodemus II, 12 nicht genannt, aber IV,
35, 17; Bethlehem I, 11, 25 als *burg* bezeichnet, 12, 15 genannt; Jerusalem
II, 14, 59 zuerst genannt.

2. Gedankenvariation.

Nicht blofs einzelne Begriffe, sondern ganze Begriffsreihen und Sätze variiert das alliterierende Epos: Beow. 258 *him se yldesta ondswarode, werodes wîsa wordhord onledc.* Hildebrandsl. 53 *nû scal mih suâsat chind suertû hauwan, bretôn sînû billjû.* Hel. 4918 *im ni was sulicaro firinquâla tharf te githolônne, thiodarbêdies, te winnanne sulic wîti.*

Auch von der Gedankenvariation macht O. ausgibigen Gebrauch. Wo keine Symmetrie der Glieder erstrebt ist, hat wieder gewöhnlich die Apposition das gröfsere Gewicht und die gröfsere Ausdehnung: I, 27, 17 *ni giang in strît umbi thaz, in lougna noh in bâga sulîchera frâga.* II, 9, 47 *in then alteri er nan legita, thia liabûn sêla sîna ûfin thia witawina.* III, 24, 99 *joh er wurbi thuruh nôt fon beche hera widorort, fon hellôno thiote awur zi thesemo liohte.* II, 1, 37 *thes nist wiht in worolti, thaz got âna inan worahti, thaz druhtîn io gidâti âna sîn girâti.* 14, 81 *sie wuntar was thes thinges, sih wuntorôtun harto iro zucio worto.* 18, 7 *ni gifâhit iuih io thaz heil, thaz eigit himilrîches deil, zi themo scônen lante io iuer fuaz giwente.* III, 16, 19 *ther suachit io thaz sînaz, wilit thes gigâhen thaz sînaz io gihôhen.* IV, 12, 29 *Pêtrus bat Jôhannan, thaz er ireiskôti then man, er zi imo irfrâgêti, wer sulih balo riati.*

Bisweilen wird der Variation ein ,wie ich dir sage', ,wie ich eben erzählte' beigefügt: IV, 21, 17 *rîhi mîn nist hinana; iz nist, sôso ih thir rachôn, fon thesên woroltsachôn* (Hel. 5219 *nis mîn rîki hinan, fan thesaru weroldstundu*). V, 13, 11 *sie imo sâr thô sagêtun, thaz sies wiht ni habêtun; sagêtun, sô ih nu zelita, thaz in es wiht ni zawêta;* vgl. noch L. 4. 12. V, 12, 43.

Häufiger als in der alliterierenden Dichtung begegnet bei O. statt asyndetischer Aneinanderfügung Verbindung durch *joh, ouh*: II, 8, 11 *thô zigiang thes lîdes joh brast in thâr thes wînes* (Hel. 2012 *thô im thes wînes brast, them liudiun thes lîdes*). IV, 4, 70 *sie mo innowo ni ondun joh selidôno irbondun.* I, 2, 3 *fingar thînan dua anan mund mînan, theni ouh hant thîna in thia zungûn mîna.* IV, 18, 33 *wârun thô thie zîti, thaz ther hano krâti, thaz ouh thaz huan gikundti thes selben dages kunfti.*

Doppelte Variation, wobei zwei Glieder durch *joh* verbunden sind, findet statt: I, 21, 1 *thô irstarp ther kuning Hêrôd joh hina fuarta inan tôd, mit tôdu er daga fulta.* III, 12, 13 *eiscôta sie in thrâti, waz thiu worolt quâti, waz sie fon imo redôtîn joh wio fon imo zelitîn.* IV, 13, 13 *Sîmôn, hug es ubar al, thes ih thir nû sagên scal, joh harto thenki tharazua, thaz muat in fiara ni dua*; alle drei Glieder sind durch Konjunktion verbunden: II, 4, 65 *thaz imo wiht ni derre, thes weges ouh ni merre, odo ouh wiht ni duelle then weg, ther faran welle.* III, 20, 15 *unz ther dag scînit joh naht inan ni rînit, noh man ni thultit unmaht thera finsterûn naht.*

Auch bei der Gedankenvariation können beide Glieder getrennt. werden. Die alliterierende Poesie liebt gerade eine derartige Zerrissenheit des Satzgefüges. Aus O.s Dichtung hebe ich einige besonders auffallende Stellen heraus: III, 17, 7 *sie thara thô in fârûn, sô sie ubilwillig wârun, eina huarrûn brâhtun, sô sio in abuh thâhtun.* IV, 13, 35 *thû lougnis mîn zi wâre, êr hînaht hano krâhe, in nôtlîchemo thinge, êr thaz huan singe.* IV, 15, 9 *wâriz alleswâr in wâr, sliumo sâgêti ih iu iz sâr, wergin thaz gizâmi, sô ih iuih iz ni hâli.* III, 20, 149 *nintheizit mir iz muat mîn, ni ther fon gote sculi sîn, es alleswio ni thenkit, ther sulîh werk wirkit.*[1])

Der Wiederaufnahme desselben Wortes bei der Begriffsvariation entspricht die **anaphorische** Gedankenvariation, von O. mit besonderer Vorliebe verwendet[2]): L. 17 *cleinero githanko sô ist ther selbo Franko, sô ist ther selbo edilinc.* I, 1, 5 *ougdun iro wîsduam, ougdun iro kleinî.* 5, 55 *thâr giduat er imo wê, giduat er imo fremidi thaz hôha himilrîchi.* II, 6, 23 *er was thes aphules frou joh uns zi leide er nan kou, joh uns zi sêre er nan nam.* III, 18, 67 *thaz steinîna herza ruarta thô thia smerza, ruarta thô thiz selba leid, thaz emmizigên fruma meid*; vgl. z. B. noch II, 9, 25. 26. III, 2, 21. 22. 16, 11. 12. IV, 1, 49. 50.

---

1) Wenn Burdach in seiner Schrift ‚Reinmar der Alte und Walther von der Vogelweide' (S. 92) auf die im Minnesang und bei Wolfram vorkommende Unterbrechung paralleler Satzglieder durch dazwischen gestellte Satzteile aufmerksam macht und mit Beziehung auf den Usus der altgermanischen Dichtung die Frage aufwirft, ob zwischen all dem ein direkter Zusammenhang walte, so tritt nun O. als ein Mittelglied ein und rückt die Frage der Bejahung nahe.

2) Auch sonst ist die Anapher bei ihm häufig: vgl. I, 11, 39. 41; 43. 45. III, 7, 41. 43. 47. 8. 15. 17. 19. V, 3, 9. 15. 17. 19, 23. 25. 27. 30. 20, 31. 37. 39. 42. 43. 53.

Die angeführten Stellen zeigen die anaphorische Gedanken-
variation innerhalb der Strophe. Häufiger noch begegnet sie im
Strophenübergang, dem Dichter die Fortführung des Gedankens
erleichternd. Man wird da an die Technik des Volksliedes und
der Spielmannspoesie (s. Vogt, Mor. CXXXVI) erinnert. Äusser-
lich lassen sich zwei Fälle scheiden: entweder die zu Beginn der
neuen Strophe aufgenommenen Worte stehen in der ersten oder
in der zweiten Hälfte des vorhergehenden Verses.

Der erste Fall hat statt: L. 6 *druhtîn hôhe mo thaz guat
joh frewe mo emmizên thaz muat; hôhe mo gimuato io allo zîti
guato.* I, 3, 2 *uns zellent se âna bâga thie kristes altmâga;
zellent sie uns hiar filu fram, wio selbo er hera in worolt quam.*
III, 6, 36 *iz wuahs thâr thera ferti in munde joh in henti; iz
wuahs in alagâhun, thâr sie alle zuasâhun.* V, 8, 22 *thô er
sô hôho gisan, thes êvangelien bigan; thô er sô hôho iz fuarta,
thaz gotnissi ruarta*; vgl. z. B. noch I, 1, 14. 15. V, 11, 16. 17.
12, 36. 37. 42. 43. 25, 2. 3. 8. 9.

Der zweite Fall hat statt: I, 18, 28 *ni fand ih liebes wiht
in thir; ni fand in thir ih ander guat, suntar rôzagaz muat.*
III, 14, 118 *wanta nîdigaz muat hazzôt emmizên thaz guat;
hazzôt io thio guatî thuruh ubarmuatî.* V, 23, 216 *si blîdit
sih thâr follon; blîdit sih thâr iamêr âna sorgûn joh sêr.*

Wörtliche Wiederholung eines Halbverses im Strophenüber-
gang[1]) findet sich V, 4, 54. 55 (vgl. III, 6, 8. 9. IV, 3, 18. 19);
eines ganzen Verses I, 6, 16 (s. Erdmanns Anm.).

Auch epiphorische Variation begegnet: I, 2, 50 *theih thionost
thînaz fulle, wiht alles io ni wolle; joh mir io hiar zi libe
wiht alles io ni klibe.* IV, 37, 11 *mit thiu sî krist bifangan,
ni lâz thir nan ingangan, bigin tharazua huggen, ni lâz thir
nan irzuken.*

———

[1]) Dieselbe Stilerscheinung, doch nicht im Strophenübergang, im Georgs-
leich: Dkm. XVII, 17 *Gîorjo dô digita: inan druhtîn al gewerêta. inan
druhtîn al gewerêta, des Gorjo zimo digita.* 28, 34. 43 *daz weiz ik, daz
ist alewâr, ûf erstuont sik Gorijo dâr. ûf erstuont sik Gorijo
dâr, wola predijôt er sâr.* Für eine eingehende Untersuchung wäre auch die
altnordische Dichtung zu berücksichtigen, vgl. z. B.: Hamarsh. 29 *lâttu pér
af höndum hringa rauda, ef þú ödlask vill ástir minar, ástir minar,
alla hylli.* Sig. III, 17 *samir eigi okr slikt at vinna, sverdi rofna svarna
eida, eida svarna, unnar trygdir. Brot af Brynh.* 2 *mér hefir Sigurdr
selda eida, eida selda alla logna.*

Schon die alliterierende Dichtung läfst bei der Variation gern eine parallele Ordnung der einzelnen Satzglieder eintreten. Bei O. gelangt dieser Parallelismus in den Grenzen der Strophe zu weiterer und bestimmterer Ausprägung, in der Weise, dafs der erste Halbvers der Strophe dem dritten, der zweite dem vierten entspricht: I, 16, 25 *wizzî thêh imo ana sâr, thaz was gilumffih in wâr, sih wîsduames irfulta, sô gotes sun scolta*. 22, 15 *thiu kind thiu folgêtun, sô wedar sô siu woltun, liafun miti stillo, sôs in was muatwillo*. IV, 18, 15 *er suar thô filu gerno, quad, ni wâri thero manno, mit eidu iz deta festi, thaz er then man ni westi*; vgl. noch L. 9. 10. II, 12, 41. 42. III, 12, 9. 10. IV, 21, 35. 36. 25, 3. 4. Beide Glieder haben ein gemeinschaftliches Prädikat: I, 4, 63 *sant er mih fon himile, thiz selba thir zi saganne, fon himilrîches hôhî, theih thir iz wîsdâti*. II, 3, 9 *ni ward si io in giburti, thiu io sullh wurti, in erdu noh in himile, thiu iamêr sia irbilide*; vgl. noch S. 23. 24. II, 6, 51. 52. 21, 3. 4. IV, 7, 37. 38. V, 23, 253. 254.

Parallele Ordnung durch vier Langverse, sodafs der erste dem dritten, der zweite dem vierten entspricht, begegnet: I, 1, 1. II, 5, 25. III, 20, 123.

Neben asyndetischer Aneinanderfügung ist Verknüpfung durch Konjunktion häufig: II, 1, 39 *iz ward allaz io sâr, sôso er iz gibôt thâr, joh man iz allaz sâr gisah, sôs er iz êrist gisprah*. IV, 7, 85 *thaz ir thes io gîlêt, thia zâla bimîdêt, joh io thes gigâhêt, themo egisen intfliahêt*. V, 7, 39 *oba iaman thoh giquâti, wara man nan dâti, odo mir gizeliti, wara man nan legiti*; vgl. noch I, 24, 9. 10. II, 6, 7. 8. 21, 1. 2. 24, 35. 36. III, 26, 53. 54. IV, 2, 23. 24. V, 11, 37. 38. 16, 23. 24; im Strophenübergang: I, 5, 48. 49. 23, 58. 59. IV, 18, 30. 31.

Geht O. schon in der Verwendung der parallel gegliederten Variation über die Technik der alliterierenden Dichtung hinaus, so noch mehr in der chiastisch gegliederten, die, soweit meine Beobachtungen reichen, der letzteren fremd ist: I, 11, 59 *ni wâri thô thiu giburt, thô wurti worolti firwurt; sia satanâs ginâmi, ob er thô ni quâmi*. 16, 23 *thaz kind wuahs untar mannon, sô lilia untar thornon; sô bluama thâr in crûte, sô scôno thêh zi guate*. II, 3, 55 *nu garawemês unsih alle zi themo fehtanne; ingegin widarwinnon, sô skulun wir unsih warnôn*; vgl. noch I, 23, 17. 18. III, 18, 5. 6. 20, 137. 138. III, 22, 15. 16. IV, 5, 17. 18.

26, 13. 14; im Strophenübergang: L. 72. 73. IV, 12, 26. 27.
Beide Glieder haben ein gemeinsames Prädikat: I, 15, 45 *joh
wuntôt ferah thînaz wâfan filu wassaz, bitturu pina thia selbûn sêla
thîna.* II, 4, 5 *thô sleih ther fârâri irfindan, wer er wâri, thaz
zi irsuachenne ubar al selbêr ther diufal*; vgl. noch III, 18, 11. 12.
26, 37. 38. V, 23, 259. 260.

Verknüpfung durch Konjunktion: I, 22, 57 *untarthio was er
in, ni was er druhtîn thes thiu min, noh sîn giwalt sih wanôta,
thaz er in thionôta.* III, 4, 29 *sô er êrist sînu wort insuab, er
thaz betti sâr irhuab, joh sâr iz thana fuarta, sô sliumo er thiu
gihôrta.* IV, 19, 45 *bizcinta, thaz sîn wirdî zi niwihti scioro wurdi,
joh scolti werdan ûtal thiu sîn êra ubar al.*

Chiastische Variation durch vier Verse, sodafs der erste dem
vierten, der zweite dem dritten entspricht, findet statt: III, 18, 49
(schon der lateinische Bibeltext bietet hier Chiasmus). 21, 33.

Blicken wir zurück, so hat sich gezeigt, dafs die Variation,
wie O. sie in mannigfachen Formen verwendet, auf der einen Seite
mit dem Stil der alliterierenden Dichtung noch eng zusammen-
hängt, auf der anderen selbständige Weiterbildung, teilweise unter
Einwirkung der neuen Verstechnik, zeigt. Oft besitzt sie auch bei
O. noch die ihr in der Alliterationspoesie eigene Schlagkraft. Viel-
fach aber erscheint sie in ihrer Bedeutung abgeschwächt und ist
dann nicht, wie dort, der Ausdruck eines leidenschaftlich beweg-
ten, sich nicht genug tuenden Empfindens, sondern breite Red-
seligkeit.

Vers und Strophe zu füllen mufs sie dem Dichter dienen.
Namentlich aber hilft sie ihm, die knappe Kürze des biblischen
Textes in einen gewissen epischen Flufs zu verwandeln. So werden
auch die Reden der Personen gewöhnlich variierend ausgeführt:
vgl. II, 7, 63—66. III, 17, 17—20. 24, 13—20. 25, 23—28.
IV, 31, 19—22 mit dem biblischen Texte. Besonders fällt diese
variierende Übersetzungsweise da auf, wo sie in einer Reihe auf-
einander folgender Verse gleichmäfsig geübt wird. So geben
III, 18, 5. 7. 9 den lateinischen Text wieder, während 6. 8. 10
variieren; vgl. noch III, 20, 131—138.

II. Eingänge der Reden.

Das Epos bemüht sich, Person und Situation in möglichster Anschaulichkeit vor Augen zu führen. Der blofse Name genügt ihm nicht; ja, er ist ihm erst in zweiter Linie wichtig: vor allem will es die Person in ihrer charakteristischen Eigentümlichkeit erfassen; und ebenso interessiert es sich nicht blofs für die Situation und Handlung als solche, sondern auch für die Motive und begleitenden Nebenumstände.

Das macht sich in der alliterierenden Dichtung besonders geltend bei der Einführung der Personen, wo sie redend auftreten. Der Name wird oft nicht genannt, wohl aber die Person in ihrer Erscheinung, in ihrer Herkunft, Stellung und Gesinnung, in der Art ihres Sprechens, in den sie leitenden Beweggründen mit einem oder zwei Strichen gezeichnet, und Situation und Vorgang durch eine eingefügte Bemerkung deutlich gemacht. Dabei wird entweder die Form der Apposition oder der Parenthese gewählt. Bisweilen werden diese die Reden einleitenden Wendungen zu festen, beim jedesmaligen Auftreten der Person sich von neuem einstellenden Formeln, wie das aus dem homerischen Epos bekannt ist.

In den Hauptgruppen mögen diese Einleitungswendungen hier dargestellt werden.

Die Rede wird mit einem Blick auf die äufsere Erscheinung eingeleitet: Beow. 405 *Beówulf maðelode (on him byrne scán, searonet seówed smiþes orþancum)*. Hel. 269 *thô sprak im eft thiu magað angegin, wið thena engil godes idiso scôniost, allaro wîbo wlitigost.*

Herkunft, Stellung und Gesinnung der redenden Person werden angedeutet: Beow. 529 *Beówulf maþelode, bearn Ecgþeówes.* 348 *Wulfgâr maþelode (þæt wæs Wendla leód, wæs his môdsefa manegum gecŷded, wîg ond wîsdôm).* Jul. 105 *him þâ seó eádge ágeaf. andsware Juliana (hió tô gode hæfde freóndrædenne fæste gestaðelad).* Hildebrandsl. 7 *Hiltibraht gimahalta: er was hêróro man, ferahes frôtôro: er frâgên gistuont, fôhêm wortum, huer . . Hel. 3098 *thô sprak·imu eft is hêrro angegin, mâri mahtig Crist (was imu an is môde hold). 3992 *thô ên thero tuelibio, Thomas gimahalda (was imu githungan man, diurlîc drohtines thegan).*

Stimmung und Ton der Rede werden charakterisiert: Beow. 2631 *Wîglâf maðelode wordrihta fela, sægde gesîðum (him wæs sefa geômor).* Andr. 1400 *ongan þâ geômormôd tô gode cleopian heard of hæfte hâlgan stefne, weôp wêrigferð ond þæt word gecwæð.* Dan. 209 *þâ him bolgenmôd Babilone weard yrre andswarode; eorlum onmælde grimme þâm gingum and geócre oncwæð.*

Die Situation wird vergegenwärtigt: Beow. 286 *weard maþelode, ðær on wicge sæt, ombeht unforht.* 925 *Hrôðgâr maþelode (hê tô healle geong, stôd on stapole, geseah steápne hrôf, golde fâhne ond Grendles hond).* Andr. 305 *him þâ beorna breogo, þær hê on bolcan sæt, ofer waroða geweorp wið þingode.* Hel. 5217 *thô sprak imu eft Krist angegin, hêlendero bezt, thâr he giheftit stôd an themu rakude innan.* 5633 *thô hreóp up te gode allaro cuningo craftigost, thô he an themo crûcie stôd faðmon gifastnôd.* Beow. 1698 *ðâ se wîsa spræc sunu Healfdenes (swîgedon ealle).* Hel. 4278 *thô the rîkeo sprak, hêr hebankuning (hôrdun the ôðra).*

Die den Sprechenden leitenden Motive werden angedeutet: Andr. 401 *edre him þâ eorlas âgêfan ondsware, þegnas prohthearde (þafigan ne woldon, þæt hie forlêton æt lides stefnan leófne lâreów and him land curon).* Hel. 2931 *thô sprak imu ên thero manno angegin obar bord skipes, barwirdig gumo, Petrus the gôdo (ni welda þîna tholôn, watares wîti).*

Der Inhalt der Rede wird im Voraus skizziert: Beow. 651 *werod eall ârâs; grêtte þâ guma ôþerne, Hrôðgâr Beówulf, ond him hæl âbedd, wînærnes geweald, ond þæt word âcwæð.* Jul. 117 *hyre þâ þurh yrre âgeaf andsware fæder feóndlîce, nales frætwe onhêht.* Öfters findet indirekte Vorwegnahme des dann direkt Ausgeführten statt: Andr. 1464 *þâ côm dryhten god in þæt hlinræced, hæleða wuldor, and þâ wine sînne wordum grêtte and frôfre gecwæð fæder manncynnes, lîfes lâreów, hêht his lîchoman hâles brûcan: ,ne sceait þu in hêndum â leng searohæbbendra sâr prowian'.* El. 849 *cwên weorces gefeah on ferhðsefan and þâ frignan ongan, on hwylcum þâra beðma bearn wealdendes hæleða hyhtgefa hangen wære: ,hwæt! we þæt hŷrdon .. '* Hel. 5339 *thô huarf im eft the heritogo an that hûs innan te thero thingstedi, thrîstion wordon grôtta thêna godes suno endi frâgôda huat he gumono wâri: ,huat bist thu manno? .. '*

Wie die alliterierende Dichtung liebt auch O., dem nackten *dixit, dixerunt, respondit, responderunt* des biblischen Textes gegenüber[1]), den breiten epischen Eingang, der Person, Situation und Rede erläuternde Züge hinzubringt.[2]) Auch hierin erblicke ich einen Zusammenhang zwischen seinem und dem älteren Stil.

Besonders gern benutzt er die Eingänge der Reden zur Charakterisierung seiner Personen. Die Reden Christi, der Jünger und der feindlich gegenüberstehenden Juden werden auf diese Weise eingeführt. Und hier dient ihm die Einleitungswendung zugleich zur Kontrastierung der Gruppen.

In erster Linie ist es Christus, dessen sich immer gleichbleibendes, freundliches Wesen mit der Anmut und dem Zauber seiner Rede eingangs hervorgehoben wird: II, 14, 50 *gab antwurti gimuati sînes selbes guatî.* — II, 15, 23 *sie bigan er scowôn frawalîchên[3]) ougon, gruazt er sie zi guate sus suâslîchemo muate* (Quelle: *elevatis oculis*). — III, 20, 7 *gab er thô worton blîdên antwurti then sînên, zalta in thia ungimacha, thes selbes mannes sacha*; vgl. 23, 41 f. 24, 79 f. *(worton blîdlîchên).* — I, 25, 9 *zi imo sprah thô lindo ther gotes sun selbo, kundta imo, er iz wolta, iz ouh sô wesan scolta*; vgl. IV, 23, 39 f. — II, 14, 79 *gab iru mit miltî thô druhtîn antwurti.* 12, 27 *gab er mo antwurti mit mihileru miltî, joh er mo iz al gisuazta, sô wes sôso er nan gruazta*; vgl. III, 2, 9 f. *(mit mihileru miltî — mit worton suazên).* IV, 11, 25 f. *(mit mammenteru miltî — suazo).* V, 20, 65 f. *(worton filu suazên — mit mihileru minnu)*; *mit suazlîcheru miltî* III, 18, 57 in vierzeiliger Einleitungswendung. — III, 20, 176 *er selbo, sôso iz dohta, scônon es girihta.* IV, 19, 51 *ther gotes sun frôno gab antwurti imo scôno.* II, 8, 15 *sprah thô zi iru suazo ther ira sun zeizo, scônên worton ubar al, sô sun zi muater scal* (die Wendung soll dem hart klingenden: *quid mihi et tibi est, mulier?* =

---

[1]) Nur selten begegnet hier eine ausgeführtere Einleitungswendung: I, 6, 5 *sprah thiu sîn muater* = Luk. 1, 41 *et repleta est spiritu sancto Elisabeth et exclamavit voce magna et dixit.* Hin und wieder findet Beeinflußung durch die Kommentare statt.

[2]) Daneben ist der parenthetische Eingang *(quad er, quâddun)* in Gebrauch. Dramatisch, ohne Eingang steht die Rede III, 2, 31.

[3]) Vielleicht steckt in dieser Heiterkeit noch etwas wie eine unbewußte Reminiscenz an die frohen, lachenden Götter des Heidentums (siehe Grimm, Myth. 15. 300); vgl. auch IV, 12, 55 *bigan sih frewen lindo ther kuning êwinigo thô* und Dkm. XXV, 4, 4 *Christumque vidi laetum sedentem et comedentem.* Freundliches Scherzen des Königs bei Tische hebt der Ruodlieb hervor (s. Seiler in seiner Ausgabe S. 82).

wib, waz drift sulth zi uns zwein? den Stachel nehmen). 12, 51 *scôno zalt er imo thaz, sô druhtîn io giwon was, joh thaz er thô meinta, er scôno imo iz gizeinta* (Beda: *non quasi insultare volens*).[1])

Auch seinen Feinden gegenüber ist Christus mafsvoll und gelassen: II, 4 91 *thô gab er imo antwurti, thoh wirdig er es ni wurti*[2]) *(joh det er thaz hiar ofto), filu mezhafto.* III, 18, 37 *er gab in thes mit thultî suazaz antwurti, rihta sies in wâr mîn, thoh wiht sies ni firnâmîn*; vgl. 22, 35. 36. 17, 37. 38.

Mit ähnlichen charakterisierenden Zusätzen wird auch das kahle lateinische *tacebat et nihil respondit, responsum non dedit* wiedergegeben: III, 10, 15 *thiu druhtînes miltî ni gab es antwurti; thaz wîb io suslîh redôta, selbo druhtîn thagêta. IV, 19, 41 ni gab in thiu sîn thultî wiht thes antwurti; ingegin in, sô ih sagêta, sô stuant er inti thagêta* (vgl. Hel. 5078). 23, 33 *er stuant, suîgêta joh mammonto githagêta; sînes selbes thultî ni gab imo antwurti.*

Unter den Jüngern ragt Petrus hervor; eine ähnlich kraftvolle Gestalt ist Johannes der Täufer. In den ihre Reden einleitenden Wendungen wird das Mannhafte und Freimütige, das Unverdrossene und Willige ihres Wesens hervorgehoben: III, 8, 31 *sô Pêtrus thaz thô gisah, fon themo skiff er zi imo sprah; gruazta baldo, ih sagên thir thaz, then meistar, so er giwon was.* IV, 13, 21 *er sprah baldlîcho joh harto theganlîcho, quad, io gihartêti mit imo in theru nôti* (vgl. Hel. 3055. 4674). — I, 27, 17 *jah er thô, sôs iz was, ni giang in strît umbi thaz, in lougna noh in bâga suîchera frâga.* 31 *guates er in onda, sôs er wola konda; bî thiu gab er mit giwurti suazaz antwurti.* 39 *gab er mit giwurti*[3]) *in avur antwurti; thaz det er iogilîcho filu baldlîcho* (vgl. Hel. 915). 47 *gab er gomilîcho in antwurti iogilîcho, offonôta in sâr thaz, theiz sîn ambaht was.*

Höfliche Freundlichkeit der Rede wird an dem Engel Gabriel gerühmt: I, 4, 57 *sprah ther gotes boto thô, ni thoh irbolgono, was er mo avur sagênti thaz selba arunti.* 5, 13

---

[1]) Nicht im Eingange der Rede steht, das Wesen Christi charakterisierend, *filu suaslîcho* IV, 1, 18. *suaslîchero worto* V, 9, 53; *scônero worto* III, 17, 4. *scônera brediga* 6. *scôno inti reino joh harto filu kleino* V, 9, 56.

[2]) Vgl. III, 16, 31 *gab antwurti er then liutin, thoh sie nan ni êrêtin.* IV, 31, 23 *ih duan, quad krist, sô thu quist, thoh thû es wirdig ni sîst.*

[3]) Im Eingange der Rede steht *mit (suazeru) giwurti* noch: I, 5, 34. II, 7, 57. III, 20, 109. V, 15, 15.

thô sprah er êrlîcho ubar al, sô man zi frowûn scal, sô boto scal io guatêr zi druhtînes muater (vgl. auch V, 4, 36 und IV, 37, 18 ff.). Freundlich ist auch die Antwort Marias: I, 5, 33 *thiu thiarna filu scôno sprah zi boten frôno. gab si imo antwurti mit suazera giwurti.*[1]) Geziemende Antwort giebt die Ehebrecherin: III, 17, 55.

Sind Christus und die um ihn gruppierten Personen mit lichten, hebenden Farben gezeichnet, so gelangen zur Charakterisierung der Feinde die Kontrastfarben zur Anwendung. Während von jenen *worton suazên, scônên, blîdên* und *mit giwurti* die Antwort erteilt wird, heifst es umgekehrt von diesen: III, 18, 11 *bigondun sie antwurten worton filu hertên, worten ungiringon mit imo thâr thô thingôn.* 25 *sie gâbun antwurti mit grôzeru ungiwurti, mit michilemo nîde sô wurtun sie umblîde.* 20, 69 *bigondun thes thô bâgên joh genan avur frâgên, joh worton unsuazên bigondun inan gruazen.* Dem *scôno, sô druhtîn io giwon was, baldo, so er giwon was* steht gegenüber: III, 22, 9 *thie Judeon nan bistuantun, ni westun, was sie fuartun; sprâchun zi imo in fârûn, sô sie giwon wârun;* der *druhtînes milfî* und *thulfî*: IV, 20, 11 *thes argen willen hertî gab imo antwurti.* 23, 21 *thero biscofo hertî gab imo antwurti mit alten nîdes willen; ni mohtun sie in gistillen.* Dort wird die Leidenschaftslosigkeit der Rede hervorgehoben, hier ihre Erregtheit: III, 20, 129 *inbrustun sie zi nôti thô sâr in hcizmuati, bigondun imo thrâto fluachôn thô ginôto.* 161 *sie irbulgun sih in wâra thera frônisgûn lêra, thero scônero worto; sus sprâchun zi imo ouh harto;* vgl. I, 27, 35 f. III, 16, 27 f. 22, 41 f. IV, 30, 1 ff. 19 ff. 36, 1 ff.

Das wüste Geschrei einer erregten Volksmenge schildern, das blofse *clamabant* der Quelle ausführend, die Verse: IV, 24, 3 *stimmâ sie iro irhuabun, sô sie thô thaz insuabun, ingegin skrei ginôto al menigî thero liuto.* 13 *ingegin riaf thô lûto heriscaf thero liuto, irscrirun filu gâhun, sô sie inan anasâhun.*

---

[1]) Die Stellen weisen auf ein festes höfisches Ceremoniell hin. Auch auf höflichen Empfang wird Gewicht gelegt, das Entgegengehen seitens des Empfangenden hervorgehoben (während es als Höflichkeitsbezeugung im Ruodlieb fehlt, s. Seiler in der Einleitung zu seiner Ausgabe S. 90): I, 6, 3. 15, 12 f. (vgl. Hel. 477). 23, 13. II, 3, 23. V, 13, 29. 16, 11; die freundliche Miene des Empfangenden wird betont: I, 15, 14. II, 15, 14. III, 2, 26. Aus dem Heliand merke ich die Stellen an: 551 *thô quâdun sie ina kûsko an kuningwîsun* (vgl. 672) *fagaro an is flettie.* 2417 *thô bigan is thero erlo ên frâgôian holdan hêrron, hnêg imu tegegnes tulgo werdlîko.*

Auch Neben- und Episodenfiguren werden, wo sie redend
auftreten, mit charakterisierender Einführung bedacht. Namentlich
wird das Freudige der Rede betont; das typische Wort dafür
ist *blîdi*: I, 9, 19. 15, 14. II, 14, 117; ferner die Beherztheit
und Zuversichtlichkeit der Rede; das bezeichnende Wort ist *bald*:
I, 9, 39. III, 20, 111.

Neben der Verwendung des Einganges der Rede zur Cha-
rakterisierung der Person und zur Kontrastierung der Gruppen be-
nutzt O. denselben oft zur Motivierung der einzelnen Rede und
zur Vergegenwärtigung der jedesmaligen Stimmung und Situation.
Der erläuternde Dichter verrät sich dabei öfters durch ein *wân,
ni wânu, odo*. Auch hier bietet der biblische Text nur die Be-
zeichnung der Person und das Verbum des Sprechens.

Die Situation wird verdeutlicht: IV, 31, 1 *thero scâchoro, ih
sâgen thir, ein (want er hangêta unter zuein) deta imo, sô man
wizzi, thia selbûn itwizzî.* IV, 33, 21 *riaf druhtîn avur sâre (thû
maht iz lesan thâre) in mihileru lûtî (thaz hôrtun thâr thie liuti).*

Wiederholte Frage wird motiviert: IV, 21, 25 *thô sprah
Pilâtus avur thaz, wanta imo was iz heizaz; frâgêta avur nôti bî
sînaz hêrôti*; vgl. I, 27, 21 f. 43 f.

Die Rede selbst, ihre Stimmung, ihr Ton wird begründet:
I, 4, 47 *thô sprah ther biscof, harto foraht er mo thoh, ni was
imo anawâni thaz ârunti scôni.* II, 7, 57 *gab er mo antwurti
mit suazeru giwurti (wân, iz quâmi imo in sîn muat, thaz er nan
zalta sô guat).* III, 20, 41 *thio armilîchûn wizzî was thes thô
firiwizzi, was sies wuntar thrâto, joh frâgêtun thero dâto.* 23, 29
*sprâchun thô mit minnôn thie sîne liobon holdon (si erquâmun odo
in thrâti thera ercrûn dâti)*; vgl. I, 13, 1 f. III, 4, 21 f. 20,
63 f.

Der die Rede begleitende Affekt wird angedeutet: I, 7, 1
*thô sprah sancta Maria, thaz siu ze huge habêta; si was sih
blîdenti bî thaz ârunti.* 25, 3 *hintarquam thô sliumo ther forasago
diuro, alfol sprah er worto joh widorôta iz harto.* V, 9, 15 *gab
einêr antwurti (selb sô er iz zurnti, thaz leid, thaz inan ruarta,
thaz genêr es ni fualta)*; IV, 13, 39 f. durch Hraban beeinflusst.

Die den Redenden leitende Absicht wird angegeben: *IV, 23, 1
Pilâtus giang zen liutin sîd thô thesên dâtin, wolt er in gistillen
thes armalîchen willen.* 24, 25 *thô wuasg er sîno henti; er wolta
es duan thô enti, sih wolta er rehto ubarlût neman ir thera lei-
dunt*; 21, 9 f. durch die Kommentare beeinflufst.

Der Inhalt der Rede wird flüchtig skizziert: I, 25, 15 *thô ward himil offan, then fater hôrt er sprechan, joh zalt er thâr gimuati thes selben sunes guatî.* III, 12, 27 *githankôta er mo harto thero selbon worto joh gêrêta inan, wizîst thaz, ouh filu hôho ubar thaz.* IV, 7, 63 *sagêta er thô then liobon son then zehên thiornôn bilidi biquâmi joh tharazua gizâmi.* Die Andeutung des Inhaltes findet in abhängigen indikativischen Sätzen statt: I, 25, 9 *zi imo sprah thô lindo ther gotes sun selbo, kundta imo, er iz wolta, iz ouh sô wesan scolta.* III, 12, 9 *sie imo redinôtun, waz sies alle hôrtun, zaltun missilîh gimah, wio ther liut son imo sprah*; in indirekter Rede: I, 17, 43 *thia zît eiscôta er son in, sô ther sterro giwon was queman zi in; bat, sie iz ouh biruahtîn, bî thaz selba kind irsuahtîn.* IV, 28, 9 *thô rietun thie ginôza, sie wurfîn iro lôza, thaz sie mit thiu gizâmi, welîh sa imo nâmi*; vgl. III, 20, 79 f. IV, 13, 29 f. 18, 15. Den indirekten Worten folgt eine erläuternde Parenthese: I, 9, 19 *sie sprâchun vilu blîde zi themo sâligen wîbe, quâtun, iz ni zâmi (ni was in ther namo nâmi).* II, 12, 21 *hintarquam thô harto ther guato man thero worto, quad, wio iz io mohti werdan (er wolta iz gerno irfindan).*

Die Wirkung der Rede wird vorweggenommen: III, 13, 19 *gab er thô antwurti, thaz Pêtrum thûhta herti, thaz inan thô giwisso ruarta filu wasso.* V, 7, 17 *sie sprâchun thio unthultî joh waz si thara wolti; ira muat sie ouh sêrtun, thaz sie thes frâgêtun.*

Die in der späteren Spielmannsdichtung so beliebte Einführungswendung mit dem typischen Reim *sach : sprach* beginnt schon in O.s Dichtung sich zu prägen, vgl. II, 7, 35. III, 4, 19. 6, 16. 8, 31 [1]). 20, 171. Von der Rede zur Erzählung überleitend findet sich *sah : sprah*: IV, 19, 13. V, 7, 43. 17, 13.

Bemerkenswert ist noch, das O. bisweilen, im Dialoge einen regelmässigen Wechsel zwischen Rede und Einleitungswendung hat eintreten lassen; besonders kunstvoll in Kapitel I, 27 (Johannes der Täufer und die Boten).

Blicken wir zurück, so hat sich gezeigt, dass O. es liebt, die kahle Eingangsformel des biblischen Textes mit einer episch breiten, meist den Raum einer Strophe einnehmenden Einleitungs-

---

1) Der Zusatz *son themo skiff er zi imo sprah* erinnert an Wendungen der alliterierenden Dichtung wie: *of ceóle onwæd* Andr. 555 (s. Grimm, Andr. und El. XXXV).

wendung zu vertauschen. Da das zu der Technik der alliterierenden Dichtung stimmt, so wird man auch hier einen Zusammenhang annehmen.

Fast immer sind es irgendwie erläuternde, charakterisierende Züge, die in den Eingang der Rede aufgenommen werden. Durch leere Variation aufgebauschte Einleitungswendungen begegnen nicht oft, vgl. z. B. I, 15, 25 f. III, 20, 143 f. IV, 33, 15 f. V, 9, 39 f.

III. Parenthese.

Schon die immer von Neuem einsetzende Variation des Begriffes und Gedankens verleiht der alliterierenden Dichtung den Charakter des Unfertigen und Unruhigen. Diesen Eindruck erhöht noch die häufige Verwendung der Parenthese. Beliebt ist sie namentlich im Eingange der Rede; ich verweise auf die im vorhergehenden Kapitel gegebenen Beispiele. Belege für die Parenthese in den Dichtungen Kynewulfs gibt Jansen a. a. O. S. 101; aus dem Beowulf hat Sarrazin in seinem Aufsatz ‚Beowulf und Kynewulf' (Anglia Bd. IX, S. 540) die betreffenden Stellen notiert.

Auch bei O. ist die Parenthese ein viel gebrauchtes Stilmittel, öfters vielleicht durch seine noch unvollkommene Technik und den metrischen Zwang veranlaßt, im Allgemeinen aber in der Art ihrer Verwendung dem Stile der älteren Dichtung entsprechend.

So dient sie dem Zwecke der Charakteristik der Personen und ihrer Handlungsweise: I, 15, 9 *thô quam ther sâligo man (in sînên dagon was iz fram)*[1] *in hûs* .. 17, 61 *fialun sie thô framhald (thes guates wârun sie bald), thaz kind sie thâr thô betôtun.* II, 4, 105 *ni quam iz in sîn muat in wâr (thaz ni mohta wesan sâr), odo ouh* .. 5, 20 *bat thesan ouh zi nôti, thoh er mes ni hôrti (ni det er iz bî guate), thia steina duan zi brôte.* III, 14, 86

---

[1] Erdmann schließt in Kommata ein. Parenthese würde ich auch an vielen anderen Stellen, z. B.: I, 9, 20b. 15, 9b. 17, 61b. II, 9, 52b. 12, 22b. IV, 31, 1b. 33, 22b. V, 17, 37b eintreten lassen.

in suslîcha redina sô sant er zuelif thegana (ni thoh zi worolt-
ruame) zeichan ouh zi duanne.

Häufiger sind motivierende oder die Situation erläuternde
Parenthesen: I, 22, 23 *thô hintarquam thiu muater (ther sun ther*
ist¹) sô guatêr) joh . . III, 6, 56 *joh ward thero âleibo (ni frâzun sie*
iz allaz) sibun korbi ubar thaz. IV, 2, 16 *nam Maria nardon filu*
diurên werdon (was iru thaz thionost suazi), thia . . V, 17, 37
kapfêtun sie lango (was wuntar thero thingo) mit hanton oba then
ougon; vgl. I, 17, 8. II, 9, 33. 16, 18.

Auch in den Einleitungswendungen der Rede tritt bei O. die
Parenthese auf, wofür Belege im zweiten Kapitel zu suchen sind.
Hier nur noch einige Stellen, in denen sie vor indirekter Rede
steht: II, 9, 52 *er hiaz inan irwintan (thaz kind lag thâr gi-*
buntan), quad . . IV, 6, 36 *er zalta in thia mihilûn gimeitheit*
(siu was alles zi breit): wio . . 18, 29 *thô bigond er suerien (er*
wolta sih ginerien), zalta in . . 19, 73 *thiu ougun sie imo buntun*
(thaz in zi spile funtun) joh frâgêtun . . (vgl. Hel. 5115).

Oft werden persönliche Bemerkungen, Wahrheitsbeteuerungen,
Anreden und Aufforderungen an die Zuhörer parenthetisch ein-
geflochten, wofür Beispiele anzuführen nicht nötig ist²).

Mit der Parenthese verwandt ist die Neigung der alliterierenden
Dichtung für kurze Sätze am Schlusse des Verses, die eine cha-
rakterisierende oder motivierende Bemerkung zu der vorange-
gangenen längeren Gedankenreihe geben; die Vorliebe für Satz-
abschluſs in der Mitte des Verses mag öfters dazu geführt haben:
Beow. 8 *weóx under wolcnum, oð-þæt him æghwylc þâra ymb-*
sittendra hŷran scolde, gomban gyldan: þæt wæs gôd cyning! 1810
cwæð hê þone gûðwine gôdne tealde, wîgcræftigne, nales wordum
lôg mêces ecge: þæt wæs môdig secg! 2538 *ârâs ðâ bi ronde rôf*
oretta, heard under helme, hioroscrean bær under stâncleofu, strengo
getrûwode ânes mannes: ne bið swylc earges sîð!

Ähnliches begegnet bei O., wiederum einen Zusammenhang
mit der Technik der Alliterationspoesie bekundend: I, 17, 9 *thô*
quâmun ôstana in thaz lant, thie irkantun sunnûn fart, sterrôno

---

¹) Hier steht das Präsens, I, 9, 15 in ähnlicher Wendung das Präteritum.
²) Über Parenthesen in der späteren geistlichen Dichtung s. die An-
merkung in den Denkmälern S. 428 (zu XXXVII, 5, 2). In der höfischen
Dichtung soll die Parenthese aus der romanischen Poesie herstammen (s. Bur-
dach a. a. O. 105). Ob aber auch hier nicht ein Zusammenhang mit dem
Stil der älteren deutschen Dichtung waltet?

girusti; thaz wârun iro listi. IV, 4, 21 *joh dâtun iz in wâru zi frônisgeru êru, zi sîneru hêri; er was in filu diuri.* 34, 11 *thaz ward allaz sô gidân, thô selbo druhtîn wolta irstân, thes wir nû birun blîdi; er was thaz frumikîdi.* III, 24, 11 *Martha sih thô kûmta, sô si zi kriste gûlta, sêrlichero worto; sia ruartaz filu harto*; vgl. I, 1, 68. 17, 66. 22, 26. III, 18, 72. V, 11, 26. Bisweilen nehmen derartige kurze Sätze formelhaftes Gepräge an: *irgiang iruz zi guate* III, 24, 10. *iz irgiang in thoh zi guate* IV, 34, 24. *nirgeit imo iz zi guate* II, 19, 6 [1]). *thaz det er in zi guate* IV, 37, 20. *thaz duit er al mit ebinu* L. 14. *thaz deda siu io gerno* I, 5, 12. *thaz deta si kriste gerno* IV, 29, 33. *si hogtun gerno, wio er gibôt* 9, 16. *gidân was thaz in hôna* 23, 8. *thaz dâtun se al bî nîde* 33, 20. *sô quimit iz wola manne (mannon)* III, 7, 80. V, 12, 78. *thaz was in allên ungiwurt* III, 19, 22. *thaz was in ungimuati* 18, 60. *es wârun in thô thurfti* IV, 15, 2. *es ist mir, druhtîn, thanne thurft* H. 4 (parenthetisch steht: *thurfti sint es harto* I, 23, 57. *es sint uns harto thurfti* V, 12, 55).

Sehr oft bilden Anredewendungen an die Zuhörer in Gestalt eines kurzen Satzes den Schlufs der Strophe, z. B.: *selbo maht iz lesan thâr* L. 44. *thes wortes mir giloubi* H. 22. *theih hiar thir zelle, thaz firnim* 4B. *thes sîn wir io giwisse* III, 26, 24. *thes thigge io mannogilîh* L. 8. *thes sculun wir gote thankôn* 30.

IV. Epische Übertreibung.

Der emphatische Ton der altgermanischen Poesie, der zur Variation führte, rief auch die epische Übertreibung[2]) hervor. Ihrer bedient sich die angelsächsische geistliche Dichtung und der Heliand, ohne dafs die Quellen sie bieten. Und ebenso finden wir sie in O.s Evangelienbuch. Sein Stoff, dem er selbst (I, 1, 51) den Vorrang vor allen anderen Stoffen zuerkennt, legte sie ihm von vornherein nahe. Aber diese dem biblischen Texte fremden Formeln waren auch, ebenso wie die Variation, ein

---

[1]) Vgl. die Versausgänge: *theiz uns (thir) irgê zi guate* II, 21, 4. 24, 34. III, 21, 35. IV, 37, 6. *theiz thir irgê zi liebe* IV, 37, 14.

[2]) Zu ihrer Charakteristik s. meine Dissertation ‚Das volkstümliche Element im Stil Ulrich von Zatzikhovens‘ (Greifswald 1883), S. 11.

Mittel, um epische Breite und Fülle des Stils zu gewinnen. Im Folgenden sind die Hauptgruppen dieser Stilerscheinung dargestellt.

Gern wird behauptet, die in Rede stehende Person oder Sache habe ihres Gleichen nicht: Hel. 785 *he ni was ôdrun mannun gilik, the gumo an sînera gôdi.* 558 *nio hêr êr sulica cumana ni wurdun eri fon ôdrun thiodun, sîdor ik môsta thesas erlo folkes giwaldan.* 4120 *hwand eo êr sulic ni ward wundar an weroldi.* 25 *godspell that gôda, that ni habit ênigan gigadon huergin.* 941 *nis thes bodo gimaco ênig obar erdu, ne nu aftar ni scal werdan an thesaro weroldi.* 2125 *quad that he an Judeon huergin undar Israheles aboron ni fundi gimacon thes mannes.*

Ähnliche Wendungen bei O.; mit *gilih, ungilih*: V, 12, 79 *nist thiu minna sumirih kreftin anderên gilih.* 19, 37 *nist ther dag sumirih dagon anderên gilih.* I, 20, 22 *ni sah man io, ih sagên thir thaz, thesemo gilichaz.* III, 23, 4 *iz ist, thaz ni hilih thih, then anderên allên ungilih.* V, 12, 3 *iz ist, thas ni hiluh thih, wuntoron managên ungilih.* IV, 7, 30 *giwisso thaz ni hiluh thih: theist zîtin allên ungilih.* V, 7, 25 *thaz sêr, thaz thâr ruarit mih, theist leidon allên ungilih*; vgl. noch V, 12, 42. Wendungen mit *sulih*: V, 17, 26 *ni gisah man êr io sulih thing.* V, 26, 34 *thuruh sulih ungimah, sô worolt êr ni gisah.* II, 8, 5 *ni ward io in woroltzîtin, thiu zisamane gihîlin, thas sih gesto guati sulihhero ruamti.* IV, 9, 21 *ni ward io nihein ezzan mit sulichên bisezzan.* III, 8, 26 *wanta êr man sulih ni gisah, thaz man io thes githâhti, thaz sulih io bibrâhti, odo ouh thaz gidâti, thaz wazar êr sô drâti;* IV, 7, 32 *si sint thanne in wêwen, thaz êr ni ward io sulih fal, ouh iamêr werdan ni scal* und V, 20, 16 *ni wirdit thing, ih sagên thir thaz, êr noh sîdôr sulichaz* sind durch die Quelle veranlafst. Wendungen mit *gimah*: I, 9, 31 *then druhtin was er lobônti, ther thaz was machônti, thes man nihein io gimah in worolti êr ni gisah.* II, 6, 49 *êr io man ni gisah thera minna gimah.*

Um die Unübertroffenheit der Person auszudrücken, wird in der alliterierenden Dichtung die Phrase gebraucht: ‚kein Gleicher ward je geboren‘: Guthl. 1333 *se selesta bi sæm tweônum, þâra þe wê on Engle æfre gefrunen âcennedne þurh cildes hâd gumena cynnes.* Gen. 626 *þâ giêng tô Adame idesa scênost, wîfa wlitegost, þe on woruld côme.* Hel. 835 *allaro barno bezta, thero the io giboran wurdi magu fon môdar.* 5267 *allaro barno bezt, thero the io giboran wurdi an liudio lioht.* 2875 *quâdun that gio ni wurdi an thit lioht cuman wîsaro wârsago.*

Ähnlicher Wendungen bedient sich O.: I, 5, 61 *nust siu giburdinôt thes kindes sô diures, sô furira bî worolti nist quena berenti* (von Johannes dem Täufer gesagt, während der Helianddichter Christus ausnimmt: 2785 ff.). II, 3, 9 *ni ward si io in giburti, thiu io sulîh wurti, in erdu noh in himile, thiu iamêr sia irbilide*; für Vergangenheit, Gegenwart und Zukunft wird die Aussage gemacht: V, 20, 23 *nist man, ther noh io wurti odo ouh sî nû in giburti od ouh noh werde in alawâr, nub er sculi wesan thâr*; vgl. auch die Wendungen: V, 19, 7 *nist ther fon wîbe quâmi, nub er*.. I, 23, 31 *ni ward er io zi manne, ni er*.. *(omnis caro* im lateinischen Text). 20, 36 *ther nist hiar in lîbe, ther*.. 11, 47 *er nist in erdringe, ther*.. V, 23, 19. I, 17, 1 *nist man nihein in worolti, ther*..

Der alliterierenden Dichtung fremd sind folgende Phrasen, in denen sich der gelehrte, belesene Dichter verrät: I, 20, 23 *iz ni habênt livola noh iz ni habênt scrîbâra, thaz jungera worolti sulîh mord wurti.* III, 20, 155 *leset allo buah, thio sîn: ni findet ir in wâr mîn fon êristera worolti, ther êr io sulîh worahti* (Quelle: *a saeculo non est auditum*). IV, 35, 11 *lis allo buah, thio the sîn: ni findist iz, in wâr mîn, thaz man io thaz gidâti, sô diuran scaz irbâti; thaz êr ioman in worolti sulîh dreso legiti in rê odo in bâra*[1]). Einmal gebraucht O. die Phrase: ‚wären auch alle anderen Wunder unaufgezeichnet geblieben, dies eine würde uns genügen': II, 3, 43 *thoh thisu wuntar ellu wârîn filu stillu, ther buachâri iz firliazi inti scrîban ni hiazi:*..

Wieder aus der alliterierenden Dichtung belegen läfst es sich, wenn erklärt wird, es sei unmöglich, das angeschlagene Thema zu erschöpfen: Guthl. 862 *nænig hæleda is, þe âreccan mæge. oððe rîm wite ealra þâra wundra, þe*.. Sat. 349 *nis nænig swâ snotor ne swâ sundor-cræftig ne þæs swâ gledw nymðe god seolfa, þæt âsecgan mæge swegles leôman.* Kr. 989 *þær bið wundra mâ, þonne hit ânig on môde mæge âþencan, hû*.. Panth. 1 *monge sindon geond middangeard unrîmu cynn, þe wê ædelu ne magon ryht âreccan ne rîm witan.* Hel. 2076 *ni mag that gitellian man, giseggian te sôdan, huat*.. 2162 *he giwald habda te tôgeanna têcan, sô that ni mag gitellian man, giahtôn obar thesaro erðu, huat*.. 2529 *sô*

---

[1]) Vgl. auch die Wendungen: H. 25 *alla worolt xeli thû al, sô man in buachon scal: thit findistu âna duâla.* I, 9, 21 *in thînemo kunne — xel iz al bî manne, sô nist, ther gihogêti, thaz io then namon habêti.*

endilôsan welon, sô that ni mag ênig man witan an thesaro weroldi.
4107 *ni mag that man ôdrumu giseggian te sode, huô* . . 4243 *sô
nis an thesaru weroldi ênig, an thesaru middilgard manno sô spâhi,
that thero lêrono mugi endi gitellian*; in rhetorischer Frage: Dômes
dæg 30 *hwâ is ponne pæs ferdgledw odde pæs fela cunne, pæt æfre
mæge heofona hedhdu gereccan* . . *r*; im Munde redend eingeführter
Personen: Jul. 311 *pus ic wrâdra fela mid mînum brôdrum bealwa
gefremede, sweartra synna, pe ic âsecgan ne mæg, rûme âreccan
ne gerîm witan heardra hetrponca.* 494 *ic âsecgan ne mæg, pedh
ic gesitte sumerlongne dæg, cal pâ earfedu, pe ic âr and sîd
gefremede tô fâcne, siddan furdum wæs rodor ârâred and ryne tungla,
folde gefästnad and pâ forman men Adam and Eve.* Andr. 544
*nænig manna is under heofonhwealfe hæledu cynncs, pætte âreccan
mæg odde rîm wite, hû* . .

Gleiche und ähnliche Wendungen begegnen bei O.: I, 17, 1
nist man nihein in worolti, thaz saman al irsâgêti, wio . . 20, 35
*githigini sô managaz, thaz ther nist hiar in lîbe, ther thia zala ir-
scrîbe.* — 22, 3 *thie zîti sint sô heilag, thaz man irzellen ni mag.*
V, 21, 24 *sêr joh smerzûn ubar dag, thaz man gizellen ni mag.*
V, 23, 189 *io then êwînigan dag, then man irzellen ni mag.* 176
scônu lûtida ubar dag, thaz ih irzellen ni mag. — I, 3, 21 *nist
man, thoh er wolle*[1]), *thaz gumisgi al gizelle.* III, 1, 6 *wanta,
thoh er wolle, nist man, ther siu al irzelle.* V, 23, 127 *nist man,
thoh er wolle, ther thaz gifuari irzelle.* IV, 9, 33 *ni mugun wir,
thoh wir wollên, iro lob irzellen.* H. 95 *ni mag ih, thoh ih wolle,
thie selbun livoli alle, thoh wir thaz irwellên, sô mammonto gizellen.*
II, 24, 5 *ni mag man thaz irzellen, thoh wir es biginnên.* —
III, 14, 73 *thie ih al irzellen ni mag, thoh ih tharzua due then dag,
ouh thaz jâr allaz joh mînaz lîb ubar thaz.* L. 9 *oba ih thaz ir-
wellu, theih sînaz lob zellu, zi thiu due stuntâ mîno, theih scrîbe
dâti sîno: ubar mîno mahti sô ist al thaz gidrahti.*

Variierende Ausführung zeigt die Wendung: I, 11, 47 *er nist
in erdringe, ther ira lob irsinge, noh man io sô gimuati, ther irzelle
ira guatî; dag inan ni rînit, ouh sunna ni biscînit, ther iz io bi-
bringe, thoh er es biginne.* Noch weiter spinnt sich die Phrase

---

1) Bemerke in diesen Wendungen das formelhafte *thoh er* (*ih*) *wolle,
thoh wir wollên, oba ih thaz irwellu, thoh wir thaz irwellên, thoh er es bi-
ginne, thoh wir es biginnen*; vgl. noch: III, 7, 27. 69. IV, 14, 16. 17.
V, 20, 30.

V, 23, 19 aus: *nist man nihein in worolti, ther al io thaz irsa-
gêti, allo thio scôni, wio wunnisam thâr wâri (odo ouh swîgênti es
mannes muat irhogêti), in sînemo sange odo ouh in hiwilônne; odo
ouh thaz bibrâhti, in herzen es irthâhti, sîn ôra iz io gihôrti od
ouga irscowôti, wio ..*; vgl. 22, 9 *ni mag man thaz irdrahtôn, noh
mannes muat irahtôn, noh man irscowôn ni mag then selbon frô-
nisgon dag.*

Vereinzelt ist die Phrase: III, 14, 1 *thes nist zala noh ouh
rîm, wio ..* Einkleidung in eine rhetorische Frage begegnet
V, 23, 235 ff. Wie O. an dieser Stelle auf das Unvermögen
seiner Vorgänger hinweist, so V, 12, 85 ff. auf das des Paulus.

Auf biblische Stellen gehen die Wendungen zurück: ,könnte
jedes meiner Glieder sprechen, hätte ich tausend Zungen, den-
noch könnte ich kein Ende finden': I, 18, 5. V, 23, 223 [1]).

In den angeführten Stellen wechselt ein *ih, wir* mit einem
er, man. Auch die zweite, den Hörer mitbeteiligende Person
begegnet einige Male: I, 11, 52 *ist ira lob joh giwaht, thaz thu
irrîmen ni maht.* V, 22, 13 *ni mahtu irzellen thaz in wâr,
wio ..* 23, 133 *ni maht avur thaz gimachôn, thara ingegin ra-
chôn, wio ..* Hier schliesse ich die Wendungen an: V, 22, 11 *wio
scôni thâr in himile ist, thu es io giloubo ni bist.* 23, 227 *thû wirdist
mir giloubo, selbo thu iz biscouô.* I, 18, 7 *ni bist es io giloubo,
selbo thu iz ni scowô.*

V. Typische Verbindungen und Formeln.

Die Neigung zum Gebrauche formelhafter Wendungen, für
die schon die vorangegangenen Kapitel Belege boten, geht in
O.s Dichtung viel weiter. Ein grofser Teil seiner Formeln läfst
sich unmittelbar auf die alliterierende Poesie zurückführen. An-
dere, für die mir Belege nicht zur Hand sind, machen doch den
Eindruck des Festgeprägten. Daneben macht auch selbständige
Formelbildung sich geltend.

---

[1]) Vgl. Dkm. XXXVIII, 78 *hed ich dûsent munde, gesagen ich niene
kunde envollen des wunderes das van dir gescriven is. izne mogen alle zungen
gesagen nog gesingen bit alle dîner êren, · nog dînes loves envollen.* Heinr.
v. Melk Er. 979 ff. (s. Heinzels Anm. auf S. 135).

Ich beginne mit den zwei(drei)gliedrigen Verbindungen. Am häufigsten begegnen formelhaft koordinierte Substantiva. Alliteration zeigen darunter noch die folgenden Ausdrücke: *then anagin ni fuarit, ouh enti ni biruarit* II, 1, 11 (s. Hoffmann, Reimformeln im Westgermanischen, Freiburger Dissert. von 1885, S. 25. 48). — *in eigan joh in erbi* II, 2, 22 (s. Grimm RA 6; Sievers im Formelverzeichnis zum Heliand S. 405 unter ‚eigen‘; Hoffmann a. a. O. 24. 61). — *sîn ôra iz io gihôrti od ouga irscowôti* V, 23, 24. — *allaz thaz gibirgi inti allo thio burgi (joh dales ebonôti)* I, 9, 35. — *burg nist, thes wenke, noh barn, thes io githenke* I, 11, 13. — *mit fleisge joh mit felle* V, 20, 29 (vgl. Hiob 19, 26 *pelle mea et in carne mea*; s. Grimm a. a. O. 7. 8; Hoffmann a. a. O. 23. 50). — *thaz ther hano krâti, thaz ouh thaz huan gikundti thes selben dages kunfti* IV, 18, 33, vgl. 13, 35. 36 (s. Grimm a. a. O. 7: Henne und Hahn). — *houbit joh thie henti* V, 3, 10. — *zi thisu mir then hugu dua joh thaz herza tharzua* III, 7, 2, vgl. II, 11, 66. 67 (s. Sievers a. a. O. 465; Hoffmann a. a. O. 29). — *(grap joh) hûs inti hof* S. 30 (s. Grimm a. a. O. 7. 8; Sievers a. a. O. 421 unter ‚haus‘; Hoffmann a. a. O. 26). — *kind noh quena* V, 19, 48. — *kuning nist in worolti — noh keisor untar manne* I, 5, 48, vgl. IV, 23, 39. 40 (s. Hoffmann a. a. O. 24. 49). — *lîbes joh êwîniges liobes* I, 16, 20. — *lîb âna tôd, lioht âna finstrî* I, 18, 9 (vgl. Musp. 14. Hel. 4054; s. Sievers a. a. O. 423 unter ‚himmel‘; Hoffmann a. a. O. 29. 53). — *mit muate joh mit mahtin* IV, 13, 23 (s. Sievers a. a. O. 465; Hoffmann a. a. O. 29. 54). — *in munde joh in muate* III, 7, 74 (s. Hoffmann a. a. O. 25. 55). — *âna sorgûn joh sêr (joh âna leidogilîh)* V, 23, 217 (s. Hoffmann a. a. O. 55. 56). — *(wêwon,) sêr joh smerzûn* V, 21, 24. — *suht joh suero managêr* V, 23, 151. — *in wahsmen joh gîwizze* I, 22, 62 (Quelle: *sapientia et aetate*). — *wizzî thêh imo ana sâr — sih wîsduames irfulta* I, 16, 25, vgl. I, 21, 15. 16 (s. Sievers a. a. O. 458 unter ‚verstand‘; Hoffmann a. a. O. 22. 59). — *in (mit) worton joh in (mit) werkon* II, 4, 88. III, 24, 91; (*thero druhtînes dâto,) worto joh werkes* IV, 1, 35, vgl. I, 27, 52. II, 14, 88 (s. Grimm a. a. O. 7; Sievers a. a. O. 466; Hoffmann a. a. O. 24. 60).

Nicht alliterierende, aber mehr oder minder formelhaftes Gepräge tragende Substantivverbindungen sind die folgenden: *gomman(ne) joh (inti) wîb(e)* I, 11, 7. 16, 18. IV, 31, 16.

V, 16, 36; *wîb inti gomman* III, 6, 10 (vgl. *wer and wîf* im Ags., s. Hoffmann a. a. O. 58). — *mit gote joh mit manne* II, 1, 26 (*angelos et homines*); *mit engilon joh mannon* V, 25, 96. 104. — *fehes inti mannes* V, 24, 6. — *themo wirte joh ther brûti* II, 8, 4. — *fater inti muater* III, 16, 58 (*patrem et matrem*). 20, 5. 78 (*parentes*), vgl. I, 22, 59 (*parentes*). III, 1, 44 (s. Sievers a. a. O. 405 unter ,eltern'). — *hêrero inti thegan* V, 20, 43 (vgl. 19, 47 *ni mag thâr manahoubit helfan hêreren wiht*). — *untar kundon joh untar gatilingon* I, 22, 21 (*inter cognatos et notos*). — *thes liutes joh alles woroltthiotes* I, 2, 34.

in felde joh (noh) in walde I, 1, 62. 11, 14. — *in thorfon joh in burgin* IV, 31 15. — *in inouôn joh ûze in then gowon* III, 14, 75. — *zi stade joh zi sante (,zi thurremo ûzlente*) V, 13, 18. — *hûs inti wenti* I, 11, 24. — *in rê odo in bâra* IV, 35, 14. — (*mit*) *speron joh mit suerton* IV, 16, 19 (*cum gladiis et fustibus*). III, 26, 44, vgl. IV, 13, 43. 44. — *âna scilt inti âna sper* IV, 17, 9 (vgl. Ludwigsl. 42). — *gold joh diuro wâti* III, 3, 15; *ni lôsent thâr in nôti gold noh diuro wâti, ni hilfit gotowebbi thâr, noh thaz silabar in wâr* V, 19, 45 (vgl. *gold endi godwebi* Hel. 3339. 3762; s. Sievers a. a. O. 443 unter ,schätze'; Hoffmann a. a. O. 27; Gold und Silber verbunden Hel. 5881 u. ö.). — *thiu scâf joh thiu rindir* II, 11, 16 (*oves et boves*). — *êr inti kuphar* I, 1, 69. — *these kisila joh alle these felisa joh thesa steina alle* I, 23, 47 (*lapides*). — *lilia inti rôsa* V, 23, 273. — *ni fullit er sih wînes, ouh lîdes niheines* I, 4, 35 (*vinum et siceram*); *thô zigiang thes lîdes, joh brast in thâr thes wînes* II, 8, 11 (*vinum*).

in himile inti in erdu V, 16, 19 (*in caelo et in terra*); *in erdu noh in himile* II, 3, 10 (s. Sievers a. a. O. 406 unter ,erde'). — *erdûn joh himiles int alles lîphaftes* I, 5, 24. — *erdûn inti himiles inti alles fliazentes* V, 24, 5. — *êr sê joh himil wurti joh erda ouh sô herti* II, 1, 3; *sô waz sô himil fuarit joh erdûn ouh biruarit, joh in sêwe ubar al* 35; *thesa erda joh himilisga wunna, ouh then sê hiar nidana* III, 9, 15; *engilo werd joh himelrîches alles, erdûn joh thes sêwes* IV, 35, 15. — *in erdu joh in himile inti in abgrunte ouh hiar nidare* V, 1, 28 (*caelestium, terrestrium et infernorum*). 25, 95, 103. — *ubar himila alle, ubar sunnûn lioht joh allan thesan woroltthiot* I, 2, 13. — *thia sunnûn joh then mânon sô ubarfuar er gâhon, joh allan thesan woroltring* V, 17, 25; *sô wâr man sehe in wâron sterron odo mânon, sô wara so in erdente sunna sih biwente* I, 11, 16. —

dages inti (joh) nahtes I, 16, 13 *(nocte ac die)*. IV, 7, 84.
H. 168¹) (s. Sievers a. a. O. 451 unter ‚tag‘). — *mîna daga inti
ellu jâr* I, 2, 56; *ellu jâr — joh daga mînes lîbes* H. 16; *al thaz
jâr — joh iro lîb allaz* V, 23, 169 (s. Grimm a. a. O. 222). —
in gange odo in loufti III, 10, 3. — *in ferti° int in gange*
IV, 5, 2.

hanton joh ouh ougon V, 20, 63 (vgl. 17, 38 *mit hanton*
oba then ougon). — *ougun joh thie fuazi* (‚mîn herza ouh) V, 3, 7.
— *mit fuazin joh bî hanton* IV, 27, 8. — *houbit joh thie fuazi*
IV, 11, 34 *(non tantum pedes meas, sed et manus et caput)*. —
(thie) arma joh (thie) henti I, 11, 46. V, 1, 20. — *in munde joh*
in henti III, 6, 36. — *in houbite inti in brustin* (‚in thînes herzen
lustin) V, 2, 10. — *in herzen joh in muate* V, 23, 150; *herzen*
guates joh thrâto festes muates IV, 7, 26. — *muates joh huges filu*
guates II, 24, 28; *(in then githankon,) in huge joh in muate* 15.
— *mit worton joh mit muate* III, 15, 42. — *in lîchamen joh muate*
V, 3, 6. — *lîchamon joh sêla* V, 23, 12. 80. 96. 106. 116. 146.
158. — *then lidin joh ther sêla* III, 5, 6, vgl. I, 7, 3 *geist mînêr,*
mit sêlu gifuagtêr, mit lidin lîchamen (anima — spiritus meus).

lîb joh tod IV, 23, 37 (vgl. Guthl. 495 *lîfes and deddes*). —
âna tôth inti âna leid V, 22, 8. — *leid odo smerza* V, 23, 254.
sêr joh leid V, 7, 22. — *fon eitere joh fon wunton* III, 1, 16. —
thurst joh (inti) hungar II, 16, 13 *(esuriunt et sitiunt)*.
V, 20, 73. 105 *(esurivi — sitivi)*. 86. 23, 78 (s. Sievers a. a.
O. 404 unter ‚durst‘, 425 unter ‚hunger‘). — *in hungere int in*
suhti (‚in wênegeru fluhti) IV, 7, 12 *(pestilentiae et fames)*. — *in*
*fluhti joh in zuhti*²) I, 8, 4. — *(ummahti,) elilenti sêro odo karkâri*
suâro V, 20, 87.

¹) Piper bemerkt zu dieser Stelle *(thie dages joh nahtes thuruh nôt thâr
sancte Gallen thionônt)*: ‚bei Tage und bei Nacht Gott, einem Heiligen
dienen‘ sei geläufige Bezeichnung für die beschauliche Lebensweise der Mönche.
Ähnliche Wendungen begegnen auch sonst in der ags. und deutschen Poesie:
Guthl. 580 *and ic bletsige blîdê môdê lîfes leôhtfruman and him lof singe
þurh gedêfne dôm dæges and nihtes, hêrge in heortum heofonrîces weard*. El.
198 *ongan þâ dryhtnes ê dæges and nihtes þurh gâstes gife georne cýdan*.
Dkm. XXXV, 7, 5 *das bivalch man den twartin, dî dir got vorchtin, dî dir
dagis undi nachtis plâgin gotis ammichtis*. Kindh. Jesu 910 *ich was durch
dîne vorhte uz kirchen naht unde tac* (vgl. auch O. I, 15, 2. 10. 16, 1. 11.
Dkm LXV, 1. 2).

²) Reimende Verbindung, im Hochdeutschen sonst erst aus späterer Zeit
belegt (s. Z. f. d. Ph. I, 303).

werko joh thero dâto II, 12, 89. — *mit dâtin odo mit wor-
ton* III, 16, 26 (s. Sievers a. a. O. 465). — *mit worton* — *mit
zeichonon* III, 20, 184. — *in slegin joh in worton* IV, 22, 34. —
mit scazzu joh mit worton IV, 37, 26. — *in githankon joh leid-
lîchên werkon* III, 17, 60, vgl. IV, 5, 57. — *in herzen joh in
dâtin* V, 3, 14.

thie lengî joh thie kurtî I, 1, 22. — *in snellî joh in wizzî* I,
1, 97. — *in ubilî int in guatî* H. 118; *guat joh ubil* II, 5, 18.
6, 22 (s. Sievers a. a. O. 420 unter ‚gutes‘). — *sâlida joh guat*
II, 11, 54. — *sâlida inti heilî* III, 9, 12; *heilî joh sâlida* L. 5.
IV, 4, 45. — *reht inti fridu* V, 23, 126. — *mit fridu joh mit
guatu* III, 14, 48 (*in pace*). — *lîb inti guat* (*joh harto frawa-
lîchaz muat*) II, 15, 12. — *theist thiu wunna joh thaz guat* V,
23, 291, vgl. II, 16, 4. — *allaz wâr inti guat* IV, 15, 40. —
zi liebe joh zi wunnôn II, 14, 26. — *mit minnu joh mit willen*
V, 13, 26. — *mit îlu joh mit minntu* I, 6, 2 (*cum festinatione*; in
Bedas Erklärung kommt *amor* hinzu).

An formelhaften Adjektivverbindungen begegnen na-
mentlich solche, die eine Gesamtheit bezeichnen: Alte und Junge
I, 16, 19. III, 6, 40. IV, 19, 22; umgestellt: *jungêr joh altêr*
I, 11, 9 (s. Martin z. Kudr. 548, 2). — Arme und Reiche:
I, 17, 36. 27, 8. V, 16, 29; *rîchên joh armên* III, 10, 22; *scalka.
joh thie rîche* V, 19, 53. — Böse und Gute (*ubile joh guate*):
II, 19, 24 (*bonos et malos — justos et injustos*). V, 20, 22. 25, 80;
thie ubile joh, thie dohtun III, 20, 68. — Hoch und Niedrig (*alle
thie furiston joh thie jungistun*): I, 27, 7.

Die Verbindung *alle thie* (*these*) *furistou joh thie hêreston*
II, 11, 36. III, 13, 7. 20, 57 oder *thie unse hêroston joh alle
these furiston* V, 9, 30 übersetzt lateinisches *Judaei, Pharisaei,
summi sacerdotes et principes, seniores et scribae et principes sacer-
dotum.*

Formelhaft ist die Verbindung *alt inti fruat*, dem Substantiv
man attributiv beigefügt: II, 12, 24 (vgl. Hildebrandsl. 16.
Hel. 1184).

Bemerkenswerte Adverbialverbindungen sind: *obana
joh nidana* IV, 27, 22. — *rûmano joh ferro* IV, 8, 1 (*a longe*).
— (*stîgan*) *herot inti tharasun* II, 7, 74 (*ascendentes et descen-
dentes*). Adjektiv und Adverb ist alliterierend verbunden: II, 22, 23

minniron noh mêra (s. Grimm a. a. O. 10. 11; Hoffmann a. a. O. 26).[1])

Eine besondere Formelgruppe bilden bei O. a n t i t h e t i s c h e V e r b i n d u n g e n mit *nales*. Schon die alliterierende Dichtung kennt Dergleichen: *oft, nales êne*, s. Sarrazin, Anglia IX, 526. *þæt is sôð, nales leas* Jul. 356. *monge, nales fea* Kr. 1171. Ähnliches weist auch Grimm aus der Rechtssprache nach (s. RA 27 ff.). Bei O. begegnet: *mit suerton, nalas mit then worton* (*„mit speron filu wasso*) I, 1, 83; *mit bîzentên suerton, nalas mit then worton* I, 19, 10. — *horn heiles, nales fehtannes* I, 10, 5. — *heil, nales forahta nihein* I, 12, 8 (*nolite timere — gaudium magnum*). — *ubarmuatî, nalas unsu guatî* III, 19, 9. — *goton, nales manne* II, 6, 21. — *iz ist iu kund, nales mir* IV, 20, 34; *scâf (lembir) mînu (mînu, nales thînu)* V, 15, 9. 21. 35; *iueraz girûti, nales mîno dâti* S. 15; *sôs iz thih githunkit, nales sô er githenkit* III, 13, 26. — *theist algiwis, nalas wân* II, 2, 19. — *gidougno, nales ofono* III, 15, 35 (*non manifeste, sed quasi in occulto*). — *thô was er bouhnenti, nales sprechenti* I, 4, 77. Hierher ist auch zu ziehen: *joh er sih druhtîne ebouôti in werkon io gilîchan noh twergin missilîchan* III, 5, 13. — *wir eigun kuning einan, anderan niheinan* IV, 24, 21 (Grimm a. a. O. 30 vergleicht aus den Weistümern: „meinen gn. Herrn und niemand andern'). — *er duat iz selbo, ih sagên thir ein, ander botôno nihein* V, 19, 62.

Übernommenes Gut zumeist sind weiter die folgenden For-

---

[1]) Auch von den formelhaften Verbindungen abgesehen, macht sich in O.s Dichtung eine Neigung zu gepaarten Ausdrücken geltend, in der wir den Beginn eines in der mhd. Zeit weiter entwickelten Stilprincips (s. Joseph, Konrads von Würzburg Klage der Kunst QF LIV, 43 ff.) erblicken dürfen. Rücksichten auf Vers und Reim haben bei der Entstehung desselben mitgewirkt, und auch für die spätere Zeit wird man hierauf eher rekurrieren müssen, als auf eine allgemeine ästhetische Richtung, deren Ausdruck jene Stilbesonderheit wäre. Die meisten der von Joseph a. a. O. hervorgehobenen Paarungsweisen lassen sich schon aus O. belegen, z. B.: Wiederholung der Präposition in zweigliedrigen Substantivverbindungen: L. 80. I, 1, 88. 97. 6, 2. 10, 17. 22, 21. 24, 16 u. s. w.; Beschwerung des zweiten Gliedes durch den Artikel oder ein Pronomen: I, 1, 42. III, :4, 91. 18, 19. IV, 26, 42 u. s. w.; durch ein Adjektiv: L. 26. I, 27, 30. II, 6, 18. IV, 4, 69 u. s. w.; bei dreigliedrigen Verbindungen Beschwerung des letzten Gliedes: II, 14, 12. IV, 5, 2. 7, 12; Beschwerung des zweiten Gliedes adjektivischer Verbindungen: I, 5, 42. 11, 1. 20, 21. III, 25, 8. IV, 7, 64. 19, 70 u. s. w.; des zweiten Gliedes adverbialer Verbindungen: L. 20. I, 1, 27. 27, 35. II, 22, 41. IV, 13, 5. 19, 56 u. s. w.

meln: *sô wît sô thisu worolt sî* V, 16, 23. *sô wîto sô thaz lant
was* I, 23, 10. *sô wît thaz gewimez was* 20, 8. *sô wît sô Sŷri
wârun, sô wît sô Galîlêa bifiang* II, 15, 3. *sô wît sô himil um-
biwarb* IV, 11, 7. *in alla hant, sô himil thekit thaz 'lant* II, 7, 4.
sô wîto so gisîge ther himil in then sê II, 11, 12. *sô wâr sunna lioht
leitit* H. 104. *sô wâr man sehe in wâron sterron odo mânon, sô
wara so in erdente sunna sih biwente* I, 11, 16; man vergleiche
die von Grimm RA 37 ff. beigebrachten Formeln aus der Rechts-
sprache und aus der alliterierenden Dichtung: Beow. 1223 *efne
swa sîde swa sæ bebûged windge eardweallas.* Andr. 332 *geond
ealle eordan scedtas emne swâ wîde swâ wæter bebûged odde stede-
wangas strâte gelicgad.* El. 972 *æfter burgum, swâ brimo fædmed.*
Hel. 343 *sô wîdo sô is heritogon obar al that landskepi liudio
giwêldun.*

fon jâre zi jâre L. 62. I, 2, 57. *fon kunne zi kunne* I, 7, 12.
fon worolti zi worolti II, 24, 26; *allo worolt worolti* V, 24,
22. *fon êwôn unz in êwon* I, 2, 58. 28, 20. II, 24, 45. —
ubar dag I, 20, 13. IV, 5, 55. V, 21, 24. 23, 176. *ubar
naht* IV, 7, 92. *ubar jâr* L. 60. II, 12, 55. III, 20, 31.
ubar lant I, 23, 32. — (*al*) *bî manne* II, 14, 93. 15, 7; *alle,
worolt io bî manne* I, 7, 8. *bî jâron* II, 4, 33. — *man bî manne*
III, 14, 33. *sêr ubar sêr* V, 7, 27. — (*sih sceidit*) *friunt fon
friunte* V, 20, 54.

allo zîti, thio the sîn L. 75. *allo guatî, thio sîn* S. 3. *allo
buah, thio (the) sîn* III, 20, 155. IV, 35, 11. *allo wunnâ, thio
sîn odo io in gidrahta queman thîn* V, 23, 209. *al gifugiles, thaz
ist* II, 22, 20. *sô waz so in erdu habe lîb, thaz sî gomman inti
wîp* V, 16, 30.

âna enti III, 22, 26. 26, 21. *âna theheinig enti* IV, 37, 46.
V, 6, 30. 21, 22. 25, 92. 102. *âna enti theheinaz* V, 23, 268.
âna theheinig enti joh âna anagengi V, 6, 63. — *zi altere* I,
23, 60. II, 4, 12. III, 15, 45. V, 20, 40. — *thaz êwîniga
gotes jâr* S. 40. *thiu êwînigun gotes jâr* L. 92. *io then êwînigan
dag* V, 23, 189.

untar manne I, 15, 29 (*in Israel*). II, 17, 8. 20, 12. V,
7, 28. 23, 239. H. 53. *untar mannon* I, 16, 23. II, 14, 39.
23, 13. III, 5, 22 *mit mannon* V, 14, 6. *untar woroltmanne*
III, 18, 56. (*hiar*) *untar woroltmannon* III, 14, 98. V, 23, 74.
untar mennisgon IV, 9, 27. *untar liutin* IV, 7, 50. *in liutin* H.
59. *in thiheinigemo thiete* I, 1, 96. — (*hiar*) *in worolti* I, 1, 94.

IV, 13, 43. 35, 13. V, 1, 2. *zi worolti* V, 31, 36. *ubar allo worolti* V, 25, 94. *in woroltûbe* V, 12, 93. *in woroltzîtin* II, 8, 5. *hiar in woroltfristi* V, 17, 7. *in allên woroltfristin* IV, 37, 38. — *in erdringe* I, 1, 95. *hiar in erdrîche* IV, 1, 38. *ubar allaz thaz lant* IV, 1, 13. *ubar woroltlant* V, 16, 35. *ubar (allaz) sînaz rîchi* IV, 4, 46. 25, 93. *ubar woroltrîchi* V, 19, 59. *ubar woroltring* II, 3, 41. V, 19, 1. *ubar thesan woroltring* III, 26, 37. IV, 7, 11. V, 16, 24; man vergleiche die von Weinhold im ‚Spicilegium formularum‘ S. 9 f. zusammengestellten Ausdrücke; besonders häufig begegnen derartige Wendungen im Heliand: *undar them werode* 783. 820. *undar thesun burgliudiun* 824. *undar them liudskepea* 1834. *undar themu kunnie* 1835. *undar theru menigî* 4468. *undar thesum heriscepi* 727. *obar alla thesa irminthiod* 340. *obar folc manag* 1392. *obar thesa werold* 597. *obar thesan werold allan* 5622. *obar thesa wîdon werold* 349. 387. 5629. *wîdo aftar thesaro weroldi* 2445. *an werold-rîkea* 618. *obar is rîki* 728. *obar thea berhtun burg* 433. *obar al thit landscepi* 1413. *obar erdu* 3518. *obar thesaro erdu* 726. *aftar thesaro erdun* 2464. *obar (thesan) middilgard* 495. 629.

Formelhaft wird von O. öfters die Zeitbestimmung (*filu*) *frua* (im Reim auf *zua*) eingefügt: S. 39. I, 12, 25. 13, 8. II, 3, 40. 4, 54. III, 18, 8. IV, 37, 29. V, 5, 21. 23, 39. 45. 25, 85; aufserhalb des Reimes III, 17, 3. Bisweilen wird auch ein *thes nahtes* (*thô in thera naht*), *thô zi themo* (*zemo*) *abande* hinzugesetzt, ohne dafs die Quelle die Veranlassung böte: IV, 2, 7. 11, 11. 13, 2. 15, 54. 59. 19, 18.

Überleitend bedient sich O. der Wendungen: *after thiu* I, 5, 1. II, 8, 1. *after thesên worton* — *sîd thô thesên thingon* IV, 16, 1. *after worton managên joh lêrôn filu hebigên* III, 17, 1. *untar worton managên joh thingon filu hebigên* 18, 1. *sîd thô thesên thingon* II, 14, 1. *sîd thô thesên redinôn* V, 16, 5. *mit thesên selbên redinôn* 10, 2. *sîd thô therera redina,* *sîd thô themo thinge* II, 15, 1. *after thesên werkon* IV, 34, 16. *sîd thô thesên dâtin* 23, 1. *sîd thô thesên warbôn* 6, 8. *sîd themo gange* 7, 5; vgl. *aftar thiu* Hel. 699. 715. 800. 1994. *aftar thêm wordun* 4444 (s. Sievers a. a. O. 403 unter ‚darauf‘).

Die alliterierende Dichtung flicht gern gewisse Formeln ein, die durch ihre Berufung auf Verpflichtung oder Wohlanständig-keit der Darstellung des Charakters oder der Handlung etwas

Typisches beizumischen sich bemühen (s. Vilmar, Deutsche Alter-
tümer im Heliand 5 f.; Weinhold a. a. O. 6 f.).

O. übernimmt vielfach solche Wendungen. Dahin gehören
vor Allem die Formeln mit *skulan*: Auftreten und Handlungsweise
des vornehmen Mannes und des Königs werden einem höheren
Pflichtgebote unterstellt: *sô edilthegan skal* I, 1, 99. *sô guat the-
gan scolta* IV, 35, 2. *sô er (Frankôno kuning) scal* L. 2. 67.
Auch Christus, ob als König oder als Gottessohn aufgefaſst, ist
einem solchen unterworfen: *sôs er skolta* II, 2, 21. III, 6, 20.
15, 4. *sô selbo kuning scolta* IV, 4, 39. *sô scal sun frôno* II, 4,
55. *sô gotes sun scolta* I, 16, 21; *sô ih scal* III, 18, 17 im Munde
Christi. Auf Pflichten des Untergebenen gegen den Herrn be-
ziehen sich: *sô man hêreren scal* I, 3, 50. *sôso ein man sih scal
werien joh hêreron sînan nerien* IV, 17, 13. *sô man meistere scal*
IV, 13, 26. *sô man druhtîne (druhtînan) scal* I, 23, 14. V, 24,
19. *sô man gotes sun (zi gotes sune) skal* II, 2, 26. 4, 71. Bote
und Herrin: *so man zi frowûn scal, sô boto scal io guatêr zi druh-
tînes muater* I, 5, 13. Auch der Herr hat Pflichten: *sô man gue-
temo scal* L. 36. *sô man sînan drût scal* V, 8, 38 (*sicut solet lo-
qui homo ad amicum suum*). Eltern und Kind: *sô er ni scolta* I,
25, 21. *sô sun mîn einigo scal* 22. *sô sun zi muater scal* II, 8,
16. *sô in kinde zeizemo scal* 2, 35. Caritas und Christus:
sô man einegan scal IV, 29, 34. Gehorsam gegen das Gesetz
und rechter Glaube werden betont: *sô si scolta* I, 14, 17. *sô sie
scoltun* III, 15, 25. *sô iz bî rehte wesan scal* 2, 13. O. räumt der
evangelischen Geschichte vor allen andern Stoffen den Vorrang
ein: *sô ih bî rehtemen scal* I, 1, 52[1]). Vgl. noch: *sô man in
buachon scal* H. 25. *sô fadum zi andremo scal* IV, 29, 41.

Wie die *skulan*-Formeln die Pflichtgemäſsheit, so betonen
die *zeman*-Formeln den Einklang mit dem Gebote der Sitte,
die Angemessenheit der Handlung wie der Rede: *sô zam*
II, 10, 11. III, 17, 55. IV, 5, 56. V, 9, 51. 15, 26. *sô
gizam* L. 58. III, 6, 10. 10, 17. 14, 68. IV, 4, 39. V, 16, 2.
17, 15. H. 150; von einer Sache: V, 13, 22. *sô iz
zam* II, 7, 8. III, 2, 1. IV, 11, 9. 16, 35. 29, 21. V,
18, 3. *sôsô iz zâmi* IV, 29, 39. *sô iz gizam* III, 5, 9. *sô er*

---

[1]) Vgl. Dkm. XCIX, 4, 19 *sô von rehte ain vrî Swâb ainer vrien Swâ-
bin scal;* in den Beichten Dkm. LXXIII, 9. LXXIVb, 8 *sô ih mit rehtu
(bi rehtemen) scolta* (s. die Schluſsbemerkung auf S. 597).

gizam I, 8, 9. *sô imo zam* III, 17, 3. IV, 35, 1. V, 6, 20.
8, 27. *sô imo selben (gi)zam* V, 4, 54. 55. 17, 14. *sô iz gote*
zimit L. 60. *sô iz fora gote zâmi* III, 2, 14. *sô selben gotes sune*
zam I, 22, 61. II, 2, 34. *sô in kristes selben grabe zam* V, 7,
14. *sô gotes boton wola zam* V, 8, 4. *sô zimit gotes manne* III,
2, 15. *sô gotes thegane (theganon) gizam* L. 42. V, 11, 17. *sô*
gestin sulichên gizam IV, 9, 14. Im Munde redend eingeführter
Personen begegnet: *sô zam* II, 12, 71. 14, 51 (*bene*). *sô iz*
(*gi*)*zam* II, 13, 3. III, 20, 60. *sô iz gizâmi* 26 (in indirekter
Rede). *sôs imo selben zâmi* V, 9, 48. — Vereinzelt ist die Wen-
dung: *sôsô iz dohta* III, 20, 176.

Weniger häufig sind Ausdrücke, die das Gewohnheitsmäfsige
der Handlung hervorheben: *sô er giwon was* II, 8, 32. *sô siu*
(*sie*) *giwon wârun* I, 22, 5. III, 22, 10. *sô druhtîn io giwon*
was II, 12, 51. *sô bruederskaf ist giwon* H. 149. *sô sîn gi-*
wonaheit ist (sô ist giwonaheit sîn) III, 19, 1. V, 14, 25. — Ver-
einzelt ist: *sôs er io duat* IV, 11, 3.

Wie beim Gebrauche aller der eben angeführten Formeln das
Vers- und Reimbedürfnis mitspielt, so müssen die Zwischensätze
mit *sô* dem Dichter auch sonst öfters über die technischen
Schwierigkeiten hinweghelfen; doch fand er auch diese Manier
bereits im Stil der Alliterationsdichtung vorgebildet (s. Sarrazin
a. a. O. 525): *sô er wolta* II, 9, 77. III, 11, 19. IV, 11, 10.
22, 17. V, 8, 42. 12, 20. *sô wiu er selbo wolti* V, 1, 8. *sâr*
sô er wolti V, 20, 10 (in indirekter Rede). *sô druhtîn krist wolta*
I, 25, 13. *sô was kristes willo* III, 4, 31; *sô er wolta* und *sô er*
skolta sind verbunden: IV, 4, 40, vgl. auch: *er quam, sôs er*
skolta, joh, wîsôta, thô er wolta II, 2, 21. *gifuar er, sô er ni*
scolta, joh deta, sô ih ni wolta I, 25, 21. *ouh dâtun, sô sie wol-*
tun, al, thaz sie ni scoltun IV, 6, 51. Parallelwendungen bietet
der Heliand: *al sô it got welda* 994. *sô it got mahtig, waldand*
welda 357. *al sô it drohtin self, waldand welda* 681. (*al*) *sô is*
(*iro*) *willeo gêng* 536. 4272. 5385. 5710. (*al*) *sô he (im) selbo gicôs*
1029. 5307. Mit den Wendungen bei O.: *sô er mohta* II, 15,
11. IV, 31, 17. *sô moht er* III, 14, 7; *sô sie thô fastôs mohtun*
IV, 27, 18. *sô wir mugun wirsist* III, 19, 29 vergleicht sich:
Beow. 798 *ðêr hiê meahton swâ.* Hel. 2727 *sô sia wela mahtun.* —
sô thiu sîn giwalt was V, 12, 30; vgl. Hel. 1832, 3983 *sô*
he giwald habda. — *sôs er wola konda* I, 27, 31; vgl. Dkm. IV,
2, 5. — *sô sie muasun* II, 15, 17. Beliebt, um den Vers zu

Schütze.   3

füllen und einen passenden Reim zu gewinnen, sind auch Hinweise auf einen vorliegenden Befehl, eine vorangegangene Bitte oder Verheifsung: *sô er gibôt* II, 1, 14. III, 24, 87. V, 12, 70. *sô got gibôt* III, 16, 1. *sô druhtîn selbo* (*selbo druhtîn*) *gibôt* II, 9, 50. V, 20, 47. *sô ther keisor gibôt* I, 11, 19. *sô ther wizzôd gibôt* III, 15, 6; vgl. ferner: I, 25, 14. 27, 22. III, 15, 8. V, 16, 9; (im Munde redend eingeführter Personen) II, 12, 64. 19, 15. IV, 7, 62. V, 15, 19. — *sô sie bâtun* V, 25, 21. *sô sie bâtîn* IV, 24, 35. *sô er nan thâr thô bâti* III, 14, 14. *sôsô er selbo bâti* IV, 35, 9. *sôsô man mih bâti* V, 25, 12. *sô er es ni bat* III, 20, 24. — *sô er* ·(*hiar forna*) *gihiaz* II, 11, 50. IV, 16 50 (der Helianddichter fügt in der gleichen Situation ein: *al sô he êr mid wordun gihêt* 4832). Aus der alliterierenden Dichtung vergleiche man: Beow. 401 *swâ him se hearda bebedd.* Andr. 790 *swâ him bebedd meotud.* 847 *swâ him sylf bebedd and him foregescrâf fæder mancynnes.* 1047 *swâ him se hâlga bebedd.* 1698 *swâ him dryhten bebedd.* El. 378 *swâ him siô cwên bedd.* 411 *swâ him siô rîce cwên bald in burgum beboden hæfde.* Gen. 125 *swâ se wyrhta bebedd.* 966. 2768 *swâ him bebedd metod.* 2295 *swâ se hâlga bebedd.* Hel. 3903 *sô im iro frâho gibôd.* 5620 *sô im is hêrro gibôd.* 779 *al sô he im êr mid is wordun gibôd.*

Vereinzelt ist bei O. die antiphatische Wendung: *joh theiz ni was ouh boralang, thaz* .. II, 3, 13; vgl. *ne wæs hit lenge pâ gên* Beow. 83. *næs dâ long tô don* 2591. 2845. *thô ni was lang aftar* (*te*) *thiu* Hel. 243. 315. 959. 2781. 5769. *thô ni was iz burolang* Dkm. XI, 44 (s. die Anm. auf S. 300).

Formelhaften Charakter nehmen bei O. die Ausdrücke an: *ni det si* (*er*) *thes thô bîta, ni dâtun sies thô bîtûn* III, 24, 40. V, 4, 10. 7, 65. 11, 21 (mit folgendem asyndetisch koordinierten Satz); *thes ouh ni was thô duâla, nist thes thehein duâla* IV, 12, 4. 28, 22 (parenthetisch eingefügt). *ni tharft es drof duellen* II, 9, 89. *sô îltun sie heim sâr, drof ni dualêtun thâr* I, 22, 8. *siu fuart er, noh ni dualta, in lant* 19, 17. *ouh wiht es io nirdualtîn, in briaf iz al ginâmîn* 11, 5; *mit iawihtu alles wio iz nist* III, 6, 52. *thes nist alles suntar sô* 18, 47 (beide Wendungen parenthetisch eingefügt). *si es alleswio ni thâhtîn, ni* .. IV, 8, 10. *alleswio iz ni wurti* 27, 29. *alleswio ni dua, mih io fuagi tharazua* V, 24, 17.

Schon der alliterierenden Dichtung (s. Jansen a. a. O. 79) ist die Neigung eigen, gewissen Verben, vor Allem denen des

Sprechens, pleonastisch verstärkende Zusätze beizugeben. Dieselbe Erscheinung bei O., der Versfüllung und bequeme Reime dadurch gewann: *gizellen — worton thînên* V, 7, 59. *redinôn — sînes selbes worton* V, 9, 40. *zi antwurte geban — mit worte* IV, 16, 45. *lêren — mit worton — iues selbes worto* IV, 15, 43. S. 12. *lobôn — sînes selbes worto* V, 12, 84. *lougnen — mit thînes selbes worton* IV, 13, 37. *grwahan — wortes sînes* V, 25, 70. *spentôn — sînes selbes worton* II, 15, 21. *refsen — (sînero, sînes selbes) worto* II, 2, 4. III, 8, 44. V, 16, 12. *drôsten — worto* IV, 5, 1. *thankôn — mit worte* II, 10, 18. *sih biheizan — mit worton* IV, 16, 19. *gibiatan — iro worton — selbero iro (sînes selbes) worto* IV, 3, 9. 8, 5. H. 147. *ougen — mit worton* IV, 36, 2. *hônen — mit worton* IV, 30, 19. *zi huahe, zi bismere habên — mit iro selben worto* IV, 30, 4. *gruazen, zellen — (mit) sînes selbes stimmu* V, 12, 94. 20, 66.

Häufig wird in diese Zusätze ein Adjektiv aufgenommen, sodafs sie nun einen adverbialen Ausdruck darstellen: *sprechan — worton blîdên, blîdlîchên, heizên, lûtên, offonoro; scônên worton; gâhero worto* III, 23, 42. 24, 80. IV, 13, 40. III, 24, 97. 15, 48. II, 8, 16. I, 27, 36. *zellen — ofonoro, suazlîchero worto; zornlîchên worton* IV, 1, 17. V, 9, 53. III, 24, 108. *antwurten — worton fîlu hertên* III, 18, 11. *gruazen — worton fîlu suazên* V, 20, 65. *thingôn — worton ungiringon* III, 18, 12. *kosôn — wîslîchên worton* II, 3, 29. *lobôn — frônisgero worto* II, 10, 17. *ahtôn — kleinên worton* IV, 8, 3. *suachen — klagôntero worto* V, 7, 48.

Bisweilen dienen derartige Zusätze der Umschreibung der Person: *gilobôt sîn — Paules selbes worto* V, 12, 81; *selben kristes worto* H. 37. *gibotan sîn — selben gotes worto* II, 4, 95.

Pleonastisch sind auch die Zusätze *mit then (sînên) ougon (giwaralîchên, frawalîchên ougon)* beim Verbum *scowôn*, einige Male durch ein *levate (elevate) oculos, cum sublevasset oculos* des lateinischen Textes veranlafst: II, 14, 105. 15, 23. III, 6, 15. 20, 81. 23, 36. 24, 79.

Den Verben *dragan, bringan* wird ein *in henti, in hanton* beigesellt: IV, 3, 21. 16, 22; vgl. Hel. 676 *antfangan — mid iro handon.* 738 *bifangan — mid iro fadmon twêm — armun.* 380 *leggen — mid iro folmon twêm.* 32 *scrîban — fingron.* 2041 *segnôn — mid is fingrun — sînun handun.*

Häufig hat O. Wendungen wie: Gedanke, Glaube, Lehre,

Worte sind fest *in thes* (*mînes*, *thînes*) *brusti, innan* (*in*) *theru*
(*iro*) *brusti* II, 21, 6. 24, 14. III, 10, 41. 24, 34. IV, 37,
10. V, 16, 16; vgl. ferner noch II, 6, 22. 7, 56. 11, 64. V,
21, 18. 23, 143 und Hel. 174. 292. 474. 606. 614. 666. 690.
723 u. s. w.

VI. Dichter und Hörer.

O.s Evangelienbuch ist überreich an Wendungen, in welchen
der Dichter mittelbar oder unmittelbar zum Hörer oder Leser in
Beziehung tritt, während die altgermanische Poesie das Ich des
Dichters in den Hintergrund verweist.   Bei diesem Verhältnis
wird man von vornherein annehmen, dafs O. in der Prägung
derartiger Ausdrücke und Formeln selbständig verfahren ist oder
dabei unter der Einwirkung seiner geistlichen Quellen und der
zeitgenössischen Predigt gestanden hat.   Dennoch führen auch
hier einzelne Fäden zur alliterierenden Dichtung zurück.

Schon diese kennt die Q u e l l e n b e r u f u n g e n.   Aber sie
beruft sich zunächst, gemäfs der Art ihrer Fortpflanzung, nur auf
m ü n d l i c h e Ü b e r l i e f e r u n g (s. Weinhold a. a. O. 3; Vilmar
a. a. O. 4 f.): Hildebrandsl. 1 *ik gihôrta dat seggen*. Wessobr.
Geb. 1 *dat gafregin ih mit firahim*. Beow. 1 *hwæt! wê Gâr-
dena in geârdagum peôdcyninga prym gefrûnon*.[1]

Die Berufung auf mündliche Tradition geht dann auch in
die auf schriftliche Quellen sich stützende geistliche Alliterations-
poesie über: Musp. 37 *daz hôrtih rahhôn dia weroltrehtwîson*.
Jul. 1 *hwæt! wê pet hŷrdon hæled eahtian*. Hel. 288. 367. 510.
630. 1020. 2621. 3036. 3780. 3883. 3964. 4065. 4453 *thô (thâr,
sô) gifragn ik*.

Daneben tritt aber hier Berufung auf s c h r i f t l i c h e
Q u e l l e ein: Fat. ap. *hwæt! wê pet gehŷrdon purh hâlige bêc*.
Guthl. 850. Kr. 785 *ûs secgad bêc*. Gen. 2563 *ûs gewritu secgad*.

---

[1] Auch der Mangel einer Kunde wird bisweilen betont: Beow. 162 *men
ne cunnon, hwyder helrûnan hwyrftum scripad*; oder die Unsicherheit der-
selben: Beow. 50 *men ne cunnon secgan tô sôde selerædende, hæled under
heofenum, hwâ pêm hlæste onfîng!*

Kr. 701 *swâ hit on bôcum cwið* (s. Fritzsches Aufsatz ,Das ags. Gedicht Andreas und Kynewulf', Anglia II, 488); vgl. auch den Eingang des Heliand.

Demgegenüber bietet O. die Berufung auf mündliche Überlieferung nicht mehr. Er verweist nur auf seine schriftlichen Quellen.[1]) Vorzugsweise beziehen sich seine Berufungen natürlich auf das neue Testament, besonders die Evangelien, aber auch auf das alte Testament oder die Bibel überhaupt.

Am häufigsten begegnen die *buah* als Bezeichnung der Quelle: *thia buah zellent uns thaz* III, 6, 34. *thio buah nennent uns thaz* II, 14, 2. *thio buah iz thâr zellent joh Galilêa iz nennent* III, 6, 6. *sô iz thio buah thâr zellent, in kriahhisgon nan nennent* 4, 4. *thes duent buah thâr gihugt* II, 8, 33. *thie buah duent thâr mâri* III, 20, 55. *in buachon duat man mâri* I, 19, 23. *thaz duent buah festi* II, 3, 2. *thio buah duent unsih wîsi — joh zellent uns ouh mâri* I, 3, 15. *thaz sagent buah zi wâru in sînes selbes lêru* H. 88. *eigun ouh thio buah thaz* 89. *in buachon ist nû funtan* II, 2, 31 (vgl. die Ausdrücke: *wanta thaz ist funtan* L. 79. *thaz eigun wir ouh funtan* III, 5, 1. *thâr mahtu ana findan* 14, 5. *hiar ist ana funtan* 19, 3). *thiz sint buah frôno: sio zeigônt filu scôno, uns zellent se âna bâga thie kristes altmâga. zellent sie uns hiar filu fram, wio* . . I, 3, 1. O. beansprucht Beachtung und Glauben für die *buah*: *then buachon maht thâr warten* V, 11, 3. *then buachon thâr giloubi* IV, 28, 1. Für die Verwandtschaft der Franken mit den Macedoniern beruft er sich auf eine Quelle mit der Wendung: *las ih iu in alawâr in cinên buachon (ih weiz wâr)* I, 1, 87.

Neben der Berufung auf die *buah* ist häufig die auf den *evangelio* oder die *evangelion*: *ther evangelio thâr quît* II, 14, 9. III, 22, 3. *ther evangelio ouh giwuag* II, 3, 27. *thoh scrîb ih hiar nû zi êrist, sô in evangelion iz ist* I, 3, 47; vgl. noch V, 6, 5. H. 141. *buah* und *evangelion* treten nebeneinander auf: IV, 34, 13. 14. V, 13, 19. 20[2]).

---

[1]) Auch die Magier berufen sich auf schriftliche Tradition: I, 17, 27 *sô scribun uns in lante man in worolti alte*; vgl. aus der alliterierenden Poesie die Wendungen: Hildebrandsl. 15 *dat sagetun mî ûserê liuti, altê joh frôtê, deâ êr hina wârun.* 42 *dat sagitun mî stolidantê westar ubar wentilseu.* Beow. 377 *donne sægdun þæt sæliþende.*

[2]) Ähnlich wie hier: *thria stuntôn finfzug (thes duent buah thâr gihugt) ouh thrî, sô ih thir redinôn (thaz zellent evangelion)* wird dieselbe Zahlangabe in dem

Auf einzelne Gewährsmänner beruft sich O.: IV, 6, 46 *sô Mathêus iz redinôt.* III, 13, 53 *zelit thir iz Lûcas.* II, 14, 19 *thaz offonôt Jôhannes thâr*, vgl. II, 11, 42 (durch Bedas Kommentar veranlasst). II, 9, 78 *io sô Paulus giscreip*, vgl. V, 12, 81. 8, 21. *thaz duent lûtmâri thie scriptora fiari, thie scrîbent evangelion* III, 14, 3.

Auf kirchliche Schriftsteller mit Nennung des Namens beruft sich O. zweimal: V, 14, 25, wo für die nur flüchtig berührte mystische Ausdeutung des Fischzuges Petri auf die ausführlichen Darstellungen des Gregorius und Augustinus verwiesen wird, und V, 25, 69, wo er sich zum Trost für eine tadelsüchtige Kritik die Worte des Hieronymus über die Krittler und Neider citiert.

Ganz allgemein gehalten sind Berufungen wie: *sô iz giscriban stât* V, 12, 18. *sô siu thâr giscriban stât* III, 26, 6. V, 12, 41. *thi uns giscriban ist* IV, 16, 33.

Meist durch die Quelle veranlasst sind die Hinweise auf Prophezeiungen des alten Testamentes und der Propheten (*alt giscrîb, thie altun forasagon, wîzagon, in then altên êwôn*): I, 3, 37. 10, 2. 13, 19. 17, 38. 19, 19. 20, 25. IV, 27, 6. 28, 17. V, 5, 17. 6, 17. 10, 9.

Oft fordert der Dichter zu eigener Lektüre der Bibel auf, wo man seine Erzählung bestätigt, und, was er nur kurz berichten könne, ausführlicher und im Zusammenhange dargestellt finden werde: *lis, lis selbo, lis thâr in antreita, lis thir Mathêuses deil, in Lûcases deile, wio . . .* H. 44. II, 7, 75. IV, 6, 33. III, 14, 65. *lis selbo, theih thir rediôn, in sînên evangelion, thar lisist thu* II, 9, 71. *lis selbo, theih thir rediôn: thâr mahtu ana findan* III, 14, 4. *lis forasagon altan, thar findist inan gizaltan* I, 23, 17 (Quelle: *sicut scriptum est in . .*); vgl. noch H. 125 ff. und die durch acht Verse ausgesponnene Verweisung auf eine Psalmstelle IV, 28, 17 ff. Der nur andeutenden Schilderung der Transfiguration geht die Bemerkung voran: *thaz zellu ih hiar nû bî thiu, thaz thû thir selbo lesês thâr thaz seltsâna wuntar* III, 13, 43; die mystische Ausdeutung des Fischzuges will O. nur kurz berühren, aber *giseigôn, wâr thû es lisis mêra* V, 4, 16. Zu tieferem Erfassen des Bibelwortes fordert er in einer seiner mystisch-alle-

sich mit O. mehrfach berührenden (s. Erdmann zu IV, 30, 11. 33, 20. 34, 2. V, 5, 3) Friedberger Christ und Antichrist bekräftigt: Dkm. XXXIII Gb, 141 *der visco gisletthe vingen sî dô in ritthe vunfzuc unde eehenzuc (des hân wir urkunde noh) unde driero mêra (di beceichenen dî lêra).*

gorischen Ausführungen auf: *lis thir mit giwurti in thero buahstabo herfi, grubilô in girihti in thes gescrîbes slihti: thâr findist thu* III, 7, 75. Häufiger als die direkte Aufforderung im Imperativ ist die Wendung *maht lesan*: L. 44. I, 23, 18. II, 3, 3. 11. 24, 2. III, 14, 51. IV, 5, 60. 6, 2. 4. 15, 59. 33, 21. V, 13, 3. H. 38. Nicht selten auch wird die Lektüre als faktisch angenommen: *thâr lisis scôna gilust* I, 1, 30. *thâr lisist thû ouh âna wân* III, 13, 46. *thaz lisist thu ouh zi wâre* H. 31. *thaz lisistu ouh in buachon* 40. *selbo lesen wir iz thâr* 68. *sô thû lisist thâr* V, 13, 20. (Auf die Lektüre des Evangelienbuches selbst beziehen sich die Wendungen: *thû lisist hiar in alawâr* I, 26, 7. *selbo lisist thû thir thaz* III, 19, 16. *hiar lisis thu ouh gizâmi ander seltsâni* V, 12, 31.)

Neben die Quellenberufungen treten die Wahrheitsbeteuerungen. Die alliterierende Dichtung bietet sie häufig im Munde redend eingeführter Personen: Beow. 590 *secge ic þê tô sôðe*. Andr. 458. El. 574 *ic eôw tô sôðe secgan wille*. Hel. 1453 *than seggiu ik iu te wâron nu*, vgl. 1463. 1478. 1527. 1950. 3320. 4346. 4575; 1389 *ôc mag ik iu seggian wârun wordun*, vgl. 405. 4041. 4082; 3829 *than williu ik iu te wâron hêr selbo seggian*. 1628 *ôc scal ik iu te wârun seggian* (s. auch Weinhold a. a. O. 4). In die Erzählung eingefügt erscheint im Heliand öfters ein kurzes beteuerndes *te wârun, te sôðe, wârlîko* u. dgl.

Weit zahlreicher und mannigfaltiger sind die Wahrheitsbeteuerungen bei O. Ich steige von den ausgeführteren zu den kürzeren herab. Dabei sind die von redenden Personen gebrauchten Wendungen in Klammern eingeschlossen: *ih sagên thir wâr — in wâr — in wâra — zi wâre — in wâr mîn* I, 19, 25. V, 11, 6. [IV, 18, 23.] I, 17, 7. [II, 12, 29.] II, 24, 2. I, 8, 3. [*ih sagên iu (sagên ih iu) in wâr — in wâra — in wâr mîn — in alawâr — in alawâra — thaz ist wâr* IV 16, 27. 18, 17. III, 18, 61. II, 23, 23. 20, 14. III, 20, 59.] *thaz sagên ih thir (ih sagên thir thaz) in wâra — zi wâre — zi wâru — giwâro — in alawâr*[1]) *— in wâr mîn* II, 24, 4. III, 15, 50. IV, 35, 14. H. 26. I, 17, 67. L. 62. III, 7, 41. 9, 6. 7, 48. 14, 6. 24, 66. V, 25, 22. III, 21, 9. L. 44. III, 11, 2. 14, 77. H. 99. [*thaz sagên ih iu in wâra — zi wâre — in alawâr* II, 11, 26. 19, 9. III, 23, 50. II, 22, 16. 42. IV, 6, 26.]

---

1) Die Formel steht I, 18, 26 das *elilenti* apostrophierend.

thoh sagên ih iu in wâr mîn [— *in alawâr*] IV, 20, 39. [IV, 12, 25.]
giwisso sagên ih thir wâr H. 102. *giwisso sagên ih thir ein*
V, 10, 33. 23, 261. H. 72. [*giwisso ih sagên iu* IV, 7, 3.
giwisso sagên ih iu thaz II, 13, 34. *giwisso sagên ih iz iu*
III, 4, 38. 13, 39. 20, 11. 22, 50.] *ih zellu thir in alawâr*
II, 9, 25. *zellu ih âna bâga bî thesa selbûn frâga* IV, 19, 61.
[*zellu ih (zellen wir) thir wâr — in alawâr* II, 7, 29. 17. 12, 92.
giwisso zellu ih thir nû II, 14, 52.] — *wizîst thaz gimuato*
V, 8, 16. *wizîst thaz in wâra — in alawâr* III, 18, 66. 4, 9.
11, 27. 21, 25. V, 23, 126. *wizîst in alawâr* III, 14, 80. *thaz*
wizîst thû giwâro — zi wâru — in giwissî V, 23, 92. III, 5, 18.
V, 23, 37. [III, 24, 27.] *wizîst âna bâga* II, 11, 65. [*wizîst*
thû thaz âna wân V, 9, 38.] *giwisso wizîst thû thaz* III, 11, 15.
IV, 1, 23. V, 1, 38. 12, 80. 23, 112. [II, 21, 14.] *giwisso*
wizît III, 25, 29. [*giwisso wizît nû* IV, 13, 3. *giwisso wizît ir*
thaz III, 16, 25. 33. 18, 21. 52. 20, 17. 34. 22, 27. V, 20, 101.
thaz wizît âna zuîval V, 20, 92. *thaz wizît ir giwâro* III, 23, 22.
giwisso wizît âna wân II, 23, 21. V, 11, 12. *allên zellu ih iu*
thaz, thaz eigît ir giwissaz IV, 10, 12.] Auch ein einfaches
wizîst (thû) thaz begegnet öfters: III, 12, 28. 23, 11. IV, 1, 20.
V, 6, 62. 8, 17. 21. 23, 229. 268. H. 108. [III, 12, 35.
V, 18, 12.] *sô man wizzi* IV, 31, 2. *thaz thû es wesês wizo*
II, 9, 19, vgl. 2, 15 *ih sagên thir, wer thaz lioht ist, thaz thû iz*
baz wizist. — *giloubi mir* V, 12, 38. [II, 14, 80.] *giloubi thû*
mir V, 1, 34. 2, 9. [III, 20, 178.] *thaz giloubi thû mir*
IV, 28, 19. V, 19, 15. 20, 40. *thes giloubi thû mir* IV, 5, 34.
[*thaz (thes) giloubet ir mir* IV, 10, 6. 19, 53.] *giloubi worton*
mînên V, 13, 4. *then worton mir giloubi* V, 20, 44. *thes wortes*
mir giloubi V, 7, 4. H. 22. [*giloubet wortes mînes* V, 4, 56.]
giloubi mir in wâr min V, 2, 18. *thes sîst thû mir giloubo*
III, 23, 8. 24. *thîn herza mir giloube* V, 23, 211. *thes giloube*
man mir S. 24. *thaz mannilîh giloube* III, 9, 7. *thaz friuntilîh*
giloube, thes mannilîh giwis sî V, 1, 17. 23. 29. 35. 41. 47. [*ir*
thes ni missedruêt IV, 15, 12.] — *drof ni zuifolô thû thes*
IV, 29, 53. [I, 5, 28.] [*drof ni zuivolôt ir thes* III, 23, 37.
ni zuivolô muat thînaz III, 2, 33.] — *theist giwis io sô dag*
V, 12, 33. *theist algiwis, nalas wân* II, 12, 19. *ni wâne theih*
thir gelbô I, 23, 63. IV, 29, 27; vgl. Phön. 546 *ne wêne þæs*
ænig ælda cynnes, þæt ic lygewordum leód somnige, wrîte wôd-
cræfte.

Zahlreich, fast durchweg im Reim, flicht O. kürzere Wahr-
heitsbeteuerungen ein (die Citate s. in Kelles Glossar): *in wâr*
(*wâra, wâru, wâre, wârî, wârôn*), *zi wâre* (*wâru*), *in alawâr*
(*alawârî, alawâra*), *zi alawâre, giwâro, in wâr mîn, thaz ist wâr,*
bî (*in*) *thia meina, thên meinôn, âna zuîval, âna wân, âna wank,*
giwisso, in giwissî, sumirih.

Bahnen schon die Quellenberufungen und Wahrheitsbeteue-
rungen ein Verhältnis zwischen Dichter und Hörer an, so geschieht
das weiter noch durch folgende Wendungen, die der alliterie-
renden Poesie im Munde des Dichters ungewohnt sind: *ih sagên*
thir III, 15, 39. IV, 31, 1. [III, 14, 36.] *ih sagên thir thaz*
III, 4, 17. 8, 32. 15, 40. V, 20, 16. [II, 18, 24. *ih sagên*
iu thaz II, 16, 3. 22, 30.] *sagên ih thir thaz* IV, 19, 29.
V, 1, 37. [III, 24, 93. *sagên ih iu thaz* III, 14, 99. IV, 13, 7.]
ih sagên thir ein I, 3, 9. 18, 44. II, 2, 11. IV, 4, 7. V, 2, 7.
19, 62. H. 130. 133. [II, 20, 7. III, 12, 32. *ih sagên iu ein*
I, 27, 28.] *sagên ih thir ein* IV, 33, 32. [*sagên ih thir einaz*
I, 5, 45. *sagên wir iu ein* III, 20, 89.] *ih sagên thir ubarlût*
I, 24, 20. [*ih sagên iu hiar ubarlût* III, 20, 159.] *zellu ih thir*
V, 1, 33. [*zellu ih (zellen wir) thir thaz* IV, 13, 31. III, 2, 31.
zellu ih thir (iu) ein II, 12, 7. 23, 3. III, 17, 40.] *ih zellu*
hiar ubarlût IV, 34, 9. *thir zell ih hiar ubarlût* III, 23, 7.
V, 19, 3. *thaz zellu ih hiar nû suntar* V, 1, 1. *thir zell ih hiar*
nû suntar III, 24, 112.

In relativischer Anknüpfung mit *sô* begegnen die Formeln:
sô ih zellu V, 12, 43. 73. 20, 14. 25, 18. [III, 24, 33.
IV, 26, 33.] *sô wir zellen* V, 8, 7. [IV, 24, 32.] *sô ih redinôn*
V, 12, 34. 25, 19. [*sô ih rediôn* II, 14, 66. *sô ih nû redinô*
II, 18, 3.] *sô ih thir zellu* L. 4. 12. III, 14, 52. IV, 29, 25.
V, 20, 53. [II, 14, 32. 20, 5.] *sô ih thir rediôn — redinôn*
— *rachôn* V, 6, 6. II, 2, 24. V, 8, 52. 11, 8. 12, 82. 13, 20.
IV, 19, 64. [IV, 21, 18.] [*sô ih iu redinôn* V, 7, 35.] *sô ih*
thir hiar nû (ouh) zellu V, 25, 79. 12, 74. [*sô ih iu hiar nû*
zellu — rachôn V, 7, 37. II, 14, 107. *sô wir iu hiar nû zellen*
III, 20, 92.]

Besonders spannend wirken die Wendungen: *habêta si*
minnâ mihilo ubar al, sô ih thir hiar nû sagên scal V, 7, 5, vgl.
III, 22, 4. *sô thes thritten dages sâr sô ward thiz, thaz ih sagên*
thâr II, 7, 2. *joh alle, thie iz gihôrtun, ih sagên thir, wio sie*
dâtun I, 19, 37. Vereinzelt ist das im Kapitelschluſs stehende,

zum Folgenden überleitende *sô thû thir hiar nû lesan scalt* II, 3, 68; vereinzelt auch das vorwegnehmende *sô man hiar fora sagên scal* IV, 35, 43.

Neben dem positiven ‚ich erzähle dir‘ steht das negative ‚ich verhehle dir nicht‘: *thaz ni hiluh thih* III, 23, 4. V, 12, 3. [III, 24, 31. IV,²15, 34. V, 8, 37]; an ein beteuerndes *giwisso* sich anschliefsend: L. 47. III, 8, 2. IV, 7, 30. 25, 11. V, 19, 51. 23, 218. H. 58. [II, 19, 23. V, 15, 42]; variierend: *giwisso, ih sagên iu in alawâr, thaz ni hiluh iuih sâr* II, 18, 5. In der alliterierenden Dichtung sind derartige Wendungen auf die Rede beschränkt: Hel. 2432 *ni mênda ik elkor wiht te bidernianne dâdio mînero.* 4665 *nu ni williu ik iu leng helan.* Jul. 132 *ic þê tô sôðe secgan wille bi mê lifgendre, nelle ic lyge fremman.*

Retardierenden Eindruck machen die Wendungen: *ih meg iz baldo sprechan* IV, 12, 58. *quedan man iz wola muaz* V, 17, 36. *queman mag uns thaz in muat* 19, 36. Als Wagnis bezeichnet O. seine Worte: I, 8, 9 *gidar ih lobôn inan fram.* III, 7, 25 *gidar ih zellen ubarlût.*

Gern betont er im Voraus die Wunderbarkeit und Seltsamkeit des zu Erzählenden; beliebt ist dabei der Reim *suntar : wuntar*: IV, 34, 5 *ih scal thir wuntar redinôn.* I, 14, 22 *ih scal iu sagên wuntar.* V, 20, 1 *gizellen will ih suntar thaz egislîcha wuntar.* III, 1, 1 *mit selben kristes segenôn will ih hiar nû redinôn in einan livol suntar thiu seltsânun wuntar.* Hinzu treten Wendungen, denen das Ich des Dichters fehlt: I, 11, 1, *wuntar ward thô mâraz joh filu seltsânaz.* 17, 15 *sie zaltun seltsâni joh zeichan filu wâhi, wuntar filu hebigaz.* III, 26, 37 *thaz ist nû wuntarlîchaz thing ubar thesan woroltring, ubar alla dâti wuntarlîh girâti.* V, 6, 55 *sie sâhun thâr thô wuntar, thie duacha liggan suntar* (vgl. Beow. 3038 *êc hî þêr gesêgan syllîcran wiht, wyrm on wonge widerrœhtes þêr lâdne licgean*). Zur Einführung mystischer Ausdeutungen dienen die Wendungen: IV, 29, 1 *bizeinôt thisu tunicha racha diurlîcha.* V, 6, 1 *thie jungoron in wâra bizeinônt racha mâra, joh iro zweio loufa dât filu diafa.* V, 12, 1 *lekza therero worto thiu gruazit zeichan harto, racha filu mâra joh thrâto seltsâna.* Einige Male begegnet eingeschobenes oder beigefügtes *thaz was (bizeinôt) wuntar* III, 14, 69. IV, 4, 31. V, 5, 13. *(thaz was) seltsâni racha* IV, 4, 32. *thaz ist seltsâni* V, 12, 13; vgl. Beow. 1608 *þœt wœs wundra sum.*

Die Fülle des Stoffes zwingt den Dichter zur Beschränkung:

H. 97 f. II, 9, 1 ff. III, 1, 5. 23, 3. Auf dies sein eklektisches Verfahren kommt O. ausführlicher im Eingangskapitel des vierten Buches zurück: wie er vorher nicht alles, was er gerne gewollt, erzählt, von Christi Wundern und Reden Manches übergangen habe, so auch jetzt: *ni scrîb ih thaz hiar allaz, joh hiar ouh ni firlâze, nub ih es waz gigruaze; nub ih es thoh biginne, es etheswaz gizelle, joh ouh thanne gûle zi thes kruzônnes heile.* Die Absicht ausführlicher Schilderung, die Erkenntnis der Unmöglichkeit einer solchen und die Erklärung, wenigstens Einiges berühren zu wollen, wird am weitläufigsten in den Eingangssätzen von Kapitel V, 23 ausgesponnen; vgl. Andr. 1480 ff.

Genauere Ausführung, vollständige Aufzählung wird mit folgenden Wendungen umgangen: I, 17, 5 *thes mêra ih sagên nû ni tharf.* II, 9, 73 *lang ist iz si saganne, wio iz quimit al zisamane; iz mag man thoh irrentôn mit kurzlîchên worton.* IV, 28, 17 *sagên mag man thes ginuag, wio alt giscrîb er thes giwuag; zi zellenn ist iz lang in wâr.* V, 17, 33 *iz ist zi lang manne sus al zi nennenne;* vgl. Beow. 2093 *tô lang ys tô reccenne* (in der Rede). Guthl. 502 *micel is tô secgan eall æfter orde, þæt hê on elne âdredg.* 509 *is þæs gen fela tô secgenne.* Auf Überfülle des Stoffes deutet auch: V, 1, 22 *es ist zi zellenne ginuag.* 14, 30 *thesses, thi ih nû hiar giwuag, es ist uns follon thâr ginuag.* Am Schluſs eines Kapitels, abbrechend und überleitend, steht die Phrase: IV, 9, 33 *ni mugun wir, thoh wir wollên, iro lob irzellen; bî thiu fâhemês mit frewidu nû frammort zi theru redinu.* Auch die Schwierigkeit der Erzählung wird betont: V, 19, 7 *zi zellenne ist iz suâri.* 14, 3 *unôdi ist iz harto sus frenkisgero worto thia kleinî al zi gisaganne joh zi irrekenne.* Einige Male müſsen rhetorische Fragen genauere Angaben umgehen helfen: II, 1, 12 *waz mag ih sagên thanana?* III, 2, 4. 23, 13 *waz mag ih zellen thir es mêr?* IV, 9, 25 *waz zellu ih thir es mêra?* V, 19, 30 *waz mag ih zellen thir hiar mêr?* [II, 14, 29. IV, 24, 12 *waz mag ih zellen (thir ouh) mêr?* I, 22, 52 *waz mag ih quedan mêra?*]; vgl. Jul. 505 *hwæt sceal ic inâ rîman yfel endeleds?* (in der Rede).

Bisher unerwähnt Gebliebenes wird nachgeholt: I, 8, 1 *ther man, theih noh ni sagêta, ther thaz wib mahalta — was imo . .* 17, 3 *bî thiu, thaz ih irdualta, thâr forna ni gizalta, scal ih iz mit willen nû sumaz hiar irzellen.* Unvollständig Erzähltes wird vervollständigt: II, 6, 1 *ih allaz, sôso ih wolta, thârforna ni gizalta thaz unser managfalta sêr; bi thiu zellu ih iu nu iz hiar mêr.*

Bemerkenswert sind einige Wendungen, mit denen O. Erklärungen einfügt: II, 4, 63 *iz meinit hiar then gotes drût (in themo ferse ist iz lût)*. IV, 6, 27 *bêdu thisu bilidi sô meinit thio iro frawili*. V, 6, 29 (parenthetisch) *thaz meinent theso dâti*; vgl. auch I, 14, 7. 23, 63 f. III, 21, 15 f.

Oft, besonders in den allegorischen und moralischen Ausführungen, selten in der eigentlichen Erzählung, wendet sich O. in imperativischer Anrede an den Hörer, ihn zur Aufmerksamkeit, zur Erwägung des Vorhergegangenen oder Folgenden, zur Beherzigung und Nacheiferung auffordernd. Die beliebtesten Wendungen dieser Art sind: *firnim in alawârî* II, 9, 75. *firnim in thesa wîsûn, thaz ih thir zalta bî then sun* 87. *theih hiar thir zelle, thaz firnim* H. 48. *firnemet sâr in rihtî* II, 9, 7. — *nim gouma* II, 4, 41. V, 1, 26. *nim es gouma* V, 2, 8. *nim es harto gouma* III, 7, 42. *nim nû gouma harto* II, 4, 69. *nim gouma in alathrâti* H. 27. *nim gouma hiar nû nôti* V, 8, 47. *nim nû gouma harto thero druhtînes worto, in herzen harto thir gibint, wio filu egislîh siu sint* 21, 1. *nim gouma nû gimuato thero selbun gotes drûto, draht es nû mit willen in selben sancte Gallen* H. 111. — *hugi filu harto thero geistlîchero worto* II, 9, 93. *bigin tharazua huggen* IV, 37, 12. *in herzen hugi thu inne, waz thaz fers singe: ni lâz thir innan thîna brust arges willen gilust* I, 12, 26. *hugget therero worto* 23, 57. Dem Hörer wird, wenn er aufmerkt, die Fortsetzung versprochen: *hugi weih thir sagêti, ni wis zi dumpmuati, firnim thesa lêra, sô zellu ih thir es mêra* I, 3, 29. — (*ni*) *lâz thir in muat thîn* H. 51. 123. *lâz thir queman iz in muat* IV, 29, 54. *gilâz thir thara thînaz muat* V, 23, 164. *dua thir ouh in muat thîn* 21, 15. *chêri ouh thir in thrâtî in muat* H. 55. — *irkenni in themo muate* IV, 19, 62. *irkenn iz selbo bî thir* 5, 5. — *drahtô io zi guate* II, 9, 65. *bidrahto iz allaz umbiring* IV, 16, 5. — *giwar es wis giwisso, harto limphit iz sô* IV, 29, 2. *giwar thû wis io thrâto thero bezirun dâto, biscowô thir io umbiring ellu thisu woroltthing* H. 119. — *bilidô io filu fram thesan heilegan man* II, 9, 67. *thâr ir got io thuruh nôt in thesên dâtin bilidôt* 19, 18. *bilidôn thaz ouh alle, sô wer sô wola wolle* III, 19, 33. *sî druhtîn iu zi bilide* II, 19, 20. *lâz thir zi bilidin, thie avur bezirun sîn* H. 52. *in Davîdes dâti nim bilidi zi nôti* 93. — *lerne hiar thia guatî* III, 19, 1. *sô wer manno sô giloufe zi themo heilegen doufe, hiar mag er lernên ubar al, wio er gilouben scal* I, 26, 6. — *thaz gi-*

scrip in rihtî irfulli thu io mit mahti II, 9, 91. *îl iz io irfullen mit mihilemo willen* 66. *il io gotes willen allo zîti irfullen* I, 1, 45.

Vereinzelt ist die Phrase: II, 9, 63 *sô wer thiz firneman wolle : hera losên sie alle*; vgl. Aelfr. Metr. 10 *hliste se þê wille!* Exod. 7 *gehŷre se þê wille!* (Hel. 3619 *ôk mag ik iu gitellian, ef gi thâr tô williad huggian endi hôrian , that gi thes hêliandes mugun kraft antkennian*).

Neben der zweiten Person begegnet oft die erste des Plurals: durch das ‚wir‘ stellt sich der Dichter auf. gleiche Stufe mit seinen Hörern und schliefst sich selbst in die Aufforderung mit ein: *wir sculun huggen tharzua* V, 5, 21. *wir goum es nemen wollen* II, 10, 11. *kêremês in muate uns selben io zi guate frammortes thiu gotes dât* III, 26, 5. *bi thiu duemês uns hiar in muat thaz filu mihila guat* V, 12, 99. *duemês wir ouh uns in muat thaz filu managfalta guat* 23, 71. *thia milti, thia Davîd druag, duemês harto uns in thaz muat* H. 139. *uns harto queme in muat* 116. *thenkemês zi guate ouh heilemo muate joh frammortes iz kêrên* III, 26, 25. *thenkemês in muate uns allên zi guate* H. 115. *ni mugun wir thâr wenken, wir sculun iz bithenken* I, 24, 16. *wir sculun thiu wort ahtôn, thara harto ouh zua drahtôn, joh sculumês siu irfullen mit mihilemo willen* 13. Vereinzelt sind die Wendungen: I, 18, 1 *manôt unsih thisu fart.* III, 19, 1 *hiar manôt unsih druhtîn krist — hiar lêrit unsih dât sîn.*

Gern stellt O. das Erzählte als bekannt hin und sucht dadurch, dafs er den Hörer zum Wissenden macht, eine lebhaftere Teilnahme an seiner Darstellung hervorzurufen. Diesem Bestreben dienen folgende Formeln: *sô thû weist* I, 25, 23. 26, 8. II, 7, 50. 9, 98. V, 5, 3. 11, 9. 12, 58. 66. 91. *sô man weiz* III, 17, 36. 20, 97. IV, 5, 45. 13, 49. *thaz man weiz* III, 7, 31. *wizun wir thaz* IV, 5, 7 [1]). *thaz wizun wir ouh alle* III, 23, 9. *thaz wizun wir zi wâre* H. 127. *giwisso wizun wir thaz* III, 7, 5. 26, 31. V, 12, 12. *wir wizun âna zuîval* V, 1, 7. *mannilîh weiz guatêr* 12, 19. *thaz ih hiar nu zellu, thaz weiz thiu worolt ellu* III, 6, 1. *theist allên kund hiar untar uns* H. 57; vgl. Guthl. 507 *cûd is wîde geond middangeard.* 791 *þæt is wîde cûd wera cnêdrissum, folcum gefræge.*

---

1) Vgl. Dkm. X, 2 *wizzun thaz* (s. d. Anm. auf S. 292).

Vereinzelt sind die negativen Wendungen *ádeilo thu es ni bist*
V, 23, 123. *ih weiz ouh, thaz thu irkennist joh thih iz unfarholan
ist* 25, 55. *ni bristit, ni thû hôrîst* H. 39. Das gegenteilige
‚das weifst du nicht‘ begegnet nur I, 18, 3 *thû ni bist es, wân
ih, wîs.* Reservierten Eindruck macht die Phrase: *want iz mag
man wizan* V, 11, 39.

Nicht selten versetzt O. den Hörer, um ihn zur Teil-
nahme zu zwingen, gewissermafsen in die Situation selbst hinein
und macht ihn zum Mitschauenden und Mitempfindenden. So
wird das Paradies unter steter Rücksichtnahme auf den Hörer
geschildert: *thû hôrist thâr* V, 23, 179. *thir al thâr scôno hillit*
187. *thaz niuzist thû* 203. *niuzit thâr in wâra sâlida thîn sêla*
213. *scowôs liob filu managaz* 229. *thâr blýent thir* 273. Be-
sonders eignet dieses ‚du‘ den moralischen und allegorischen
Ausführungen; doch boten es schon die von ihm benutzten
Kommentare und geistlichen Schriften.

Auch die Berufung auf tägliche Erfahrung hilft im Hörer
lebendigeren Anteil an der Erzählung wecken: III, 15, 15 *thô
bâtun sîne sibbon, sô ofto mâga sint giwon, then ist io gimuati thero
nâhistôno guafî.* 10, 7 *mit mihilôn riuwôn, io sô wîb sint giwon.*
24, 49 *irougta si thô sêraz muat, sô wîb in sulîchu ofto duat.*
V, 9, 22 *sie zaltun, sô man ofto duat, thaz ira sêraga muat.*
10, 16 *irbutun imo thô iro guat, sô man liobemo duat.* IV, 7, 80
gifrewet in harto iro muat, sô guat hêrero duat. III, 18, 71 *thaz
sie gikualtin in thaz muat, sô man in fiante duat.* IV, 23, 16 *in-
gegin imo inbran thaz muat, sô ofto fianton duat.* III, 23, 46 *nu
quimit lîhtila imon muat, sô ofto siochemo duat* (in der Rede).
II, 14, 3 *thera ferti er ward irmûait, sô ofto farantemo duit; ni
lâzent thie arabeit es frist themo, wârlîcho man ist* (vgl. Alcuins
Kommentar). Die alliterierende Dichtung kennt ähnliche Wen-
dungen: Guthl. 390 *swâ bið geoguðe peðw.* 538 *swâ bið feónda
peðw.* Gen. 297 *swâ deð monna gehwilc, pe wið his waldend win-
nan ongynneð mid manne, wið pone mêran drihten.* Hel. 1170
sô dôð liudio sô huilic, sô thes hêrron wili huldî githionôn (vgl.
1188. 4626. 4773).

Auch sonst macht O. öfters Zusätze, die den Hörer auf die
eigene Erfahrung hinweisen: bei der Nennung des Polarsterns
fügt er hinzu: *then thû in berehtera naht sô kûmo thâr gisehan
maht* V, 17, 32[1]); Christi Wandeln auf dem Meere soll ein bei-

---

[1] Vgl. Aelfr. Metr. XX, 231 *hwæt we oft gesioð hádrum nihtum, pætte
heofonsteorran ealle efenbeorhte æfre ne scînað.*

gefügtes *sô wir duen hiar in erdu* III, 18, 18 veranschaulichen; parenthetisch erscheint der Erfahrungssatz: *gisuâso joh thin kundo ist, then thû bî namen nennist* (Exod. 33, 11 *sicut solet loqui homo ad amicum suum*). Auf Wünsche des Hörers gehen die Wendungen ein: I, 1, 14 *sô thih es wola lustit.* II, 2, 37 *selb sô iz man giwunsgti.* Ein *wir* zeigen die auf heimischen Sprachgebrauch abzielenden oder ein Fremdwort einführenden Wendungen: I, 22, 4 *wir forahtlicho iz weizen joh ôstoron heizen.* II, 8, 31 *thaz mez, wir ofto zellen joh sextâri iz nennen.* 14, 8 *thaz wir ouh puzzi nennen.* V, 12, 80 *thia wir heizen karitâs;* ausführlicher ist die Erläuterung von *engil* V, 8, 7 ff.

Ein anderes Mittel, den Hörer zur Teilnahme zu zwingen, sind Fragen: V, 1, 11 *mit fiuru sie nan brantîn, mit wazaru ouh irqualtîn, odo ouh mit steinônne: mit wiu segenôtis thû thih thanne?* 19, 21 *weist thû, wio bî thia zît ther gotes forasago quît? er zelit . . 31 lâsi thu io thia redina, wio druhtîn threwit thanana? thâr duat er zi gihugte . . 21, 10 oba ouh ther bislîpfit, ther nachotan ni thekit; waz wânist, themo irgange, ther anderan roubôt thanne?* 13 *nû brinnit ther in beche thâr, ther dôtan ni bigrebit hiar; waz thunkit thih, si themo man, ther anderemo thaz lîb nam?* Erhöhung der Aufmerksamkeit bezwecken auch rein rhetorische Fragen wie: II, 3, 7 *wio mag sîn mêra wuntar, thanne in theru ist, thiu nan bar, thaz si ist ekord cina muater inti thiarna!* 20 *wio mag thaz sîn firlougnit, thaz himil theru worolti ougit!* V, 19, 33 *wer ist manno in lante, ther thanne widarstante . .!* Formelhaft erscheint, die Ungewöhnlichkeit des Erzählten hervorhebend, parenthetisches *weist es mêr!* III, 13, 50. IV, 6, 32. V, 1, 46; vgl. *wes meg ih fergôn mêra!* V, 25, 36. *waz eiskôn wir es mêra!* II, 3, 50.

Auch als zweifelnd stellt sich O. den Hörer vor: V, 1, 43 *wara thenkistu, lês! wio meg iz wesan alles?* Fragen und Verwundern desselben weist er ab mit den Formeln: *ni tharft thû thes wiht frâgèn* V, 20, 33 [*ni tharft es eiskôn mêra* II, 12, 29.] *ni tharft thû wuntorôn thaz* I, 16, 27. *ni sî thih thes wuntar* 22, 13; vgl. Hel. 5023 *than ni thurbun thes liudio barn, werôs wundrôian.* Die etwaige Behauptung, die Griechen seien den Franken an Kühnheit überlegen, will die Wendung *ni tharf man thaz ouh redinôn* I, 1, 60 nicht aufkommen lassen.

Eine bestimmte Formelgruppe bilden die Rückdeutungen, die gewöhnlich mit *sô* oder dem Relativpronomen oder der Relativpartikel *the* angeknüpft werden. Nicht selten ersetzen sie den Namen der Person oder des Lokals: *sô ih sagêta — zalta (zelita)* — *quad* IV, 19, 42. II, 7, 34. III, 3, 24. IV, 24, 37. 27, 17. L. 85. I, 1, 57. III, 7, 71. *sô ih nû sagêta — zelita* IV, 12, 33. V, 13, 12. *sô ih hiar fora (forna) zelita (zalta) — quad — gisprah — giwuag — giscreip* IV, 27, 12. V, 8, 29. IV, 22, 33. V, 23, 163. III, 19, 32. II, 2, 6. *sô wir zaltun* V, 21, 19. *sô wir hiar fora zelitun* 5, 12. *sô hiar fora ward giwaht* IV, 7, 92. *thes êr ju ward giwahinit* I, 9, 1. *theih sagêta — zalta — redôta* I, 17, 41. H. 54. 135. *thaz ih quad* III, 7, 13. *thaz ih nû sagêta — zalta* I, 15, 10. 19, 17. *thi ih (thih, theih) nû sagêta — zelita (zalta) — quad* I, 11, 25. 36. IV, 33, 37. H. 54. IV, 9, 30. *thi ih nû hiar giwuag* V, 14, 30. *thaz ih thir hiar nû zalta* 23, 212. *theih hiar fora quad* III, 6, 4. *theih zalta nû hiar obana* II, 9, 1. *thes ih hiar obana giwuag* II, 6, 3. *thie wir nû sagêtun* I, 14, 18. *thaz wir hiar fora quâtun* V, 4, 6. *thie wir hiar oba (fora) zaltun* I, 1, 58. IV, 8, 2. *thia wir hiar scribun forna (obana)* II, 4, 103. V, 12, 4. *thie wir hiar lâsun forna* IV, 25, 6.

An die Zuhörer richten sich die Wendungen: *maht lesan ouh hiar forna* II, 3, 29. *hugi, wio ih thârfora quad* I, 18, 43. Die Person wird durch Rückdeutung noch an folgenden Stellen umschrieben: I, 15, 25 *ther alto, thâr forna ju ginanto.* 16, 15 *si . . , thi ih zalta bî then alton.* II, 2, 3 *iz was, ther hiar forna thie liuti bredigôta.* Schliefslich notiere ich hier das in der Bedeutung ‚um es noch einmal zu sagen‘ stehende *avur*: L. 18. I, 28, 13. V, 12, 100; die Wendung *theist avur therêr woroltring* V, 1, 33 die Teile des Erdkreises zusammenfassend erinnert an Aelfr. Metr. XX, 62 *þæt is eall wcoruld eft tôgædere.*

Bemerkenswert ist die Art, wie O. sich mit seinem Wissen, Meinen und Urteilen hervorwagt. Mit einem formelhaften *weiz, ih weiz* (s. Haupt in seiner Zeitschr. III, 187) mischt er sich öfters ein: I, 1, 80. 27, 69. IV, 17, 3. 22, 1. 27, 5. V, 5, 5. 10, 9. 25, 55. *ih weiz wâr* I, 1, 87. *weiz ih thaz giwisso* H. 13. *sô ih iz alleswio ni weiz* 24. Häufiger ist das bescheidenere ‚ich wähne‘, meist veranschaulichenden oder motivierenden Bemerkungen beigegeben: *ih wânu* IV, 18, 5. *ih wân* II, 12, 3. *wân ih* I, 18, 3. II, 4, 38. III, 21, 11. IV, 4, 60. 17, 5. V, 10, 15. *wânu* I, 27, 11. IV, 26, 6. V, 4, 11. *wâne* IV, 22, 3. *wân* II, 7, 58. IV, 17, 31; negiert: *ni wân ih* II, 4, 36. *ni wânu* I, 11, 34. 27, 21. III, 11, 10.

ni wâne I, 23, 64. IV, 29, 27; vgl. auch die Wendungen: *iz mag thoh sîn in wâni* II, 7, 49. *thaz mag thes wânes wesan meist* 50. *(ist) harto rûmo oba unsan wân sulîh racha gidân* V, 12, 8. [*iz ist rûmo oba unsan wân* V, 20, 89.] Vereinzelt ist: *sô ih meinu* L. 80. *sô ih iz nû firnâmi* III, 3, 1. Öfters deutet ein *odo (oda)* an, dass wir es mit der subjektiven Meinung oder Vermutung des Dichters zu tun haben: II, 4, 28. 6, 33. III, 4, 21. 17, 33. 23, 30. IV, 16, 29. 26, 11; *odowîla* II, 4, 7. *odowân* 11, 29. Bemerkenswert ist der bis in unser Neuhochdeutsch erhaltene Gebrauch des Verbums *mag* im Indikativ Präteriti zur Andeutung subjektiver Meinungsäufserung: I, 5, 1 *ward after thiu irscritan sâr, sô moht es sîn, ein halb jâr.* II, 8, 1 *after thiu in wâr mîn sô môhtun thrî daga sîn.* 4, 28 *bî thiu moht er odo drahtôn, in thesa wîsûn ahtôn.* IV, 9, 20 *giwerdan mohta sie thes.*

Über das Tun und Reden seiner Personen giebt O. nicht selten ein Urteil ab, mehrfach freilich in Anknüpfung an die Kommentare. Der ‚regulus' wird wegen halben Glaubens getadelt und seine denselben dokumentierende Bitte vorwurfsvoll wiederholt (III, 2, 13 ff.). Auf das Törichte in der Aufforderung des Teufels an Christus, aus Steinen Brot zu machen, wird hingewiesen (II, 4, 41 ff.), die *unredina* in der Auslegung der von ihm citierten Psalmstelle aufgedeckt und bemerkt, wie er geziemender Weise hätte sprechen sollen (61 ff.)[1]). Von den Verwandten Christi, von Herodes urteilt der Dichter, zugleich ihre Motive aufdeckend: III, 15, 25 *ni gilouptun, sô se scoltun, thie thaz fon imo woltun; in imo was in mêra thisu woroltêra.* I, 17, 51 *loug ther wênego man, er wankôta thâr filu fram: er wolta nan irthuesben joh uns thia fruma irlesgen.* Wie klagend und warnend klingen die Verse: IV, 17, 29 *sie sâhun ungimacha joh egislîcha sacha: druhtîn iro bintan; ni gidorstun zi imo irwintan!* 27, 1 *ni nâmun sie*

---

[1]) O.s Auffassung des Teufels ist interessant. In dem Streben, ihn ad absurdum zu führen, als unglücklich in seinem Unternehmen, trotz aller Vorherüberlegungen und vermeintlichen Schlauheit (II, 4, 7 ff. 5, 11 ff.), ja als betrogen (I, 8, 5. II, 4, 101) hinzustellen, in der Betonung seiner Ängstlichkeit (II, 4, 27. 35 ff.), in dem Zug der Neugierde, den er erhält (II, 4, 5 ff.) bereitet sich schon die Rolle vor, die der Teufel später im geistlichen Schauspiel als lustige Person spielt, als geriebener Gesell, der aber schliefslich doch den Kürzeren zieht und als gefoppter dummer Teufel verlacht und verspottet abziehen mufs (s. Roskoff, Geschichte des Teufels I, 316. 358 ff.).

*thia meina thero wibo klaga gouma, nihein tharzua ouh hugila zi
theru thrau, thia er in zelita!* 24, 33 *ni wesl er thoh thô, waz
er wan, firliaz in then firdânan man; thia fruma liazun sie son
in joh nâmun grôzan scadon zi in!*; vgl. das die Strophe be-
schliessende *waz wan ther wênego man!* II, 6, 24. IV, 22, 18
(*waz er lêwes wunni!* II, 6, 39), ferner das parenthetische *sie
manslahta riatun!* IV, 20, 7 und das abschliessende *ni giloubtun
sie thoh bî thaz!* 17, 24.

Vor Allem äufsert sich des Dichters Teilnahme an dem
Geschick Christi: IV, 4, 69 *thaz was nû ungimacha joh egislîcha
racha, sie mo innowo ni ondun joh selidôno irbondun.* 30, 35
*thaz was nû jâmarlîchaz thing; thaz folc, thaz stuant thâr um-
biring, ni wârun in then liutin thie sulih riwêlin!* 16, 5 *bidrahto
iz allaz umbiring, thaz was nû jâmarlîchaz thing: ther alla worolt
nerita, thô mêra iro ni habêta; er deta al, thaz gidân ist. joh
gibit in alla thia wist, thoh ni habêta er nû lês mêra thes githi-
gines!*[1])

Bisweilen glaubt er eine etwaige verkehrte Auffassung ab-
wehren oder ihr vorbeugen zu müfsen: I, 20, 31 *ther iro kuning
jungo ni mid iz io sô lango, thaz wâg er ni firbâri. in thiu sîn zît
wâri: er gisceintaz filu fram, sô er zi sînên dagon quam*[2]). III, 15, 3
*in Galilêa er wonêta, ni thoh thuruh thia forahta: er allaz, sôs er
scolta, unz er thia zît wolta.* IV, 16, 37 *sie imo sâr iz zaltun
joh inen selbon nautun, nales, thaz sie iz dâtin, thaz sie nan thoh
irknâtin.*

Subjektives Empfinden des Dichters findet öfters Ausdruck
durch ein, meist im Reim eingeschobenes *lêwes, lês, lê:* I, 18, 19.
II, 11, 47. III, 1, 17. IV, 6, 47. 7, 29. 16, 8. 19, 72. 26, 6.
35, 16. V, 1, 43. 19, 27; ferner gehört hierher: *leidôr* II, 6, 46.
wunna L. 96. IV, 35, 43. V, 4, 31. *mihil wunna* IV, 9, 23.
mihilo wunnî I, 3, 3.

[1]) Die geringe Zahl der Getreuen hebt O. auch IV, 12, 57 ff. 16, 18
(dem *unfirslagen heri* gegenüber) hervor; tadelnd betont er II, 2, 23—26,
dafs die auf Christi Erbgute Angesessenen ihn nicht, wie sie gesollt, em-
pfangen. Auf das Fehlen des Gefolges macht der Ilelianddichter aufmerk-
sam: bei den Magiern 652, bei Christus in der Wüste 1027; vgl. auch
Andr. 661 ff.

[2]) Ich fasse (s. Erdmanns Anm.) *ni mid, ni firbâri* als unabhängige Sätze;
der Konjunktiv ebenso wie z. B. I, 11, 59. 60.

VII. Bild und Vergleich.

Was an bildlicher Ausdrucksweise in O.s Dichtung begegnet, steht vielfach unter der Einwirkung der Bibel und der Kommentare; von letzteren ist er namentlich in den allegorischen Deutungen abhängig. An altem Gut ist nicht mehr viel vorhanden. Im Folgenden soll nur herausgehoben werden, was selbständiger erscheint oder durch seine Beziehungen nach rückwärts oder vorwärts bemerkenswert ist. Die Wendung: *nist iu noh manne thaz zi wizanne, thaz mîn fater sô githuang inti innan sînaz dreso barg* V, 17, 5 (Quelle: *tempora, quae pater posuit in potestate sua*) vergleicht sich Stellen wie: Wander. 11 *ic tô sôđe wât, þæt biđ on eorle indryhten þeaw, þæt he his ferđlocan fæste binde, healdne his hordcôfan.* Hel. 1756 *bittra balosprâca, sulic sô he an is breostun habid giheftid umbi is herta.* 1761 *glau andwurdi, sulic sô he an is môde habid hord umbi is herta.*

Steht oben *dreso* (Schatzkammer) bildlich für ‚Brust, Herz‘ als Gedankenhort, so werden andererseits auch die in Worten mitgeteilten Gedanken als *dreso* bezeichnet: II, 15, 19 *indet er thô then sînan mund, theist iamêr ubar worolt kund, thârinne lag, sô er westa, dreso diurista. bigond er thaz thô spentôn sînes selbes worton, det er then liutin mit thiu drôst, then jungoron thoh zi hêrôst.* In diesen Versen, welche die Einleitung zur Bergpredigt bilden, mag zugleich eine Reminiscenz an die altgermanische Vorstellung vom Könige als dem Schatzspender vorliegen: statt der Goldringe teilt Christus seine tröstenden Worte aus. Ähnlich ist es, wenn Gott und Christus als Verleiher des Lebens aufgefasst werden: I, 10, 18 *alle dagafristi, thi er uns ist lîhenti.* II, 15, 12 *lêh in lîb inti guat joh harto frawalîchaz muat.*

Als *dreso* oder *scaz* wird auch der Leib Christi bezeichnet: IV, 35, 41 *erda hialt uns thô in wâr scazzo diurôston thâr, dreso thâr giborgan*; vgl. IV, 35, 12. 13. 38. V, 4, 24. Der Volksglaube, daß im Innern der Erde Schätze ruhen, mag in diese bildlichen Bezeichnungen mit hineingespielt haben (s. Grimm, Myth. 922).

Zweimal begegnet die in der alliterierenden Dichtung beliebte Personifikation der Waffe: I, 19, 10 *mit bîzentên suerton.* IV, 13, 43 *thaz suert ni wâri in worolti sô harto bîzenti*; vgl. Jul. 603 *âswebban þurh sweordbite.* Hel. 4882. 4903 *thes billes biti* (s. Weinhold a. a. O. 24). Zu einer Personifikation wird auch das biblische Bild ·von der Axt, die an die Wurzel gesetzt ist, erweitert: I, 23, 54. 58. Auch sonst begegnet die Personifikation lebloser Dinge häufig bei O. Die Sonne wird IV, 33, 1—14 als persönliches Wesen mit den Empfindungen eines solchen vorgestellt: entsetzt und erzürnt über die Freveltat der Menschen, und um den, der sie geschaffen, nicht am Kreuze hängen sehen zu müfsen, verbirgt sie ihr Antlitz vor der Welt.[1]) Auch dem Sterne, der den Magiern erscheint, wird Leben verliehen, wenn von ihm gesagt wird: I, 17, 57 *leit er sie thô scôno, thâr was thaz kind frôno, mit sîneru ferti was er iz zeigônti.* Neigung zur Personifikation verraten ferner die Ausdrücke: *sunnûn pad, sterrôno strâza, wega wolkôno* I, 5, 5. *sunnûn fart* 17, 9. *bî thes sterren fart* 45. Der Mond *rihtit* die Nacht (II, 1, 13). Personifikation der Nacht: III, 20, 15 *unz ther dag scînit joh naht inan ni rînit, noh man ni thultit unmaht thera finsterûn naht* (Quelle: *donec dies est*); der Erde: V, 4, 23 *sih scutita iogilîcho thiu erda kraftlîcho, joh si sliumo thâr irgab thaz dreso, thâr in iru lag*; des Windes: III, 8, 13 *ther wint thaz scif fuar jagônti, thie undon bliuenti.* Lateinisches *qui aperuit oculos tuos* wird übersetzt mit: *ther thaz lioht thir heim giholôta* III, 20, 72. Öfters begegnet die Personifikation des Todes, gewöhnlich schon durch das Fehlen des Artikels als solche gekennzeichnet: der Tod beschleicht (*bisuîchit*) den Menschen (V, 23, 260), ängstigt ihn, indem er ihn anpackt (III, 24, 14. 15), bringt ihn zu Fall (III, 18, 34), führt ihn hinweg (I, 21, 1). Der Kampf Christi mit dem Tode gibt, ähnlich wie sein Kampf mit dem Teufel (s. I, 5, 51—58. IV, 12, 62—64. V, 2, 13—16. 16, 2—4) O. Gelegenheit, den Helden seiner Dichtung als tatenkräftig und siegreich hinzustellen: der Tod wird als Beherrscher eines eigenen Reiches gedacht; dort dringt Christus ein, kämpft mit ihm, bezwingt ihn (*ubarwinnan, ubarwintan, zistôzan*), sodafs er ferner nicht mehr kämpfen noch sich aufrichten wird, und erringt so *sigi kraftlîche* (*in tôde sigu neman* IV, 3, 23. V, 17, 15); all sein Eigentum, das ihm

---

[1]) In der christlichen Kunst werden in Darstellungen der Kreuzigung Sonne und Mond bisweilen durch Engel und Genien personifiziert, s. Otte, Handbuch der kirchlichen Kunst-Archäologie I, 540; vgl. auch Spec. eccl. S. 61. 69. Alex. 3379.

geraubt worden, gewinnt er zurück und führt es in sein eigenes Reich (II, 11, 50. 53. V, 4, 49—57)[1]).

Auch abstrakten Begriffen wird Leben verliehen: I, 26, 4 *sîd wachêta allên mannon thiu sâlida in then undon* (vgl. die von Grimm RA 5, Myth. 822 angeführten Ausdrücke ‚wachender Schade, wachendes Unglück‘ in Rechtsdenkmälern und die aus mhd. Dichtungen citierten Stellen). II, 7, 10 *sâr in thô gisagêta thia sâlida, in thâr gaganta.* II, 24, 37 *ther scado fliehe in gâhe, joh thiz sih uns io nâhe.* Lateinisches *esurire, sitire* wird wiedergegeben mit: *ruarta nan thô hungar* II, 4, 4. *nub avur nan thurst githuinge* 11, 38. *thurst then mêr ni thuingit* 41. Die Demut wird apostrophiert: I, 5, 67 *wolaga ôtmuatî, sô guat bistu io in nôti; thû wâri in ira worte zi follemo antwurte*; das *elilenti*: 18, 25 *wolaga elilenti, harto bistu herti, thû bist harto filu suâr, thaz sagên ih thir in alawâr.*

Der Vergleich der menschlichen Schönheit mit den Gestirnen begegnet schon in der altgermanischen Epik. O. hat den Vergleich mit der Sonne und mit den Sternen. Durch die Quelle angeregt ist: V, 4, 31 *gisiuni sîn was, wunna! sô scônaz io, sô sunna* (*erat aspectus ejus sicut fulgur*); aus O.s Quellen bisher nicht belegt ist die Metapher: IV, 35, 43 *thô giang uns ûf, wunna! thiu êwînigu sunna.* 9, 23 *thâr saz, mihil wunna! thiu êwîniga sunna, ni fon imo ouh ferron einlif dagasterron.*

An die ‚kenningar‘ der angelsächsischen und altnordischen Poesie wird man erinnert, wenn der Körper als das Kleid der Seele (*sêlôno gifang*) bezeichnet wird, das man im Tode abwirft (IV, 5, 43; vgl. das ags. *sawelhûs*), die Erde als das *dal zaharo* (V, 23, 103), oder wenn Moses V, 8, 36 der *wizôdspentâri* heißt.

Für eine Reihe von Vergleichen und Bildern fand O. den Anhalt in den Kommentaren, in der lateinischen geistlichen Lyrik, auch wohl in dem traditionellen Vorstellungskreise der Predigt. Doch entbehrt die Ausführung nicht einer gewissen Selbständigkeit. Christus wird mit einem Brunnen verglichen: III, 14, 81 *want er ist selbo wunno joh alles guates brunno; allaz guat zi wâre sô flôz fon imo thâre*; mit einer Blume: I, 16, 23 *thaz kind wuahs untar mannon, sô lilia untar thornon; sô bluama thâr in crûte, sô scôno thêh zi*

---

1) Mit V, 4, 51 *thâr nam er sîn giroubi.* 56 *ni lias wiht er thâr thes sines* vgl. Dkm. XXXI, 17, 10 *der zvuorte im sin geroube.* 4 *duo nam er dâ daz sin was.*

guate (Cant. cant. 2, 3 *sicut lilium inter spinas*)[1]. Auch für
Maria begegnet der Vergleich mit einer Blume, veranlasst durch
die bekannte Jesaiasstelle von der Wurzel Jesse: I, 3, 27 *thie
(edilthegana) wârun wurzelun thera sâligûn bluomûn.* Sonst be-
nutzt O. das Pflanzenleben noch zum Vergleich für die Schil-
derung der paradiesischen Freuden: V, 23, 166 *sie furdir thâr
nirwelkent then, hiar io wola thenkent; thie frumâ then thâr
blûent, thie sih zi thiu hiar. mûent.* Die in der späteren geist-
lichen Poesie eine hervorragende Rolle spielende Vorstellung von
einer Brautschaft zwischen Christus und der Kirche findet sich
bei O. in der allegorischen Deutung der Hochzeit zu Cana:
II, 9, 7 *firnemet sâr in rihtî, thaz krist ther brûtigamo sî, joh sîne
in lante zi theru brûti ginante, thier in himilkamaru irfullit io mit
gamanu* (Beda und Alcuin: *in domo harum nuptiarum, quae Christi
et ecclesiae sacramenta figurarent*). Auf die Vorstellung des
Menschen von seiner Sündhaftigkeit sucht der Vergleich der
Sünde mit einer schwärenden, eiterigen Krankheit, von der nur
Christus heilen kann, zu wirken: II, 17, 3 *thaz sie mit then wun-
tôn nirfûlên in then suntôn, noh mit themo meine ni werdên zi âz
eine* (durch Hrabans Kommentar veranlasst). 24, 21 *gireino uns
thia githanka mit ginâdôno ginuhti fon suntôno suhti* (Hraban: *pec-
catis languidum genus humanum*). III, 1, 15 *er mih hiar gireine
fon eitere joh fon wuntôn: fon mînên suârên suntôn.* Mit dem
Kommentar wird der Grund der körperlichen Krankheit in der
geistigen erblickt: III, 5, 2 *quement ummahti fon suntôno suhti.*
Auch vom Pfuhl der Sünde, von den *suntôno sunftin* wird ge-
sprochen (V, 23, 110); *fon then stankon mih nim* III, 1, 19.
Als Last wird die Sünde gefasst im Anschluss an die Deutung
des Esels auf das Menschengeschlecht: IV, 5, 11 *wir wârun io
firlorane joh suntôno biladane, druagun bî unsên wirdîn thero um-
mezlîcha burdîn.* Eine Personifikation der Sünde ligt vor:
II, 3, 53 *nû ist druhtîn krist gidoufit, thiu sunta in uns bisoufit;
thaz unsih io sankta, er al iz thâr irdrangta*; oder wenn es von
Christus heifst: II, 15, 11 *thio suntâ ouh thana fluhta.*

Eine Tiefe der Empfindung und eine Gefühlswelt, die wir
für das 9. Jahrhundert noch nicht vorauszusetzen pflegen, ent-

---

[1] Piper vergleicht Erec 336 ff., Erdmann, Dkm. XXXIX, 4, 6. Wie
in der letzten Stelle, so ist auch Spec. eccl. 107 der Vergleich auf Maria an-
gewandt: *alse diu lilie und diu rôse ûz den dornen bluot, same wart diu unser
rôse, sancta Maria von den juden geborn.*

hüllen einige ausgeführte Vergleiche, die man wohl ganz als O.s
Eigentum ansehen darf. Es ist einmal die Verdeutlichung der
Huld Gottes durch die unerschöpfliche Liebe der Eltern zu ihrem
Kinde (III, 1, 31—44). Das sind ferner die beiden merkwür-
digen Stellen V, 11, 29—32 und 23, 35—43, in welchen Em-
pfindungen, wie sie später der Minnesang aussprach, bereits an-
klingen. Die irdische Liebe blickt hier dem weltabgewandten
Mönch über die Schultern[1]).

Auf sentimental lyrische Regungen in der Empfindungsweise
des Otfridischen Zeitalters deuten auch die Wendungen, in
welchen dem Herzen ein selbständiges Leben verliehen wird[2]);
allerdings bot öfters der biblische Text die direkte Veranlassung:
das Herz trauert (*riuzit*) III, 1, 18. IV, 15, 3 (*non turbetur cor
vestrum*); es seufzt V, 23, 40; es ist froh V, 11, 28; es brennt
im Menschen V, 10, 29 (*cor nostrum ardens erat*); es erholt
sich (*biquimit*) I, 22, 41; es glaubt V, 6, 30. 23, 211, glaubt
nicht V, 9, 44 (*tardi corde ad credendum*); es ist verhärtet
V, 16, 13 (*duritiam cordis*); von dem steinernen Herzen der
Juden (Erdmann erinnert an das *cor lapideum* im Ezechiel; vgl.
III, 18, 67) wird gesprochen: wenn es sich überwunden gibt (*sih
rûmit*), *beginnit thanne suizzen, mit zahirin sih nezen; biginnit
thanne weichên, mit riuu sih irbleichên* V, 6, 33 ff. Den Ärger
des Missgünstigen verursacht *ubil herza* V, 25, 57, die Schlech-
tigkeit der Menschen *thaz herza frauili* II, 12, 90. Das Herz
hat eigene Augen: *mit thes herzen ougon* sollen wir Christus fort-
während schauen III, 21, 36.[3]) Statt ,ich, du' sagen die Per-
sonen ,mein Herz, dein Herz': IV, 12, 20 *jů iz herza mîn ni
ruarit, noh sulîh balo fuarit*. V, 15, 28 ist *thaz herza thînaz mir
wârlîcho holdaz*. Maria Magdalena nennt Christus *thaz mîn iiaba*

---

[1]) In dieser Beziehung ist auch die Rede der Maria Magdalena V, 7,
21—42 (namentlich 35—38) interessant.

[2]) Über das Herz im Minnesang s. Burdach a. a. O. 26.

[3]) Vgl. in den ‚Sermones' des heiligen Bonifacius VI (ed. Giles II, 77):
*ubi tenebras sine luce patientur oculi eorum, qui hic lucernam Domini, id est
sanctum evangelium videre oculis cordis noluerunt.* Älfr. Metr. XX, 257
*and ponne mid openum eágum móten módes úres purh pinra magna spêd
áewelm gesión ealra gúda.* XXI, 25 *ac hi swîdor get monna ghwelces módes
eágan áblendad on breóstum, ponne hi hi beorhtran gedón.* Über die Augen
des Herzens in der geistlichen Poesie und im Minnesang s. Bock, Wolframs
v. E. Bilder und Wörter für Freude und Leid, QF. XXXIII, 35; Burdach
a. a. O. 145 f.

herza V, 7, 30, vgl. *thia liabûn sêla sîna* II, 9, 48. *mîn einega
sêla* I, 22, 52. *thaz sîna liaba houbit* II, 6, 52. Man ver-
gleiche ferner noch die Wendungen: *zi herzen er mo klebêta*
II, 9, 37. *in herzen kleibi siu (thiu wort) nû sâr* V, 15, 38. *in
herzen harto thir gibint, wio filu egislîh siu (thiu wort) sint* 21, 2.
thaz seltsâni zi herzen imo quâmi II, 12, 4. Auch Wendungen
mit *muat* sind hierher zu ziehen: *thaz muat heimort (zi wege)
bringan* IV, 18, 36. III, 18, 58. *er huab in ûf thô thaz muat
zi thes gotnisses guatî* 59. *er kêrt in frammort thaz muat*
22, 36. *kêrt er mo alleswio thaz muat* IV, 15, 30. *mîn muat
duat mih wîs* II, 14, 55. *giheizit mir thaz mînaz muat* III, 20, 74.
nintheizit mir iz muat mîn 149.

Der Zorn wird unter dem Bilde eines heifs auflodernden
Feuers[1]) aufgefasst: *inbran er sâr zi nôti in mihil heizmuati*
I, 20, 2, vgl. IV, 19, 57. *inbrustun sie zi nôti thô sâr in heiz-
muati* III, 20, 129. *ingegin imo inbran thaz muat* IV, 23, 16. Von
anderen heftigen Erregungen des Gemüts wird *heiz* gesagt:
IV, 21, 25 *imo was iz heizaz.* V, 8, 32. 44 *in muate lâz thir
iz heiz.* 9, 18 *thaz thir in muate thaz nist heiz.* II, 19, 25
ob iu thiu minnâ sint nû heiz zi .. IV, 13, 40 *thô sprah er
worton heizên.* 23, 18 *riafun filu heizo.* 34, 15 *irquam es filu
heizo.* Dem heifs aufsteigenden Zorn tritt die Abkühlung gegen-
über: die Juden wollen Christus steinigen, *thaz sie gikualtîn in
thaz muat* III, 18, 67; Pilatus ruft ihnen zu: *nû lâzet kuelen iu
thaz muat* IV, 23, 14.

VIII. Verarbeitung des biblischen Stoffes.

Kelle und Erdmann haben bereits hervorgehoben, wie O.
bemüht gewesen ist, den evangelischen Stoff selbständig zu er-
fassen und seinen Lesern oder Hörern nahe zu bringen. Im
Folgenden soll noch auf einiges Weitere aufmerksam gemacht werden.

Der knappen Fassung des biblischen Textes gegenüber
mufste ihm oft an breiterer Darlegung des Gemütszustandes seiner

---

[1]) In der ags. Dichtung die Vorstellung vom Zorn als einem siedend
aufwallenden Wasser; s. Weinhold a. a. O. 29; dazu noch: Andr. 1710 *þær
manegum was hât æt heortan hyge weallende.* Von Beowulf heifst es (190):
er ,sott' seinen Kummer.

Personen und ihrer Handlungsweise gelegen sein. Entweder ist es der Dichter selbst, der motiviert und ausführt, oder er läfst seine Personen das tun.

Den ersten Fall illustrieren folgende Stellen: I, 8, 11—18 (eingehende Darlegung der sich kreuzenden Erwägungen Josephs, als er Maria ihrer Schwangerschaft wegen verlassen will); 27, 1—8 (die durch eindringliche Predigt des Johannes hervorgerufene Meinung der Leute wird dargelegt und motiviert); II, 4, 5—8 breite Schilderung der Stimmung und der Erwägungen des Teufels, der Christus versuchen will); IV, 35, 23—30 Erwägungen der Frauen bei der Grablegung). Kürzere Motivierung der Handlungsweise findet z. B. statt: I, 19, 14—16. III, 20, 166—168. Häufig ist die eingehendere Darlegung von Stimmungen und Motiven nur Schein und im Grunde nichts als variierende Erweiterung der Worte der Quelle, vgl. z. B. III, 15, 47—52. Sehr oft hat sich O. durch die Kommentare bestimmen lassen, z. B.: I, 8, 3—6. 9, 27 f. III, 17, 27—34. 47—50. IV, 12, 21 f. V, 7, 53 f. 11, 35—42.

Nicht immer macht der Dichter den Interpreten. Sehr oft müssen seine Personen ihre Stimmungen, Worte und Handlungen selbst darlegen und motivieren. So gewinnt O. auch für die in der Quelle zumeist dramatisch knapp gehaltenen Reden die Breite und das behagliche sich Ergehen des Epos. Vieles läuft allerdings auch hier auf blofse Variation zum Zwecke der Vers- und Strophenfüllung hinaus.

Wo die Quelle die Prämissen nicht ausspricht oder die Konsequenz nicht zieht, läfst O. seine Personen den Schlufs vollständig ausführen. Bei Matthäus erwidert Christus dem Teufel: *scriptum est: non temptabis dominum*; bei O. schliefst sich daran die Erwägung: ‚ich kann es meiden, kann nie der s t e i g e n; weshalb also den Herrn versuchen und nieder s p r i n g e n?' (II, 4, 75 ff.). Ebenso führt Petrus (IV, 11, 21 ff.) den Schlufs vollständig aus: *tu mihi lavas pedes?* hat die Quelle; ‚nun bin ich aber Knecht, du Herr, folglich darfst du es nicht', fügt O. hinzu. In der Quelle fragen die Jünger Christus, der ihnen das Passahlamm zu bereiten befiehlt: *ubi vis paremus?*; O. läfst sie motivieren (IV, 9, 7): *wir ni eigun sâr, theist es meist, hûses wiht, sô thû weist, noh wiht selidôno, thaz wir iz gimachôn scôno.* Ähnlich werden die in der Quelle fehlenden Glieder ergänzt: III, 10, 21 f. 16, 47 f. 23, 53 f. 25, 19 f. IV, 21, 11 ff. (unter Kommentar-Benutzung).

Oft sucht O. der Rede ein charakteristisches Gepräge zu verleihen. Ich füge den von Erdmann (in seiner Ausgabe S. LIX) angeführten Stellen noch einige hinzu: I, 9, 21 ist der parenthetische Zusatz und das Ausspinnen des *nemo est qui* zu *nist, ther gihogêti, thaz* bezeichnend für den Eifer der Verwandten, die der Mutter die Untunlichkeit recht plausibel machen wollen. Die Töne innigster Mutterliebe werden in den Worten Marias an ihr wiedergefundenes Kind laut (I, 22, 43—52): die Quelle hat nur : *fili, quid fecisti nobis sic? ecce pater tuus et ego dolentes quaerebamus te*; das wird zu 10 Versen erweitert: an die Stelle des *fili* treten die kosenden Anreden *manno liobôsta, mîn sun guatêr, mîn einega sêla*; der Vater tritt ganz zurück[1]), nur in dem *wir* (51) blickt er durch, sonst spricht allein die Mutter; sie malt sich aus, wie der Sohn ihr unter der Hand entschlüpft und zurückgeblieben sei, sie schildert das plötzliche Vermissen, den jähen Schreck, sie fügt mit rührender Entschuldigung hinzu: *thû bist einego mîn*; mit *waz mag ih quedan mêra?* bricht sie ab. Den Verwandten des Malchus, der den Petrus wiedererkennt, läfst O. statt der blofsen Frage: *nonne ego te vidi in horto cum illo?* sich die Situation im

---

[1]) Auch sonst ist das der Fall: in dem Kapitel über die Vorfahren Christi (I, 3) wird Joseph gar nicht erwähnt (vgl. Matth. 1, 16), nur von Marias Ahnen ist die Rede; dem entsprechend heifst es gegenüber dem lateinischen *eo quod esset de domo et familia David* bei O. (I, 11, 27): *want ira anon wârun thanana*; I, 15, 11 wird Maria allein genannt gegenüber dem *parentes* der Quelle. Für die Auffassung des Joseph ist weiter bemerkenswert, das O. Alles, was im biblischen Texte auf das eheliche Verhältnis zwischen Maria und Joseph deutet, entweder fortlässt oder verschleiert (nur I, 8, 1 heifst es wie beiläufig: *ther man, theih noh ni sagêta, ther thaz wib mahalta*): die Erwähnung der Verlobung in der Verkündigungsscene (I, 5) unterbleibt; die Worte des Engels: *noli timere accipere Mariam conjugem tuam* werden wiedergegeben mit: *thes ni thâhti, ni er sih iru nâhti, joh tharasua ouh hogêti, mit thionostu iru fagôti* (I, 8, 21); die Worte der Quelle: *accepit conjugem suam, et non cognoscebat, donec peperit filium suum primogenitum* fehlen (ebenso das *primogenitus* I, 11, 31); dem entsprechend wird das lateinische *fratres* III, 15, 15 mit *sibbon (mâga)* übersetzt (s. Erdmanns Anm.); an die Stelle des lateinischen *cum Maria desponsata sua uxore praegnante* tritt I, 11, 26: *si theru steti fuart er thia druhtînes muater*; das lateinische *pater* wird I, 15, 23 umschrieben mit: *ther thâr was in wâni, thes kindes fater wâri*. Nicht als Gatte, sondern als getreuer Dienstmann, Führer und Beschützer Marias und des Christuskindes erscheint Joseph bei O.; ein Zug ritterlicher Galanterie ist ihm eigen, der wiederum das Otfridische Zeitalter an die spätere Anschauungsweise heranrückt (vgl. Kapitel I, 8, ferner I, 13, 11 f. 19, 1 f. 13 ff.). Zugleich kündet sich in allem dem der beginnende Marienkultus an.

Garten Gethsemane rückschauend ausmalen und mit der Drohung schliefsen: *ni scaltu queman widorort* (IV, 18, 23—26). Charakteristisch gestaltet und mit verlebendigenden Zusätzen ausgestattet sind auch die Reden der Juden: IV, 24, 5—10 energische Drohung, kurze Begründung ihres Verfahrens, drohende Frage, Gestikulation durch die *sus* (6. 8)[1]) angedeutet; 15 f. bemerkenswert durch den motivierenden Zusatz: *sîn gisiuni ist uns in wâr zi schanne urgilo suâr*; 30, 9—18. 25—34 die Variation den Hohn der Rede verschärfend, lebhafte Gestikulation und schadenfrohe Vergegenwärtigung der Ohnmacht des gekreuzigten Christus: *sênu hangêt er thâr, noh ni mag ni wedar sâr thes hûses wiht bithîhan noh hera nidarstîgan*[2]). Ein realistisches Gepräge erhält die Rede des Schächers (IV, 31, 7 ff.) durch das Schimpfwort am Anfang, die bildlichen Wendungen in Vers 9. 10, den Rückblick auf ein Furcht nicht kennendes Räuberleben. Zu treffendem Ausdruck gelangt V, 9, 17—20. 23—38 die Erregtheit der beiden Jünger, die noch ganz in der Erinnerung an das Geschehene leben und nicht begreifen, wie Jemandem das sie bewegende Leid un· bekannt sein kann: in dem Zusatz *thaz thir in muate thaz nist heiz, thaz ellu thisu worolt weiz*, in den Ausrufen und den abirrenden oder anticipirenden Pharenthesen, von denen die eine (25—28) einen Relativsatz des lateinischen Textes wiedergibt, in der erneuerten Frage mit dem viersilbigen Auftakt (23), in dem Anakoluth (37 f.). Nicht selten wird die Variation in der Rede wirkungsvoll verwandt: eindringliche Feierlichkeit ruft sie I, 4, 59—70 hervor; II, 7, 27—32 (= *invenimus messiam*) gibt sie die Stimmung des Andreas wieder, der, noch ganz erfüllt von dem Eindruck der Persönlichkeit Christi, den Bruder für dessen Jüngerschaft gewinnen will (vgl. III, 13, 13—18. 15, 17—22. 25, 23—28). Öfters scheint die Variation ein Durch- oder Nacheinander mehrerer Sprechenden veranschaulichen zu sollen, vgl.

---

[1]) In die Rede wird öfters ein *sus* oder *sô* in dieser Weise eingefügt: II, 14, 45. III, 14, 91. 93. IV, 7, 4. 21, 6. 16. 20. 21. V, 9, 28; vgl. auch: *sulih unthurf ist es mir!* II, 4, 78. In der Erzählung steht ein solches *sus*: III, 10, 1. 14, 62. IV, 23, 6. H. 157.

[2]) Ist O. bemüht, das Verfahren der Juden durchaus zu brandmarken, so sucht er den Pilatus (anders als der Heliandichter, dem er der Feind Christi, der *wrêdhugdig, gramhugdig, slîdmôdig* Mann ist, den die Strafe für sein Verbrechen ereilen wird) zu heben: an die Stelle des *ecce homo!* tritt eine Rede (IV, 23, 9—14), in welcher er durch Erregung des Mitleids Christus zu retten sucht.

I, 9, 12—14. IV, 20, 17—20. V, 10, 5—8. Oft aber wird die wirkungsvolle Knappheit der Quelle durch das variierende Ausspinnen zerstört: vgl. III, 8, 41 *druhtîn, hilf mir, theih thuruh queme thara zi thir, theih hiar nû ni firwerde, firloran ouh ni werde* mit dem lateinischen *domine, adjuva me!*; III, 20, 73 *er ist gotes holdo, thes zihuh inan baldo, giheizit mir thaz mînaz muat, thaz er ist forasago guat* mit *quia propheta est*; IV, 4, 61 *wer ist therêr man, ther un sih dritit hiar so fram, mit heri uns sus hiar engit joh ûzar ther burg thringit?* mit *quis est hic?*; IV, 16, 39 *ih bin iz selbo, thaz ist wâr; zi guatu ir mîn ni ruachet, thoh bin ih, then ir suachet* mit *ego sum*.

Besonders gern verweilt O. auf der Darstellung von Affekten, namentlich des Schmerzes und der Angst. Öfters sucht er die seelische Stimmung zu lebhaftem, sinnlich anschaulichem Ausdruck gelangen zu lassen. Christus läfst er realistisch die Wirkung der Angst ausmalen, die bewirkt, *thaz ir swintêt innan bein* (IV, 26, 41, vgl. 48); nach Beda fügt er das *innan erda sliafan* hinzu. Das schon von der Quelle gebotene Zerschlagen (*slagan, blîwan*) der Brüste bringt er auch da an, wo es dort fehlt, vgl. I, 22, 25. IV, 26, 9. 34, 21. V, 6, 42; Darbieten der Brüste und Zerraufen des Haars[1]) I, 20, 11. Typisch erscheint bei derartigen Schilderungen das Verbum *ruaren* in Wendungen wie: *ruartun thio iru brusti thô manago angusti* I, 22, 24. *theso selbûn quisti thio ruartun iro brusti* IV, 32, 2. *ruarta sia thia smerza innan ira herza* I, 22, 30. *weinônnes smerza sô ruarta mo thaz herza* IV, 18, 40. *ruarit thanne smerza thaz steinîna herza* IV, 18, 40. *thaz steinîna herza ruarta thô thiu smerza; ruarta thô thiz selba leid* III, 18, 67. *thaz sêla joh thaz herza ruarit sulîh smerza* IV, 26, 42. *ruarta mih ouh thes thiu mêr in mîn herza thaz sêr* I, 22, 47. *in herzen ruarta siu thô thâr thaz gôriglîcha jâmar* IV, 26, 8. *in muat iz, wân ih, ruarti thie selbun burgliuti* IV, 4, 60; vgl. noch IV, 32, 4. V, 7, 25. 14, 12. III, 24, 70. V, 25, 57. 59. III, 8, 38. 9. 24, 12. V, 11, 31. II, 13, 35.

Die Vorgänge der evangelischen Erzählung anzuschauen und sich zu verlebendigen, ist O. durchaus bemüht gewesen. An die

---

[1]) Parodierung dieses bald stehend werdenden Zuges in dem lateinischen Spielmannsgedicht ‚Harigêr‘: Dkm. XXIV, 10, 1 *illud videntes cunctae sorores crines scindebant, pectus tundebant, flentes insontem asinae mortem.*

Stelle der Ruhe läfst er Bewegung, Handlung treten. Das zeigt sich schon in kleinen Zügen: *lux sum*, sagt Christus bei Johannes; *bin ih lioht beranti*, bei O. (III, 20, 21). In der Quelle finden die Hirten das Kind in der Krippe ligend, bei O. setzt die Mutter es gerade in ihren Schofs (I, 13, 10); dort finden die Eltern Christus unter den Schriftgelehrten im Tempel sitzend, hier sehen wir ihn vorher hineingehen (I, 22, 33); dort findet Andreas seinen Bruder, hier eilt er zu ihm (II, 7, 25). Das lateinische *unus militum lancea latus ejus aperuit* wird wieder- gegeben mit *ein thero knehto thiz gisah joh zi ferahe er nan stah, mit speru er tharzua gilta, indeta mo thia sîta* (IV, 33, 27). Oft, während der lateinische Text blofs das Resultat der Bewegung angibt, erwähnt O. auch ihre Anfänge: einem *venerunt* läfst er ein *irhuabun sih* vorausgehen I, 13, 8. V, 4, 9; *tulerunt illum in Jerusalem* übersetzt er mit: *siu fuarun fon theru burg ûz zi themo druhtînes hûs, thes gibotes siu githâhtun, thaz kind ouh thara brâhtun.* Die in der Quelle nur in ihrem wesentlichsten Moment angedeutete Handlung wird von O. detailliert und in einzelne Momente zerlegt: I, 9, 23 *gistuatun sie tho scowôn in then fater stummon, si wârun bouhnenti (innuebant patri).* III, 24, 81 *nemet thana sâr then stein joh sliumo duet inan in ein; intheket mir thaz ketti, thes mînes friuntes betti (tollite lapidem).* I, 22, 19 *sô siu thô heim quâmun, sih umbibisâhun: sâr· io thes sinthes sô mistun siu thes kindes. sie suahtun unter kundon joh untar gatilingon, ni funtun sie nan wergin thâr, sie ni brâhtun nan sâr (venerunt iter diei et requirebant eum inter cognatos et notos; et non invenientes..).* Gern läfst O. seine Personen sich eine Situation oder eine Reihe von Handlungen rück- oder vorwärts schauend ausmalen. Chri- stus, der die Aufforderung des Teufels, sich von der Tempelzinne zu ihm herabzulassen, zurückweist, stellt sich doch die Eventuali- tät vor: *thaz ih mih hiar irreke inti hina nidarscrikke, joh fare in lufte thara zi thir* (II, 4, 79), und beim Anblick des schnitt- reifen Getreides denkt er schon an die in die Scheuern einfah- renden Bauern (II, 14, 105). Elisabeth sieht sich schon mit dem Kinde im Arm (I, 4, 86). Die Samariterin stellt sich Christus nicht blofs schöpfend, sondern vorher zum Brunnen niederlangend (*thû herzua gilepphês*) vor (II, 14, 28). Philippus, der die Mög- lichkeit, für Fünftausend genügend Speise zu beschaffen, verneint, denkt sich doch die Situation: wie die Menge sich zum Essen niedersetzt und wie sie *then mund zi thiu irrechent* (III, 6, 21).

Die über Christi Predigt verwunderten Juden fragen in der Quelle: *quomodo hic literas scit?*; O. motiviert weiter, indem er zwei Situationen denkt, deren Wirklichkeit negiert wird: *ni sâhun sie nan sizen untar scualârin, noh kliban themo manne, ther se inan lêrti wanne* (III, 16, 9). Schön läfst er den Blindgeborenen die früheren Tage des Leides sich zurückrufen, wie er, ein blinder Bettler, der niemals die Sonne geschaut, dagesessen, wie er mit dem Stabe sich fortgetastet und an den Türen seine Armut klagend um Brot gebettelt und wie er traurig und verhöhnt sein Leben zu verbringen gewähnt (III, 20, 37 ff. 115 f. 147).

Schon Erdmann (a. a. O. S. LVIII) hat auf O.s Schilderungen fortschreitender Handlung aufmerksam gemacht. In dieser Beziehung ist noch besonders charakteristisch IV, 16, 11 ff., die Schilderung der Vorbereitungen zum Überfall Christi: das Ansammeln der Menge, ihre Armierung, ihr Heranrücken; die Verse haben einen ironisch-humoristischen Anflug; bezeichnend ist namentlich das Prahlen der mit Waffen aller Art ausgerüsteten Schar, *thaz man nan gifiangi, mit niawihtu er ningiangi* und *thaz sies gidâlin enti*. Als ein in eine Reihe von Handlungen aufgelöstes Bild stellt sich auch die Kreuzigung dar, die in der Quelle mit den Worten *ibi crucifixerunt eum* abgemacht wird: sie heben Christus empor, nageln ihn an den Füfsen und Hand für Hand an, so fest sie können, und richten ihn so am Kreuze auf (IV, 27, 7—9. 17 f.). Einen ganz realistischen Eindruck macht es, wenn O. sich Adam vorstellt, wie er den Apfel nimmt, ihn in den Mund schiebt, kaut, verschlingt, und daran noch die Erwägung knüpft, dass, wenn er ihn wieder ausgespien und das übriggebliebene Stück am Baume befestigt hätte, die Menschheit nicht so tief ins Verderben gestürzt worden wäre (II, 6, 23 ff.)[1].

---

[1] Wo geschlechtliche Verhältnifse berührt werden, zeigt O. meist eine gewisse Decenz. Wendungen seiner Quelle wie: *concepit in utero, inventa est in utero habens, priusquam in utero conciperetur* gibt er wieder mit: *nust siu giburdinôt thes kindes* I, 5, 61. *er sa hafta gisah* 8, 2. *er si si theru giburti thes kindes haft wurti* 14, 6. In dem Marienliede (I, 11, 39 ff.) sind wohl die *ubera, quae suxisti* übersetzt, aber *beatus venter, qui te portavit* fehlt; *exultavit in utero* wird mit *spilôta in theru muater* (I, 6, 4), *infans in utero meo* mit *thaz min kind innan mir* (12) wiedergegeben. An andern Stellen freilich ist das lateinische *venter* durch *rev* übersetzt: I, 4, 36. 6, 8. IV, 26, 28. Auch das Wunder der jungfräulichen Empfängnis wird V, 12, 19 ff. mit deutlichen Worten erörtert, und an Stelle des verschleiernden *quomodo fiet istud, quoniam virum non cognosco?* läfst O. Maria offen reden:

Ein lebendig bewegtes Bild ist die Schilderung des bethlehemi-. tischen Kindermordes (I, 20): wir sehen die weinenden, schreienden Mütter, die die eigene Brust den Mördern darbieten und sich das Haar zerraufen, das Kind in der Wiege und im Schofse der Mutter und die Mörder, das Schwert in der Faust, es aus ihren Händen und von ihrer Brust reifsend und das wehrlose erstechend.

Bisweilen malt O. Situationen, die die Quelle nur andeutet, aus. Zu dem *non sum dignus, ut solvam ejus corrigiam calceamenti* des Johannes setzt Marcus *procumbens* hinzu; O. kombiniert beides und gibt es variierend wieder, indem er zugleich das Participium in einen Satz auflöfst: I, 27, 57 *mih ni thunkit, megi sin, theih scuahriomon sine zinbintanne birine; oda ih giknewe suazo fora sinên suazon zi thiu, thaz ih inklenke thie riomon, thier gischrenke.* Die *claves regni caclorum*, die Christus dem Petrus verheifst, geben Anlass zu näherer Schilderung des Pförtneramtes: er soll des Einganges walten, den einen sollen die Türen verschlossen sein, den anderen soll er sie öffnen (III, 12, 37).

Aus der knappen, sich ans Faktische haltenden Darstellung der Bibel ein scenisches Nacheinander zu schaffen, ist O. eifrig und nicht ohne Erfolg bemüht. Bisweilen fixiert er aber auch einen Moment der Ruhe in längerer Situationsmalerei, vgl. IV, 19, 1—4. V, 17, 37—40. 20, 61—64[1]). Auch das Idyll, das Genrebild weifs er zu malen. Ein Hauch gemütlicher deutscher Häuslichkeit schwebt über der Schilderung der Abendmahlzeit im Hause des Lazarus: IV, 2, 7—12 (= *fecerunt coenam ibi; et Martha ministrabat*). Charakteristisch ist die Hinzufügung des Trankes (11); derselbe wird auch I, 24, 8 der Speise, von der in der Quelle allein die Rede ist, beigesellt. Ganz den Ein-

---

I, 5, 35 *wanana ist iz, thaz ih es wirdig bin, thaz ih druhtine sinan sun souge? wio meg iz io werdan wâr, thaz ih werde suangar? mih io gomman nihein in mîn muat ni birein.* Dagegen sind in der Darstellung der Reinigung der Maria die Ausdrücke *suscepto semine, sine virilis susceptione seminis, omne masculinum adoperiens vulvam* vermieden, vgl. I, 14, 11. 15. 21. Das Beschneiden wird I, 9, 7 f. nicht erwähnt, I, 14, 2 umschrieben; aber III, 16, 35: *gibôt Moyses, ir ni midit, nir iu kind besnidit*, vgl. 41.

[1]) Über die Vierzeiligkeit derartiger Stellen und das Vorbild des Diptychons s. Olsens Aufsatz ‚Arator und Prudentius als Vorbilder Otfrids‘, HZ. XXIX, 35. Der hier behaupteten Einwirkung der bildenden und malenden Kunst auf O. wäre für die geistliche Dichtung des Mittelalters überhaupt noch näher nachzugehen.

·druck des Idyllischen macht auch die Schilderung der Maria in ihrer Sorge um das neugeborene Christuskind (I, 11, 33 ff.).

Die vorligende Arbeit hat, wie ich glaube, gezeigt, daſs O.s Evangelienbuch doch nicht so ganz ausserhalb des organischen Entwickelungsganges unserer Poesie steht, wie man das anzunehmen pflegt. Ein Zusammenhang zwischen seinem Stil und dem der altgermanischen Alliterationsdichtung ist unverkennbar. Sein Werk muſs als ein Denkmal des Überganges aus der Technik der alliterierenden Poesie in die der reimenden bezeichnet werden. Als neues Element gewinnt er dem poetischen Stil die Subjektivität des Dichters, die in der Alliterationsdichtung noch ganz zurücktritt. Schon erscheinen bei ihm für dieselbe eine Reihe von Formeln geprägt, die später weiterwirken.

Wenn man O.s Anlehnung an die Quelle als überängstlich bezeichnet hat, so finde ich, wie auch Erdmann, daſs er mit künstlerischer Bewuſstheit und nicht ohne bedeutende dichterische Freiheit über seinem Stoffe steht. Jedesfalls sind die Gestalten der evangelischen Geschichte wirklich von ihm angeschaut worden. Das zeigt die Art, wie er z. B. Joseph und Maria schildert, wie er die Gruppen Christi und der Jünger einer-, der Juden andererseits kontrastiert.

Schlieſslich sei noch einmal hervorgehoben, wie in gewissen Zügen (Ceremoniell, Galanterie, Sentimentalität) sich eine Anschauungsweise bekundet, die man sonst dem Otfridischen Zeitalter noch nicht zuzuerkennen pflegt.

Pierer'sche Hofbuchdruckerei. Stephan Geibel & Co. in Altenburg.

ward, ohne dass man es für nötig befunden hätte, die facultät zu befragen. Es ist erklärlich, dass dies in den kreisen der universität grossen unwillen erregte, der noch mehr sich steigerte, als Kosegarten im nächsten jahre am geburtsfeste des kaisers diesen in einer deutschen rede feierte. Auch in späterer zeit ist der mangel an patriotismus, der sich in diesen tatsachen kundgibt, bitter getadelt worden, und auch der biograph hat es mehr darauf angelegt, das auffallende verhalten des dichters zu erklären als zu entschuldigen. Man darf aber vielleicht darauf hinweisen, dass Kosegarten als theolog den sieg der französischen waffen als eine göttliche schickung und die französische regierung als die von gott gewolte obrigkeit ansah; auch das wird in anrechnung gebracht werden dürfen, dass man in Vorpommern durch die langjährige verbindung mit Schweden den deutschen interessen etwas entfremdet war[1] und vielfach leicht darüber sich hinwegsetzte, dass man die schwedische fremdherrschaft mit der französischen vertauscht hatte. Hierzu kam, dass von der grösse des imperators, dem noch lange nach seinem tode deutsche dichter (wie Heine und Gaudy) begeisterte loblieder gesungen haben — allerdings zu einer zeit, wo die klägliche beschaffenheit der deutschen zustände überall die tiefste verstimmung hervorgerufen hatte — gerade die höher beanlagten naturen vielfach in einem grade geblendet waren, den man heute, nachdem die moderne geschichtsforschung die moralische verworfenheit und den grenzenlosen egoismus des dämonischen mannes offen dargelegt hat, schwer begreifen kann. — Übrigens wich die verstimmung gegen Kosegarten bald, als man sah, mit welchem eifer und erfolg er seinem lehramte sich widmete (er las neben seinen historischen collegien auch über griechische und romanische schriftsteller); man wählte ihn mehrfach in die akademischen ämter und bekleidete ihn schon im jahre 1812 mit der würde des rectorats. Und als dann der reinigende sturm der befreiungskriege hereinbrach, blieb auch Kosegarten von der algemeinen begeisterung nicht unberührt: auch er steuerte ein dutzend kriegslieder bei, die freilich mit der markigen kraft der Arndtschen gesänge und dem jugendfrischen schwung Theodor Körners nichts gemein haben, vielmehr eine solche dem gegenstand schlechterdings nicht angemessene mässigung zur schau tragen, dass ein zündender erfolg von vornherein ausgeschlossen war. — Nachdem das schwedische Pommern an die krone Preussen gekommen war, trat Kosegarten zur theologischen facultät über und erhielt im herbst 1816 das erledigte dritte ordinariat, mit dem das pfarramt an S. Jacobi verbunden war. Doch nicht lange mehr solte er dieser neuen, seinem studiengange und seinen neigungen mehr entsprechenden wirksamkeit sich erfreuen: schon am 26. okt. 1818 — erst 60 jahre alt — ist er gestorben. Die schriftstellerische tätigkeit Kosegartens während dieser zehn Greifswalder jahre, die in dem sechsten und lezten buche der biographie (s. 295—352) behandelt werden, war nicht mehr bedeutend: ausser kleineren akademischen gelegenheitsschriften und reden veröffentlichte er im jahre 1808 die „jungfrau von Nicomedia" (eine legende), 1813 die „vaterländischen gesänge", 1816 die „geschichte seines 50. lebensjahres", worin er wider die angriffe, die sein verhalten während der französischen zeit erfahren hatte, sich verteidigte, und 1817 eine übersetzung der „ströme" der madame de la Motte-Guion. Ausserdem besorgte er von seinen dichtungen eine ausgabe lezter hand (8 bände, 1812—1813).

---

1) „Mein erster gedanke war überzugehen nach Schweden, für welches land ich von jeher eine eigene vorliebe genährt, und welches zu vertauschen mit der deutschen heimat mir kaum eine verwechselung des vaterlandes gedäucht hätte." Kosegarten, geschichte des 50. lebensjahres, s. 129.

Auf die dichterische tätigkeit Kosegartens sei es gestattet, noch etwas näher einzugehen, zumal sie bei dem biographen nicht im vordergrunde des interesses stand. Franck gesteht an einer stelle (s. 161), dass ihn der mensch mindestens ebenso interessiert habe als der dichter. Man wird hinzufügen können, dass ihm auch der theolog und prediger mehr teilnahme abgenötigt hat als der poet. Die verteidigung des lezteren gegen die scharfen angriffe der litterarhistoriker ist etwas lau; man merkt es dem verfasser an, dass es ihm bei seinen versuchen, Kosegarten eine höhere staffel auf dem deutschen Parnass anzuweisen; nicht recht geheuer gewesen ist. Derartige versuche sind auch in der tat aussichtslos: das von der kritik abgegebene verdict, dass Kosegarten nur unter die dichter dritten ranges zu rechnen sei, lässt sich nicht umstossen.[1] Wie wäre es auch möglich gewesen, dass er höheres erreichte, da — von Klopstock und Herder abgesehen, von denen der leztere nach Kosegartens eigener angabe bei der abfassung der legenden sein vorbild war — nicht die heroen unserer litteratur, sondern die dii minorum gentium bestimmend auf seine dichterische entwickelung eingewirkt haben. Von einer beeinflussung durch Goethe und Schiller findet sich auch in seinen späteren dichtungen kaum eine spur[2]; während er über Goethe mäkelt (Ewalds rosenmonde s. 148, anm. **) preist er noch 1815 die „unvergleichliche asiatische Banise" (gesch. des 50. lebensjahres s. 45)! Ein spätling jener richtung, deren hauptvertreter in den siebziger jahren des 18. jahrhunderts in dem Göttinger haine sich zusammenfanden, hat er besonders von Voss und Bürger, von den gebrüdern Stolberg und Hölty, zum teil auch von Claudius und Matthisson impulse empfangen und die bahnen, die ihm durch diese muster angewiesen worden, nie verlassen können.[3] Überdies war seine begabung eine beschränkte: anerkennenswertes hat er nur

1) Dass vereinzelte stimmen noch in neuerer zeit Kosegarten ein übertriebenes lob gespendet haben, wiegt nicht schwer. Hackermann (ADB XVI, 747) wagt zu behaupten, dass in den gedichten an Dorothea Hagenow der „frohsinn der ersten (?) jugendliebe seiner poesie einen ebenso einfachen harmonischen klang verleihe, wie ihn das Sesenheimer liederbuch zeigt!" — Dagegen kann ich dem urteile von Max Koch in seinem aufsatze über Kosegarten (Algem. encyklopädie, sect. II, band XXXVIII [1885], s. 145—152) im wesentlichen beistimmen.

2) In dem gedicht „Arkona" (D XI, 95) ist eine stelle möglicherweise durch Schillers Räuber veranlasst:

„jezt tauchte sie (die sonne) — so taucht ein menschenfreund ins grab —
die blaue flut hinab."

Vgl. Räuber III, 2: Schwarz. Wie herlich die sonne dort untergeht! Moor. So stirbt ein held! — Anbetungswürdig! — Der vergleich findet sich aber auch noch anderwärts, z. b. in dem gedichte „abendbetrachtung" von Karoline K... (Göttinger musenalm. 1786, s. 114):

„Ebenso (wie die untergehende sonne) scheidet der weise,
wenn er die laufbahn vollbracht,
heiter aus traurendem kreise,
den er einst glücklich gemacht."

3) Die einwirkungen, die die genanten dichter auf Kosegarten ausgeübt haben, im einzelnen nachzuweisen, hat nicht im plane des biographen gelegen, und auch uns würde es zu weit führen, hier näher darauf einzugehen. Eine wörtliche entlehnung aus Hölty findet sich in dem gedichte an Fanny (G II, 340; P II, 130), eine parodie der „aufmunterung zur freude" (wer wolte sich mit grillen plagen) G I, 352. Als beispiel für den einfluss Bürgers sei eine strophe aus dem „lezten liede" mitgeteilt (P II, 227; unter dem titel „das entsagen" wider abgedruckt D X, 107). Der dichter sehnt sich nach dem hellen lande,

„wo am busen seiner Gabriele
Coucy seines herzens sehnsucht lert,
wo Petrarcas ewig treue seele
sich an Laurens anschau'n hoch ergözt,

auf dem lyrischen gebiet, in der idyllischen epik und in der legende geleistet. Die
übrigen erzählenden gedichte, die des historischen colorits volständig ermangeln[1],
seine dramen mit ihrer dürftigen handlung und ihren farblosen charakteren, seine
romane, die er mit einer unmotivierten katastrophe zu beschliessen liebt[2], sind mit
recht vergessen. Weniger verdient, aber nicht unerklärlich ist es, dass auch seine
übrigen dichtungen nur noch wenige leser finden. Die gründe, dass man von sei-
nen schriften mehr und mehr sich abwendete (eine tatsache, der sich Kosegarten
selbst in seinen späteren lebensjahren nicht mehr verschliessen konte, ohne freilich
die hofnung auf eine reaction zu seinen gunsten aufzugeben[3]) liegen wesentlich in
seinem mangel an poetischem geschmack und seiner nachlässigen behandlung des
formellen, worüber nach seiner eigenen angabe[4] Boie und Bürger, nachher Schiller
und Herder, unaufhörlich mit ihm „gekeift" haben, ohne ihn bessern zu können.
Dass das gefühl für das einfach schöne ihm abgieng, beweist seine vorliebe für
hochtönende phrasen, die neigung zu crassen hyperbeln,[5] die bildung von wort-

> wo von ihrem Abälard umschlungen
> Heloise jeden wunsch verneint,
> und von Agnes lilienarm umrungen
> Julius entzücken weint."

Damit vergleiche man zwei strophen aus Bürgers „umarmung" (Sauer s. 80):

> „die seligen gefilde . . . .
> wo nun Phaon voll bedauren
> seiner Sappho sich erbarmt,
> wo Petrarca ruhig Lauren
> an der reinsten quell' umarmt;
>
> und auf rundumschirmten wiesen,
> nicht vom argwohn mehr gestört,
> glücklicher bei Heloisen
> Abälard die liebe lehrt."

Dass Kosegartens ballade „Schön Hedchen" (zuerst gedruckt im Gött. musenalmanach 1783, s. 24;
D VI, 170; X, 153), was versmass und manier betrift, als ein volständiges gegenbild zu Bürgers
„Lenardo und Blandine" sich darstellt, hat schon Max Koch (a. a. o. s. 151) angedeutet und wird
durch eine reihe wörtlicher übereinstimmungen bewiesen. (Eine anspielung auf Bürgers ballade in den
„rosenmonden" s. 250.) — In demselben verhältnis wie Schön Hedchen zu Lenardo steht Kosegartens
schönes gedicht „der eichbaum" (zuerst in den Melancholien [1777] s. 60; D VIII, 57) zu Fr. L. Stol-
bergs „felsenstrom." Man vgl. nur:

Stolberg:	Kosegarten:
Kein sterblicher sah	Es sah kein aug'
die wiege des starken	als säugling den starken,
es hörte kein ohr	es hörte kein ohr
das lallen des edlen im sprudelnden quell!	das pfeifen des schösslings im stürmenden nord.

Wenn also Kosegarten in der vorrede zu den „gedichten" (1788) äussert: „nachgeahmt zu haben
wüst' ich keinen, Klopstock und Ossian etwa ausgenommen, deren übergewaltiger genius mich so
mächtig fortriss, dass ich eine zeit lang nur in ihnen lebt' und webte", so scheint er sich der viel-
fachen anlehnungen an andere dichter gar nicht bewusst geworden zu sein.

1) In Ritogar und Wanda (D V, 89) erscheinen Wodan und Baldor zusammen mit Mannus und
Hertha als gottheiten slavischer völkerschaften!

2) Der schluss der Bianca widerholt ein altes lieblingsmotiv Kosegartens, das schon in einem
seiner ältesten gedichte, in „Huldor und Roeildis", sich findet (Melancholien s. 54, verändert unter
dem titel „Allwill und Allwina" G I, 180; P I, 200).

3) Geschichte des 50. lebensjahres s. 195 fg.

4) Ebenda s. 51.

5) Ein paar beispiele instar omnium: „Schürt, schürt die glut, türmt zum Montblanc das
reis" (im kamine nämlich) D I, 279. Die stelle steht in der übersetzung von Johnsons „jahreszei-

ungeheuern wie „gernedaheimsein", „gebärerinwehen", „luggeträtsche", „wahrheit-
heroldsstimme", „wetterstrahlenschnelle" usw., die masslose verwendung von sel-
tenen fremdwörtern,[1] das prunken mit theologischer, historischer und astronomischer
gelehrsamkeit (es werden z. b. in dem „andenken" D XI, 63 mehr als ein dutzend
sternbilder mit ihren wissenschaftlichen namen aufgezählt[2], in dem gedicht „unsere
fürsten" D VII, 128 besteht eine ganze strophe lediglich aus historischen namen)
u. a. m. Die vernachlässigung der form ist teils eine metrische, teils eine gram-
matische. Hinsichtlich des versbaus befriedigen am wenigsten die in antiken metren
abgefassten gedichte (die hexameter sind häufig ohne verletzung der natürlichen
betonung gar nicht zu scandieren); die modernen versmassen folgenden beleidigen
durch die saloppe behandlung des reimes. Nicht selten finden sich statt der reime
assonanzen, und zwar auch solche, die selbst im 18. jahrhundert, wo man nicht
so feinfühlig war wie heutzutage, für incorrect gegolten hätten, wie trinken : durch-
dringen D VI, 24; schwarz : schmerz D VI, 56; sinnen : dirnen D VI, 53; tränket :
winket D X, 24 usw.; ganz gewöhnlich ist es ferner, dass der reim auf einer unbe-
tonten silbe ruht (träufelten : lächelten D VI, 10; wer : allsehender D IX, 284; trau-
teste : ade D X, 180; holdselige : freundliche D X, 287; see : wandelte D XI, 243
usw.); überaus gross endlich ist die zahl der rührenden reime, die ein sehr beque-
mes mittel darboten, aus der verlegenheit sich zu retten. Das bedürfnis des rei-
mes hat auch sprachliche fehler veranlasst: Zion, Zion, trage leide (: geschmeide)
G I, 77; leue (nom. pl., : treue) D VI, 227; friede (acc. sg., : egide) G II, 385;
friede (dat. sg., : müde) D XI, 65 u. a. m.; um in den vers zu passen, werden
wörter in unstathafter weise gekürzt: verwundt D VI, 58; verkündt D VI, 77; des
spatz D XI, 123; den kibitz (dat. pl.) D XI, 254; den geck O I, 285; des herbst
D V, 207; des sumpf D V, 228; in jedem buchstab G II, 362 usw. Andere incor-
rectheiten erklären sich aus der einwirkung des niederdeutschen idioms, das ja in
jener zeit noch weit häufiger als jezt auch in den kreisen der gebildeten gespro-
chen ward, z. b. constructionen wie „kalter schauer giesst mich über" D VI, 11
oder die anwendung des schwachen part. gewest D VI, 43; VII, 195 u. ö. Auch
provincialismen wirken störend, wie stickel st. steil P II, 335; O I, 301 u. ö.;

ton", aber in dem original sucht man vergebens die gleiche geschmacklosigkeit, der englische dichter
sagt einfach: „rouze, rouze tho fire and pile it high." — Die ersteigung des kreideufers bei Stubben-
kammer schildert Kosegarton, als wenn es um die erklimmung eines alpengipfels sich handele:

          „und wär' die wand wie eisgebirg
          so glatt, und hoch wie Teneriff,
          und schroff wie Sinai —
      ich muss die felsenwand hinan,
      und stürzt' ich gleich und klebte gleich
          mein blut und hirn am fels"

(Thränen u. wonnen [1778] s. 101. In der ausgabe der gedichte von 1788 ist die strophe etwas gemil-
dert und in den dichtungen ganz fortgelassen.

    1) Nur eine kleine blumenlose sei mitgeteilt: die ungezählten cykloiden aller weltsysteme
D IX, 247; die agonie der lust D XI, 16; des empyreums regionen D IX, 273: die reinste
eurythmie D VII, 71; die lethargie verworfner lust D IX, 290; die schimmernde musive der
landschaft D XI, 95; des wahnsinns phrenesie (: psalmodie) D XI, 101; vom ouragan umheult
D XI, 102; der orellanastrom von sonnen D XI, 103; der dichtkunst Arethuse O I, 235; salivie-
ren O I, 427; radotieren O II, 283; convoyieren O II, 451; Haimarmenens wut D IX, 184; Pepromo-
nens machtgebot D IX, 274 usw. usw. In den älteren samlungen finden sich noch stärkere proben von
geschmacksverirrung, z. b. des abends dunkles negligée P II, 159.

    2) In der ursprünglichen fassung (P II, 134 fgg.) ist der sternkatalog noch umfangreicher. Ko-
segarton scheint für diese namen eine besondere vorliebe gehabt zu haben, vgl. noch D IX, 118. 121;
XI, 103. 124; Ewalds rosenmonde s. 141; Ebba von Medem s. 5 fg.

dahlen (das übrigens auch Bürger gebraucht) P II, 262. 374; jachtern P II, 362;
vermailigen G I, 29; etwas hild haben O I, 433 (vgl. Ewalds rosenmonde s. 178).
In den älteren ausgaben von Kosegartens schriften steht durchweg wegern für
weigern u. a. m.[1] Es ist zuzugeben, dass die gerügten unvolkommenheiten vorzugs-
weise den jugendgedichten Kosegartens anhaften und dass es ihm durch spätere
überarbeitungen mehrfach gelungen ist, den anforderungen eines geläuterten ge-
schmackes gerecht zu werden (man vergleiche z. b. die ode „an einen verwelkten
aurikelnbusch" in den „melancholien" s. 51 mit der späteren fassung D VI, 33);
aber die alte manier mit ihren übertreibungen und nachlässigkeiten, die zum gros-
sen teile wol durch die überhastende art seines producierens[2] verschuldet sind,
bricht auch in den erzeugnissen seiner reiferen jahre oft genug hervor. Die zahl
der gedichte, die nach inhalt und form befriedigen, ist daher verhältnismässig
gering, und diese wenigen sind in der flut des mittelmässigen und verfehlten mit
untergegangen. Um manche ist es unzweifelhaft schade, z. b. um das schöne lied-
chen an Elise (Melanch. 22; G I, 40), das Kosegarten seltsamerweise — vielleicht
eben seiner schlichtheit wegen! — aus den späteren samlungen weggelassen hat;
es leitet aus einem einfachen bilde trostgründe für eine siechende ab:

> Eh' die blum' am busen blüht,
> geisselt sie der regen im tal,
> ehe das gold in kronen glüht,
> schmilzt es im tiegel siebenmal!

Auch das von Franck (s. 98 fg.) mitgeteilte gedicht an Dorothea Hagenow, das
Kosegarten selbst niemals veröffentlicht hat, wird man zu seinen besseren leistun-
gen zählen können, da es einem tiefen gefühl schönen und angemessenen ausdruck
gibt — freilich wird ein strengerer kritiker bemerken, dass in der deutung der
eigenschaften des ringes eine kleine incongruenz sich findet. Recht gelungen sind
auch zum teil Kosegartens übersetzungen fremder volkslieder, namentlich englischer[3]

---

1) Altertümliche formen, die im 18. jahrh. noch lebendig waren, gehören natürlich nicht in
dies verzeichnis. Ganz geläufig sind Kosegarten noch die praesentia fleusst, schleusst, geusst
usw.; der imperat. bis (den auch Bürger u. a. verwenden); die 2. sing. du solt, der plur. tale
(niemals täler). Seltener und nur in gedichten von volkstümlicherem ton (besonders in den nachbil-
dungen fremder volkslieder) begegnen die contrahierten formen schlän, hän, stän, verlän (D VII, 148;
X, 179. 194. 198. 211 u. ö.). Auffallend ist es, dass Kosegarten in dem zahlwort zween, zwo, zwei
die genera nicht mehr richtig unterscheidet: er sagt zwar zween abgründe (D VII, 7), zwo birken
(D V, 83), aber auch zween mägdlein (O I, 83), zween statuen (D I, 106), zwo himmel (G II, 249),
zwo getrenter gatten (G II, 378).

2) Vgl. darüber die gesch. des 50. lebensjahres s. 49 (Franck s. 264 fg.).

3) Für die übersetzung der dänischen folkeviser fehlte ihm ausreichende kentnis der sprache,
obwol er des schwedischen soweit sich bemächtigt hatte, dass er darin zu dichten im stande war (den
1813 zu Greifswald erschienenen ausgaben des cleanthischen hymnus und des orpheischen hymnus an
die orde sind metrische übersetzungen in lateinischer, deutscher und schwedischer sprache beigefügt).
So hat er z. b. in der ballade von „Schön Sidselil" (die bekantlich auch Wilh. Grimm in den „alt-
dänischen heldenliedern" übersezt hat), das dän. galje (galgen) für einen ortsnamen angesehen. Auch
zwei übertragungen altnordischer dichtungen finden sich in Kosegartens schriften, der Krákumál
(G II, 49) und der Vegtamskviþa (D X, 244). Altnordisch hat er aber schwerlich verstanden: die Vog-
tamskviþa ist nach der engl. übersetzung von Thomas Gray gefertigt und auch bei dem Krákumál hat
vermutlich die engl. version von Johnstone, die 1782 erschienen war, zu grunde gelegen. Das
eddische gedicht ist geradezu verunstaltet: wieviel von den übel angebrachten zutaten auf rechnung
des englischen dichters zu setzen ist, vermag ich nicht anzugeben, da mir die schriften Grays nicht
zugänglich sind; ich vermute, dass Kosegarten seiner vorliebe für stark aufgetragene farben auch hier
die zügel hat schiessen lassen.

(„das nussbraune mädchen" D X, 177; „das lied vom edlen Murray" D X, 198; „das lied vom weidenbaum" D X, 213 u. a.).[1]

Hoffen wir, dass das liebenswürdige buch Francks, das ja in gewissem sinne als eine „rettung" zu betrachten ist, das andenken an den dichter wider auffrische, dem tiefe empfindung, reiche phantasie und ein lebendiges gefühl für die reize der natur nicht abzusprechen sind und dem es unvergessen bleiben soll, dass er es war, der die landschaftlichen schönheiten Rügens, die er in-den gedichten und romanen (besonders in „Ida von Plessen") zu preisen nicht müde wird, zuerst entdeckt oder doch die kunde von ihnen in weiteren kreisen verbreitet hat.

Es bleibt noch zu erwähen, dass Franck einen anhang (s. 353—401) dem gedächtnisse des treflichen Hermann Baier (Kosegartens schwiegersohne und nachfolger in der pfarre zu Altenkirchen) gewidmet hat, und dass er in reichhaltigen anmerkungen (s. 402—420) über seine quellen und hilfsmittel rechenschaft ablegt und genauere bibliographische daten mitteilt. Den schluss des werkes (s. 423—467) bilden zwei neudrucke: die denkschrift Kosegartens über die einführung des neuen gesangbuches und seine Napoleonsrede, die als zeugnisse seines theologischen und politischen standpunktes wertvoll sind. Die rede beweist nicht gewöhnliche oratorische begabung.

Die ausstattung des buches ist über jedes lob erhaben. Zu besonderer zierde gereicht ihm das schöne portrait Kosegartens von A. Krausse, demselben künstler, der den vorliegenden band der zeitschrift mit dem wolgetroffenen bilde ihres unvergesslichen begründers geschmückt hat.

HALLE, 2. OCT. 1887.   HUGO GERING.

Hermann Fischer, Ludwig Uhland. Eine Studie zu seiner Säkularfeier. Stuttgart, Cotta, 1887. 199 s., kl. 8. 3 m.

Die neuesten zusammenstellungen der Uhlandlitteratur von Richard Fasold (in Herrigs archiv XXXVIII. jahrg. 72. band, 1884) und Georg Hassenstein (in der einleitung zu seinem ergebnissreichen buche „Ludw. Uhland, seine darstellung der volksdichtung und das volkstümliche in seinen gedichten." Leipzig, C. Reissner 1887) zeigen in überraschender weise, zu welchem umfang dieselbe almählich angewachsen ist. Und doch, diese ganze litteratur macht den eindruck des skizzenhaften; sie wimmelt von materialsamlungen, von studien, von essais, aber trotz aller dieser zum teil sehr wertvollen vorarbeiten fehlt noch immer eine biographie, welche ebenso den forderungen der wissenschaft wie den interessen eines weiteren leserkreises genüge täte, man müste denn das denkmal, welches die witwe ihrem gatten errichtete, oder die werke von Notter und Mayer dafür gelten lassen. Auch das centenarium des dichters, wie es überhaupt (abgesehen von seiner engeren heimat) auffallend still vorübergieng, hat keinen bedeutenderen beitrag zu seiner würdigung gebracht. Fast scheint es, als ob jezt, wo die zeit und das ganze wirken Uhlands uns im wesentlichen abgeschlossen vorliegt und die möglichkeit einer klaren historischen darstellung seines lebens gegeben ist, das bedürfnis derselben nicht mehr lebendig empfunden wird. Den standpunkt, den wir heute der poesie Uhlands

---

1) Den nachdichtungen moderner englischer poesien, die Kosegarten in seinem „brittischen Odeon" vereinigte, ist dasselbe lob nicht zuzuerkennen: er hat sich seine arbeit, indem er zum grossen teile auf die anwendung des reimes verzichtete, gar zu leicht gemacht.

gegenüber einnehmen, hat die kühle beurteilung Schorers (gesch. d. d. litt. 654) durchaus zutreffend bestimt.

Auch die schrift Fischers gibt sich nur als eine studie. Wesentlich neues im einzelnen bringt sie nicht, ihr wert liegt darin, dass hier alle seiten von Uhlands wirksamkeit gleichmässig ins auge gefasst und zu einem lebendigen gesamtbilde vereinigt werden; ja, indem der verfasser die charakteristik des dichters, politikers und gelehrten aus der eigenart seiner persönlichkeit im zusammenhange mit allen den lebensbeziehungen, in die sie hineingestelt war, zu entwickeln unternimt, hat er die grundlinien zu einer wissenschaftlichen biographie scharf und genau gezeichnet; kaum ein wichtiger zug dürfte in dieser skizze vermisst werden.

Die äussere geschichte Uhlands lässt Fischer zwar zurücktreten, da wir über sie „schon sehr ergiebige quellen besitzen", doch sind alle für das verständnis seiner entwicklung bedeutsamen momente derselben herangezogen. Mit musterhafter sorgfalt ist der verfasser besonders den einflüssen nachgegangen, unter denen jene entwicklung sich vollzog. Ich hebe aus dem ersten kapitel, welches die jugendjahre bis 1815 (wo die erste ausgabe der gedichte erschien). behandelt, die schilderung der politischen und kirchlichen verhältnisse Würtembergs, des elternhauses, des freundeskreises hervor. Im zweiten kapitel ist der zusammenhang von Uhlands poesie mit den verschiedenen phasen der romantik eingehend dargestellt. Dadurch gewint der verfasser den richtigen massstab zur beurteilung der jugendgedichte mit ihren „düsteren, schattenhaften, bald ossianisch melancholischen, bald abstrakt grausamen königen, den greisen harfnern, den zarten königstöchtern, den unglücklich liebenden schäfern, mönchen und nonnen." Wenn er sich nur immer diese unbefangene litterarhistorische auffassung gewahrt hätte! Man kann es bei einer jubelschrift wol verstehen, aber — sobald sie wissenschaftlichen charakter trägt — nicht loben, wenn der kritik nicht ihr recht wird. Fischer sucht Uhlands dichterart im gegensatz zu derjenigen Schillers und Goethes zu bestimmen im anschluss an eine vom dichter selbst gemachte „unterscheidung zwischen den grossen dichtern, welche nicht nur durch ihre poesie wirken, sondern auch fremde gebiete, wie philosophie, geschichte, naturwissenschaft, in ihren gesichtskreis ziehen, und solchen, bei welchen jener fremdartige stoff ausgeschlossen bleibt, die daher minder reich und mannigfaltig sind, bei denen aber das wahre, innerste wesen der poesie reiner vorhanden ist, als bei jenen grossen." Fischer meint, Uhland sei „als dichter wirklich blos dichter." Es liegt auf der hand, wie nichtssagend diese leztere bestimmung ist und wie schief in den worten Uhlands, auf die sie sich stüzt, das verhältnis zwischen gehalt und form aufgefasst wird. Zu wie künstlichen gegensätzen sieht sich Fischer genötigt, wenn er jenen unterschied auf den einzelnen gebieten der dichtung durchführen will! Mit erstaunen liest man z. b. s. 76: „Die natur spielt bei Uhland keine kleinere rolle, als bei Goethe; aber bei jenem finden wir nur rein stimmungsmässige naturbetrachtung, bei Goethe auch in den gedichten nicht selten eine mehr spekulative art der versenkung in die geheimnisse des naturlebens. Ebenso ist die behandlung der liebe bei Uhland viel mehr auf die reine empfindung und die aus ihr hervorströmenden regungen des wollens eingeschränkt, als bei Goethe, der auch diese regung, welche ihren unvergleichlichsten dolmetscher in ihm gefunden hat, öfters in das licht der spekulativen weltbetrachtung (!) zu rücken liebt." Man möchte fragen: wie oft denn? Und was denkt sich verfasser überhaupt bei dem ausdruck „spekulative weltbetrachtung"? Denkt er dabei etwa an die tiefsinnige und grossartige mystik einiger liebesgedichte des west-östlichen divans? Dass die empfin-

dungen in Uhlands gedichten nicht philosophisch vertieft sind, ist wirklich kein
schade; wenn sie nur sonst etwas tiefer wären, etwas reicher, mannigfacher
und lebendiger entwickelt würden! Man vergleiche etwa die „liebesklage des
jägers" (1814) mit Goethes „jägers abendlied", um den tiefgreifenden unterschied bei
der behandlung desselben stoffs zu bemerken. Wie schliessen sich bei Goethe die
empfindungen, die sich dem wandernden so schlicht und einfach und doch so klar
und stark aus der seele spinnen, zu einem bedeutungsvollen inneren erlebnis zusam-
men, und wie äusserlich, wie leer und unbestimmt trotz der detaillierten angabe der
situation bleibt alles bei Uhland! Und so ist es fast durchweg; in dem mosaik-
bilde, welches Fischer s. 90 fg. aus den gedichten zusammenfügt, wird eine unbe-
fangene betrachtung mehr eine reihe von masken als die darstellung eines „vol-
len, kräftigen menschenlebens" erkennen. — Dagegen wird man aus vollem her-
zen in das lob einstimmen, welches der äusseren form der gedichte erteilt wird,
ja ich hätte gewünscht, dass vor allem die unübertrefliche kunst der erzählung
etwas eingehender gewürdigt und überhaupt die technik Uhlands mehr berücksich-
tigt wäre.

Kap. 3 handelt von Uhland als politiker und akademischem lehrer, kap. 4
von seiner gelehrten tätigkeit, kap. 5 schildert seinen lebensabend und lässt aus
einer kurzen zusammenstellung der wesentlichsten charakterzüge den kern seines
wesens klar und schön hervortreten. — Besonders erwähnen möchte ich noch, dass
in kap. 4 das verhältnis Uhlands zum deutschen altertum vortreflich charakterisiert
ist, wenn auch der schielende seitenblick auf Lachmann (s. 150) nicht angenehm
berührt und kraftworte, wie „neugierige stubengelehrsamkeit", „wissenschaftstheo-
retischer systemzwang" (!!) mindestens geschmacklos sind.

Trotz der genanten mängel stehe ich nicht an, das buch Fischers als den
raschesten und sichersten führer zu einem tieferen verständnis Uhlands auf das
angelegentlichste zu empfehlen. — Daneben möchte ich aus den erscheinungen die-
ses jahres ausser dem oben genanten buche von Hassenstein noch die jubiläums-
ausgabe von

E. Paulus, Ludw. Uhland und seine heimat Tübingen. Stuttgart, Krabbe.
VIII, 48 s., gr. 8. 1,50 m.

erwähnen; der einfluss, welchen die natur seiner heimat auf das gemüt des dich-
ters übte, und der innige zusammenhang einzelner landschaftsbilder mit bestimten
dichtungen ist hier so anschaulich und so stimmungsvoll dargestellt, dass viele lie-
der dadurch ein ganz neues leben gewinnen.

SCHULPFORTA.   GUSTAV KETTNER.

Dr. Eduard Schwan, privatdozent an der universität Berlin, Die alt-
französischen liederhandschriften, ihr verhältnis, ihre entste-
hung und ihre bestimmung. Eine litterarhistorische untersuchung.
Berlin, Weidmann. 1886. 8. VIII, 275 s. 8 m.

Schwan hat den mut gehabt, eine prüfung der gesamten überlieferung des
altfranzösischen minnesangs vorzunehmen, um deren entstehung und vorgeschichte
festzustellen, und wir müssen ihm das zeugnis ausstellen, dass er seine spezial-
untersuchung gründlich und methodisch geführt und die schwierigkeiten seiner auf-
gabe mit anerkennenswortem geschick bemeistert hat. Natürlich hat ihm Gröbers
untersuchung der provenzalischen liederhandschriften als muster gedient, doch nur
für sein verfahren im algemeinen, da im einzelnen die bedingungen hier und dort

zu verschiedene waren. Im ganzen sind uns 31 französische liederhandschriften (oder bruchstücke solcher) erhalten, wozu noch einige handschriften kommen, die nur einzelne lieder enthalten, oder romane in denen lieder citiert werden.

Man wird gut tun von Schwans buch erst die einleitung nnd den zweiten teil (ontstehung und bestimmung der liederhandschriften) zu lesen, und dann erst an ein studium des ersten teils (das handschriftenverhältnis) zu gehen. In diesem ersten teil ist es nicht immer leicht sich zurechtzufinden. Der verfasser hätte wolgetan, die einrichtung seiner vergleichenden tabellen mit den darin angewanten zeichen irgendwo übersichtlich und zusammenhängend darzulegen.

Im zweiten teile werden drei liedersamlungen besprochen, die bereits im ersten teile als elemente der erhaltenen handschriften erschlossen waren; dieselben werden mit s I, s II und s III bezeichnet. s I war in Arras entstanden, wie sich aus den namen der darin gesammelten dichter ergibt; auch zeigen die erhaltenen ausflüsse von s I noch zahlreiche spuren der mundart von Arras. Auf s I gehen die handschriftengruppen μ (= Y e D M T R¹) und α (= E c Z Aa G bR²) zurück. s II ist in der Champagne entstanden und, da die dichter von Reims besondere berücksichtigung gefunden haben, wahrscheinlich in dieser stadt. s II ist in die handschriftengruppen ρ (= O S R³ B) und φ (= V L N K X P) übergegangen. Für s III lässt sich ein bestimter entstehungsort nicht vermuten. Hierher gehört die Modenaer handschrift vom jahre 1254, wol die älteste von allen. Ausserdem I¹ F G¹ und die gruppe v. Diese gruppe v gehört nach Lothringen, wahrscheinlich nach Metz; sie umfasst die Berner handschrift, die Pariser franç. 20050 und die Oxorder Douce 308, die ihrer mundart nach· sämtlich in die gegend von Metz weisen.

Von büchlein, in denen die lieder einzelner dichter gesammelt waren, sind erhalten: das buch der lieder Adams de lo Hale, das des Tibaut von Navarra und das des Jehan de Renti aus Arras, das leztgenante nur in einer handschrift (franç. 12615), in welche es von dem dritten schreiber der handschrift eingetragen wurde. Da dieser dritte schreiber uns einen sehr sorgfältigen text der lieder Rentis liefert, jedenfals in Arras lebte und durch allerlei correcturen und bemerkungen zu den ersten partien der handschrift ein erhöhtes litterarisches interesse bekundet, so vermutet Schwan, dass er vielleicht mit Jehan de Renti identisch war. Ferner wird sonderexistenz angenommen für eine samlung von Joux partis (Sjp), welche wahrscheinlich in Arras entstanden und uns in den handschriften der gruppe α erhalten ist.[1]

Wir haben allen grund dem verfasser für seine mühsame untersuchung auf einem bis jezt so vernachlässigten gebiete dankbar zu sein. Wir hoffen dass er den von ihm geebneten weg nunmehr selbst betreten und uns bald die samlung der Picardischen minnesänger vorlegen wird, mit deren herausgabe er sich beschäftigt.

HALLE.   HERMANN SUCHIER.

_____

1) Warum nur nent Schwan den neffen Adams de le Hale Madot (s. 53. 272) und nicht Madoc? Herr professor Windisch, den ich fragte, ob Madoc ein keltisches wort sei, antwortete mir hierauf: „Madoc ist ohne frage ein keltischer name; denn er komt widerholt in keltischen texten vor, und mir ist nicht bekant, woher er entlehnt sein könte. Und zwar halte ich diesen namen für cymrisch oder bretonisch: älteste form cymr. Matauc Gramm. Celt. s. 840; mitlere form Madawc, ist das erste wort von Rhonabwy's Dream in den Mabinogion. Höchst wahrscheinlich ist es eine ableitung von mat (gut) und identisch mit cymr. madog (goodly), bret. madek (bonus, benignus) Gramm. Celt. s. 850."

J. E. Wackernell, Die ältesten passionsspiele in Tirol. [A. u. d. t. Wiener beiträge zur deutschen und englischen philologie herausgegeben von **Heinzel, Minor, Schipper.** II.] Wien, Braumüller. 1887. 167 s. 8. 5 m.

Mit diesem buche, welches als 6. festschrift der gesellschaft für deutsche philologie zu Berlin gewidmet ist, knüpft Wackernell an die verdienstlichen arbeiten über das drama des mittelalters in Tirol an, welche Adolf Pichler seit dem jahre 1850 veröffentlicht hat. Dieser gab zuerst kunde von dem reichtum mittelalterlicher · dramatischer poesie, welchen Tirol birgt. Wackernell macht sich nun in sehr verdienstlicher weise daran, in streng philologischer methode das verhältnis der drei ältesten Tiroler passionen, des Sterzinger, Pfarrkirchner und Haller Passions zu untersuchen. Eine genaue controlle dieser untersuchungen muss verschoben werden, bis wir die ausgabe der wichtigen dichtungen vor uns haben; hoffentlich folgt der text dieser einleitung recht bald. Wir begnügen uns daher hier die wichtigsten ergebnisse der arbeit mitzuteilen.

Zunächst wird nachgewiesen, dass der codex des Sterzinger passions (im stadtarchiv zu Sterzing), welcher dem regisseur bei den aufführungen als ordnungsbuch gedient hat, aus den jahren 1481—1496 stamt. Er gibt nicht das original, sondern enthält eine mit mancherlei fehlern behaftete abschrift eines mechanisch arbeitenden schreibers. Der Pfarrkirchner passion desselben archivs stamt aus dem jahre 1486. Er trägt seinen namen vom abschreiber oder besitzer und enthält eine abschrift resp. bearbeitung desselben spiels wie der vorige. Beide flossen unabhängig von einander aus einer gemeinsamen vorlage.

Um nun die differenzen zwischen beiden darlegen zu können und so für die weitere untersuchung und die erschliessung des originals, des Tiroler passions, die nötige unterlage zu erhalten, entwirft Wackernell in geschickter weise von spiel zu spiel die disposition des ganzen passions und prüft ihn auf seinen allgemeinen dramatischen gehalt hin. Während bis dahin in der oft etwas breiten ausführung die philologische darlegung leicht ermüdet, gewinnt hier die darstellung auch nach der ästhetischen seite an interesse. Der verfasser hebt mit wirklicher teilnahme und gerechter würdigung, die oft diesen naiven dichtungen versagt bleibt, den wahren wert derselben hervor. Das resultat ist, dass der Sterzinger und Pfarrkirchner passion durch je einen überarbeiter hindurch auf eine gemeinsame vorlage zurückgehen, welche jener weniger verdorben hat als dieser. Aber auch diese vorlage war nicht das original des Tiroler passions, sondern eine abschrift desselben, welche nicht nur harmlose schreibfehler, sondern auch beabsichtigte weitergehende änderungen des originals aufweist.

Weiteres licht in diese kritik bringt endlich die untersuchung über den sogenanten Haller passion desselben archivs, welcher eine selbständige bearbeitung des Tiroler passions ist, doch so dass er zugleich interpolationen aus der vorlage der beiden andern enthält. Die verschiedenheiten der veränderungen erklärt Wackernell u. a. aus dem ort der aufführung. „In Sterzing war die pfarrkirche schauplatz des passions, und die geweihte stätte, die heilige umgebung hielten die fromme scheu und ehrfurcht aufrecht und das bewustsein lebendig, dass man eine gottesdienstliche handlung verrichte, wie gleich am beginn des spiels betont wurde: In nomine ejus, cujus scenam designare intendimus. In Hall aber wurde der passion mit pecuniärer unterstützung des magistrats auf dem stadtplatze oder im stadtgarten, also dem täglichen leben näher, inscenirt; es ist daher begreiflich, dass er den weg vom gottesdienste zum weltleben viel rascher zurücklegte. Man fühlte sich

zwangloser und griff sicherer und kecker ins volle alltägliche menschenleben hinein.
Die rollen wurden runder, individueller, lebensvoller; die verwertung der sitten
und bräuche des volks und die anspielungen darauf mehrten sich; die detailmalerei
gewann platz ... In sprache, stil und metrik ist durchweg volkstümliche vergrö-
berung zu constatieren: dialektisch verunstaltete und ganz ungenaue reime, stei-
gende verwahrlosung des rhythmus, derbere ausdrücke, besonders in den reden der
teufel, juden und kriegsknechte usw."

Aus dem vergleich der drei bearbeitungen extrahiert nun der verfasser den
verlorenen Tiroler passion, dessen entstehung in Deutschtirol zu suchen ist. Ein
geistlicher verfasste ihn daselbst, wahrscheinlich in den ersten drei decennien des
15. jahrhunderts. Er gehört also noch in die eigentliche blütezeit des altdeutschen
geistlichen dramas.

FRIEDENAU, AUGUST 1887.   KARL KINZEL.

Helmbrecht und seine heimat von **Friedrich Keinz**, custos an der k.
bibliothek zu München. 2. umgearbeitete auflage. Leipzig, Hirzel. 1887.
96 s. 8. 2 m.

Keinzs verdienste um die Helmbrechtforschung sind bekant und haben die
wolverdiente anerkennung gefunden. Selbst Müllenhoff, der doch im algemeinen
ziemlich karg mit dem lobe war, schrieb ihm, nachdem 1865 die erste auflage
erschienen war: „ich habe mich daran erfreut, wie sich jeder der an diesen stu-
dien teilnimt daran freuen wird. Ihnen ist da eine entdeckung gelungen, wie sie
nicht leicht irgendwo wider für unsere alte litteratur in gleicher weise möglich
sein wird." Dies mag als empfehlung für diese neue auflage gelten, welche im
wesentlichen nur eine widerholung der ersten ist. Der text s. 15—77 ist wider
der von Haupt in seiner zeitschrift IV gegebene, weder die Berliner noch die Wie-
ner handschrift, welche dem text zu grunde liegt, sind neu verglichen, jene wenig-
stens erst nachträglich, wie am schluss des buches angegeben ist; doch sind
einzelne besserungen von Pfeiffer und Hofmann eingetragen. Die absicht des ver-
fassers war nicht die textkritik zu fördern, sondern eine für unterrichtszwecke ein-
gerichtete und studierenden leicht zugängliche ausgabe zu schaffen. Da der abdruck
von Lambel hierzu ungeeignet, eine andre ausgabe aber nicht vorhanden ist, so
wird auch nach dieser richtung das büchlein gern gesehen werden, zumal in den
anmerkungen s. 78—91 manches nachgetragen ist. Weniger geeignet erscheint
uns für diesen zweck die einleitung, in welcher Keinz mit unwesentlichen änderun-
gen seine früheren ansichten wider vorträgt, ohne auf die widersprüche, welche
sie erfahren haben, rücksicht zu nehmen. Was die örtlichkeiten angeht, so wollen
wir ihm gern zugeben, dass die gegen seine lokalisierung vorgebrachten einwände
unbedeutend genug sind, um sie unerwähnt zu lassen. (Durch ein hübsches kärt-
chen auf s. 6 ist die gegend veranschaulicht). Aber die frage nach der person des
dichters ist doch nicht so einfach, dass nicht Keinz in einem für studierende
bestimmten buche hätte die entgegenstehenden ansichten berücksichtigen sollen. So
ansprechend auch seine vermutung ist, dass Wernher klostergärtner in Raushofen
gewesen, er hätte sie vielleicht durch zurückweisung der ansicht C. Schröders, dass
Wernher ein fahrender gewesen, verstärken können. Auch hätte er erwähnen sol-
len, dass man versucht habe, den dichter mit bruder Wernher zu identificieren.
Von einer neuen auflage konte man erwarten, dass sie uns über den gegenwärtigen
stand der forschung volständig orientiere.

FRIEDENAU, AUGUST 1887.   KARL KINZEL.

Dr. **Paul Schütze**, Beiträge zur poetik Otfrids.[1] Kiel, Universitätsbuch-
handlung, 1887. 64 s.

Der verfasser hat schon in seiner dissertation („Das volkstümliche element
im stil Ulrich von Zatzikhovens" Greifswald 1883) befähigung und neigung zu
stilistischen untersuchungen gezeigt. Solche studien wurden besonders von Sche-
rer seit seiner frühesten Wiener lehrtätigkeit angeregt. Diese in vielen kreisen
fortwirkenden anregungen haben manchen forscher zu neuer und tieferer auffassung
der poetischen technik ebenso wie des geschichtlichen zusammenhanges der littera-
turwerke geführt; wo die beziehung des untersuchten auf solche tiefer eingreifenden
fragen vernachlässigt wurde, ist freilich auch manches unbrauchbare material nutz-
los aufgehäuft worden.

In der vorliegenden schrift geht dr. Schütze durchaus empirisch von einzel-
beobachtungen aus, sucht aus denselben aber für jene weiteren fragen von algemei-
nerem werte feste ergebnisse zu gewinnen. An jeder gruppe von erscheinungen, die
er in wolüberlegter anordnung zusammenstellt, weist er zunächst gewisse durch-
gehende züge der Otfridischen dichtung nach und knüpft daran die frage nach
ihrer entstehung aus überlieferten und fortwirkenden zügen der älteren dichtung
oder aus eigener persönlicher fortbildung durch Otfrid selbst. Die gegenstände der
beobachtung sind zum teil dieselben wie in Heinzels geistvoller schrift über den
stil der altgermanischen poesie (QF. X. Strassburg 1875), zum teil andere, dort
nicht berücksichtigte. Ich berichte kurz über den inhalt der einzelnen abschnitte,
nur wenige kritische oder ergänzende bemerkungen anknüpfend.

1. **Variation der begriffe oder der gedanken.** An ein substantivum
oder an ein mit verschiedenen bestimmungen verbundenes verbum wird ein zweites
von ähnlicher bedeutung erläuternd oder erweiternd angefügt; es entstehen, gramma-
tisch ausgedrückt, freie appositionen oder coordinierte sätze, diese asyndetisch oder
polysyndetisch. So bildet sich ein parallelismus des ausdrucks, wie ihn Herder
(„vom geist der hebräischen poesie" 1782) als wirkungsreiches kunstmittel orienta-
lischer dichtungen hervorhob. Bei den sehr zahlreichen beispielen, die Schütze
aus Otfrid sammelt, handelt es sich nun darum zu entscheiden, wie weit eine aus
der alliterierenden dichtung übernommene neigung, wie weit bewuste kunst, wie
weit vielleicht nur die gewohnheit breiter schulmässiger erläuterung oder das äusser-
liche streben nach füllung des verses oder der strophe massgebend war. Schütze
neigt fast überall zu der ersten auffassung, und manche von ihm angeführten paral-
lelstellen aus der angelsächsischen und altsächsischen dichtung sind allerdings über-
raschend. Aber auch die möglichkeit der anderen erklärungen bleibt doch immer
noch zu erwägen; manchmal auch das vorbild, das bibelstellen, namentlich aus den
psalmen, in dem parallelismus ihres ausdrucks dem dichter bereits darboten. — Auf
die von Schütze s. 5 unten erwähnte vorläufige verschweigung der eigennamen bei
Otfrid habe ich im kommentar zu I, 4, 1 aufmerksam gemacht.

2. **Eingänge der reden.** Otfrid liebt es bekantlich, die kurzen eingangs-
worte des bibeltextes zu episch breiten sätzen zu gestalten, von denen manche for-
melhaft werden und häufig vorkommen (vgl. 5). Auch hier kann das vorbild der
alliterierenden dichtung wirksam gewesen sein; aber es sind meist ganz eigentüm-
liche formeln, die Otfrid sich ausgebildet hat.

---

[1] Bald nach eingang dieser recension erhielten wir die trauerbotschaft, dass
der verf. der besprochenen schrift, der zu grossen hofnungen berechtigte, am 16. sept.
zu Kiel verstorben ist. Er war privatdocent an der dortigen universität und hatte vor
kurzer zeit auch ein werk über seinen landsmann Theodor Storm veröffentlicht. Red.

3. **Parenthose.** Hier ist doch wol bei Otfrid mehr ungewantheit oder anschluss an unvollkommcnen mündlichen vortrag, als anwendung eines besonderen kunstmittels anzunehmen. Von leidenschaftlicher unruhe (s. 18) ist in seinen parenthesen wenig zu merken. Ob man übrigens die parenthose durch klammern, durch gedankenstriche oder durch kommata bezeichnet, das ist doch wol nicht so wichtig, wie Schütze s. 18 zu meinen scheint; wie ich auch, beiläufig bemerkt, nicht recht begreife, weshalb er (s. 3 unten) wegen meiner interpunction von O. II, 15, 5 mir keine „erkentnis" der „variation" an dieser stelle zutraut.

4. **Epische übertreibung.** Weshalb soll sie gerade episch heissen? Sie beruht doch auf persönlicher beteiligung des dichters, die aus der einfachen erzählung heraustritt; ich würde manches von Schütze angeführte gern an das anreihen, was ich in meiner einleitung zur ausgabe s. LIX fg. als „lyrik" bezeichnet habe. Vieles ist rhetorischer schmuck, der auf theologischer gelehrsamkeit beruht.

5. **Typische verbindungen und formeln.** Auf die samlungen der Heliandausgabe von Sievers ist mehrmals verwiesen; genauere vergleichung würde vielleicht negativ und positiv interessantes ergeben. Die allitteration bei Otfrid verdient noch durchaus genauer, auch mit rücksicht auf den vers, untersucht zu werden; auch die artikellosen formeln, vgl. meine Grundzüge der deutschen syntax § 44. Bei Otfrid I, 8, 4 *in fluhti joh in zuhti* (Schütze s. 27) ist die zusammenstellung der beiden reimenden worte wol nicht als formelhaft zu betrachten, sondern dem besonderen inhalte dieser erzählung angemessen, vgl. vers 7 *er sia érlicho sóh, in Aegyptum miti flôh.* Die ethische bedeutung vieler formeln mit *scal, zimit* ist mit recht s. 32 hervorgehoben.

6. **Dichter und hörer.** Auf bestimte quellen beruft sich Otfrid häufig, aber stets nur auf schriftliche, nie auf mündliche überlieferung; selbst seine magier lässt er I, 17, 27 sagen: *sô scribun uns in lante man in worolti alte.* Und wenn Schütze dazu mit recht an das Hildebrandslied erinnert:

15 *dat sagêtun mi úsere liuti, alte joh frôte,*

so tritt doch hier der gegensatz Otfrids zur älteren dichtung scharf hervor. Auch das persönliche verhältnis, in das sich Otfrid zu seinem leser und hörer setzt durch beteuerungen verschiedener art, durch erregung der aufmerksamkeit und spannung, durch andeutung seiner gemütlichen stellung zu den erzählten vorgängen, geht weit über das in älteren alliterierenden dichtungen, auch im Heliand übliche hinaus; ebenso die individualisierung der redenden und handelnden personen. Vieles, was hierher gehört, habe ich schon in dieser zeitschrift XI, 119 fgg. angeführt.

7. **Bild und vergleich.** Hier hebt Schütze mit recht die einwirkung der bibel und der kommentare als die wichtigste hervor; doch tauchen auch viele in der germanischen epik und naturanschauung weit verbreiteten züge bei Otfrid wider auf.

8. **Verarbeitung des biblischen stoffes.** Hier tritt an vielen von Schütze geschmackvoll dargestellten zügen Otfrids eigene, die einzelnen personen und vorgänge mit feinem verständnis des kleinlebens ausgestaltende dichtertätigkeit deutlich hervor.

Unzweifelhaft beweist Schützes untersuchung, dass Otfrids evangelienbuch nicht ganz ausserhalb des organischen entwickelungsganges unserer dichtung steht, und dass auch der poetische wert des werkes kein geringer ist.

Max Ortner, Reimar der alte. Die Nibelungen. Österreichs anteil an der deutschen nationalliteratur. Wien, C. Konegen. 1887. 356 s. gr. 8. 4,50 m.

Ein buch wie das vorliegende recensieren zu sollen ist durchaus nicht angenehm. Erstens ist es schon keine freude, auf 350 seiten allerhöchstens zwanzig zu finden, aus denen man wenn nicht direkt lernen, so doch durch verarbeitung etwas gewinnen kann; zweitens aber ist es peinlich, dies und härteres einem autor sagen zu müssen, dessen herzlicher warmer ton, dessen ideales streben und dessen naives selbstvertrauen sympathisch berühren müssen. Der verfasser wirft den zeitgenossen Wolframs vor, sie seien keine Parcivale gewesen; diesem harten tadel gegenüber — welchem freilich jegliches zeitalter der menschheit sich wird gefallen lassen müssen — nimt er es hoffentlich nicht als kränkung, wenn das ganze buch mich bedenklich an Parcivals ersten ausritt erinnert. Nur freilich hat Ortner nicht alle ratschläge befolgt, denen Parcival mit so merkwürdigem erfolge gehorcht hat.

Wenig kampfmässig ausgerüstet, vom panzer grosser litteraturkentnis wahrlich nicht beschwert, besteigt er sein rösslein und sucht die von der tafelrunde im eigenen lager auf. Gewiss ist seine absicht zu loben, die litteratur aus dem leben der zeit zu erklären; nur dass er rasch vergisst, wie er durchaus nicht der erste ist, welcher das versucht, und darum wegen seiner verdienstlichen absicht sich alzusehr rühmt. Auf der ungebahnten strasse weicht er sorglich den dunkeln furten aus; die untiefe klare übergangsstelle, welche Alwin Schultzs vortrefliches buch uns in jenes land gibt, führt ihn hinüber. Und nun begint eine wahrhaft kapuzinermässige abkanzelung der armen ritter. Alles ist unnatürlich, falsch und verlogen, roh und ideallos. Musculus konte sich über die pluderhosen nicht mehr entsetzen als Ortner über die „ekelhaften" schnabelschuhe; ein hübsches impromptu Rutes gibt (s. 15) anlass, diesen im ton eines unteroffiziers anzufahren usw. Um sein sündenregister anschwellen zu lassen benutzt Ortner dreierlei mittel: erstens bringt er tatsachen vor und generalisiert sie. Aber hätte er z. b. nur Weinholds Altnord. leben so aufmerksam gelesen, wie das buch von A. Schultz, so hätten ihm die von überfeinerung keineswegs angekränkelten alten Germanen zu jeder sünde der mhd. zeit pendants geliefert; und bei Peschel oder Waitz konte er luxus, unsittlichkeit usw. auf den niedrigsten kulturstufen belegt finden. Was helfen uns also solche dinge ohne eine beachtung der gegenstücke? Zweitens bucht er alle schmähreden der didaktiker und wird so, die warnungen Scherers und Burdachs abweisend, zu einem rechten „Nordau des minnesangs" (s. bes. s. 61). Drittens aber — und da ist er originell — tritt er in oft komischer weise den zweifelhaften satz breit, die idealgestalten der dichtung bewiesen immer — was die dichter in ihrer zeit am meisten vermisst hätten (80. 83. 87. 158 usf.). Es liesse sich aus diesem gesichtspunkt eine ganz amüsante kulturgeschichte schreiben, welche überraschen würde mit entdeckungen wie die: nie habe es weniger toleranz gegeben als zur zeit, da Nathan der weise entstand; nie weniger kosmopolitische begeisterung als in der entstehungszeit des Posa; und nie habe man den grössten problemen so gleichgiltig gegenübergestanden wie zur zeit der Faustdichtung! — Und selbst Ortner führt diesen gesichtspunkt natürlich nicht durch: Gotfrieds ideale werden als wirkliche abspiegelungen der zeit genommen, und die minneposie überhaupt durchaus nicht als beweis der frauenverachtung jener epoche! — So entsteht denn ein verzertes bild, aus dem Walther (der s. 59 so schief wie möglich „ein tiefer denker" heisst) und Wolfram willkürlich herausgezogen werden (als ob z. b. Parz.

96, 11—21 etwas anderes stünde als was 51 fg. den minnesingern zum verbrechen gemacht wird!)

Resultat: die minnedichtung ist „unsitlich" und „unnational", und beruht auf verderblicher basis. Wie kann man dem jugendlichen Savonarola da anders antworten als mit Herzeloydens viertem rat aus Wolframs von ihm mehr gelobten als gelesenen gedicht 127, 25 fg.?

Dieser ganze abschnitt I, s. 1—122 leistet also nichts, als dass er mit unzulänglicher kritik, vieler deklamation und verschwendung von frage- und ausrufungszeichen die notwendigkeit einer reaction gegen den minnesang erhärtet, die wir längst kanten und deren gründe und entwicklung Burdach, Reinmar und Walther s. 126 fg. zwingend klar und knapp nachgewiesen hat.

Nun komt II, 123—56, der allerschwächste abschnitt. Ortner, der schon in seinen betrachtungen über Gottfrieds angeblichen lobgesang (s. 117) bewiesen hatte, dass er psychologischer voreingenommenheit gegenüber den gewichtigsten philologischen bedenken kein wort gestattet, begibt sich ins schleptau R. Beckers und ergänzt seine verurteilung der übrigen minnesänger durch schwärmerische verehrung der nachtigall von Hagenau. Das stück ist im blühendsten stil des blondesten backfisches geschrieben, ungefähr wie ein liebesbrief an einen schauspieler: schwärmerei, fragezeichen, ausrufungszeichen, beseligendes gefühl des alleinigen verständnisses, erstaunlicher mangel an logik und mädchenhafte subjektivität des urteils. Was Liechtenstein (s. 46) „sich nicht entblödete" zu tun, das ist schön, wenn es der geliebte tut (s. 143). Und wenn der verruchte Gottfried Reinmar lobt, dann ist er freilich autorität (s. 155). Alles ist einzig, was Reinmar sagt, und wenn es auch entlehnt ist, wie der gestohlene kuss (s. 131); wahrscheinlich hatten die provenzalischen dichter Reinmar vorgeahnt.

Jezt komt der hauptteil III, 157 fg. Seine aufgabe ist, das Nibelungenlied als tendenzdichtung zu erweisen, welche wider dem sitlichen, nationalen geist aufhelfen solte! Nicht etwa einfach so, wie es z. b. Burdach a. a. o. ausgeführt hat: dass die reaction gegen den minnesang zu dem nationalen stoff griff; o nein! in genauester überlegung wählte sich einer dies mittel, seiner zeit ins gewissen zu reden. Verstanden hat sie es leider nicht.

Der „autor" ist der Kürenberger. Man darf wohl sagen, dass für den eifrigen Oberösterreicher der wunsch des gedankens vater war; denn sonst hätten selbst seiner kritiklosigkeit seine gründe nicht genügt. Zu den bekanten argumenten Pfeiffers: anklänge im sprachlichen ausdruck und strophenmonopol, komt nämlich noch als hauptmoment: Kürenberg hat sich MF 8, 1 selbst genannt, damit die nachwelt wisse, wer in der Nibelungenstrophe dichtete. Im epos wolte er sich nicht nennen; und in diesem liedchen konte ers nicht deutlicher tun. So verstand ihn leider auch hier niemand vor Ortner. Und hierauf stüzt sich des verfassers unerschütterliche gewissheit, niemand werde mehr an Pfeiffers lehre zweifeln!

Ergänzt wird der seltsame einfall durch eine besprechung der Kürenberglieder, welche über subjektive kriterien wie „naiv" und dgl. nicht herauskomt. Es beweist wie wenig der verfasser noch von alter poesie kent, wenn er (s. 169) die verbindung von lyrischen und epischen elementen für unnaiv, ja sogar für einen beweis der autorschaft eines epikers ansieht. S. 159 hatte das gleichnis vom falken mitbeweisen müssen, s. 173 ist es gar nicht auffällig usw.

Resultat: Kürenberg hat um 1170 die Nib. niedergeschrieben (s. 180).

Von der gleichen voreiligen sicherheit in fragen, die der verfasser kaum angerührt hat, zeugt die weitere behandlung der Nibelungenfrage, bei der Ortner,

mit ausdrücken wie „unsinnig" (s. 275) „Lachmanns kritik zerschmettert" (s. 291).
Und hier möchte ich ihn gern an die dritte lehre Herzeloydens erinnern, denn *zuht*
heisst für den philologen „methode" und von der hätte herr Ortner recht gut getan
etwas zu lernen, ehe er allen Lachmannianern ihr sicheres ende prophezeit (337).
Ihm ist es völlig unverständlich, wie einzellieder für den zusammenhang gedichtet
sein können, und doch hätte eine einmalige lektüre des eddischen Helgi- oder Sigurd-
cyclus ihm das erklärt; er kent aber wie es scheint aus der ganzen Edda nur die
strophe Atlakv. 44 (316) — aus citaten. Und so fehlt es ihm nicht minder an
selbständiger kentnis der historischen grundlage (eine „deutliche beziehung zwi-
schen sage und geschichte" s. 281 besteht darin, dass Geysa kein volkommener
christ wurde, wie Etzel); fehlt es ihm an verständnis sogar für die figuren des
liedes, wenn z. b. Hagen (s. 307) der „unmensch" heisst und sogar „das princip des
tatenlosen, unsittlichen gewins vertritt" (s. 271)! Dennoch ist gelegentlich hier
einiges zu gewinnen: was Ortner über das verhältnis des autors zu den alten lie-
dern sagt, mag in einzelnen fällen auf einen redactor passen, und einzelne einwände
gegen Lachmann lassen sich hören. Die benutzung von Albrechts verarbeitung der
Titurellieder (338), so ganz anders diese auch geartet ist, könte analogien liefern.
Dass aber die klassische philologie sich beeilen wird, dem dichter der Nibelungen-
not den einen unteilbaren Homer wider zur seite zu stellen, das fürchten wir nicht,
wenn es auch auf Ortners art nicht schwer sein würde (310).

Aber diese zuversicht, die von dem bescheidenen ton der vorrede auffallend
absticht, ist doch noch das hübscheste an dem buche. Der stil ists wahrhaftig
nicht mit seinen endlosen sätzen (z. b. 157. 223. 314. 317); und der wortgebrauch,
besonders das beliebte „kolossal" ist es auch nicht; am wenigsten der mangel aller
„höheren interpunktion", aller übersichtlichen gliederung gegenüber jener verschwen-
dung der ausrufungs- und besonders der fragezeichen. Komt unser tapferer junger
Parcival, nach dem Gral ehrlich suchend, zu einem Gurnemanz, den wir ihm herz-
lich wünschen, so wird in dessen lehren auch nicht fehlen dürfen: *ir ensult niht
vil gefrägen!* — Freilich hört sichs noch nicht so an, als würde der verfasser rat
annehmen wollen.

So liefert das buch mit seiner mangelhaften basis, mit dem ersatz aller
einzelforschung durch psychologisches gerede, mit der respektlosigkeit des tons den
grossen meistern gegenüber ein freilich besseres gegenstück zu dem aufsatz, in
welchem der vielschreiber Bleibtreu für Heinrich von Traun als dichter der Nibe-
lungen eintrat. Auf metrik und stilistik lassen sich beide nicht ein und für die
exacte forschung haben sie beide von der höhe ihrer kulturhistorisch-dichterischen
intuition herab dieselbe verachtung. Wir fürchten, die von Ortner verhöhnte „kri-
tik des 19. jahrhunderts" kann sich doch noch nicht zurückziehen — und wäre es
auch nur, um den streit zwischen den psychologisch allein möglichen autoren Hein-
rich v. Traun und Kürenberg nicht am ende mit eideshelfern und ordalien aus-
gefochten zu sehen!

BERLIN.   RICHARD M. MEYER.

Halle a. S., Buchdruckerei des Waisenhauses.